ラークライズ

フローラ・トンプソン 著
石田 英子 訳

朔北社

Lark Rise
by Flora Thompson

First published 1945 by Oxford University Press
"Lark Rise" was originally published in English in 1945.
This translation is published by arrangement with Oxford University Press.

ラークライズ

ラークライズ　目次

第一章　貧しい人々の家

ラークライズ村

その村はイギリスのオクスフォード州の北東の隅の、麦畑の広がる真ん中にあった。平坦な土地の中で少しだけ周りから盛り上がった、村とも呼べないほどに小さな集落だった。畑の畝にひばりがたくさん巣を作っているその村を、この本ではラークライズと呼ぶことにしよう。

「百エーカー《ハンドレッド》」と呼ばれる広い肥沃な麦畑は、すみずみまで耕されて一年のうち八ヵ月は茶色の土くれしか見せていない。しかし春には見渡すかぎり青い麦におおわれて、畑の生垣の根元やはるか向こうの小川の岸辺にはスミレが咲き乱れた。そして夏の終わりには一年で一番美しい景色が目の前に広がった。麦が実れば小さな村は数週間の間、金色の海に浮かぶ小島のようになるのだった。

幼いローラはこの景色が昔から同じで変わらないと思っていたが、この辺りで農耕作が始まったのはそれほど古いことではない。囲い込み法ができる以前、村がハリエニシダの原っぱに囲まれた杜松《ネズ》の藪の公有地だったのは、年寄りたちにはついこの間のことだった。「先住既得権」で権利を認められ、親の代と同じ土地と建物に住んでいる古い家も数軒は残っていた。今、小さな家が建っている狭い土地も元々は同じような形で公有地から個人の所有になったのだろう。一八八〇年、ラークライズには小さな民家が約三十軒とインが一軒、離れたりかたまったりしながら、丸く寄り集まって立っていた。

家々は、わだちの溝跡がついた細い小道で結ばれていて、村の端から端まで外側を迂回する道路はただ「村道」と呼ばれていた。店は、パブを兼ねたインの裏口に雑貨屋が一軒あるだけで、教会と学校は一マイル半向こうのフォードロウ村まで行かなくてはならなかった。

丸く寄り添った集落の一ヵ所だけが、道で直線に切り取られている。畑にハリエニシダが入ってこないように刈り込んで作られたその道が、ラークライズからオクスフォードとフォードロウへ出る道で、一方に、昔、通行税を徴収した名残りで「有料道」の名前が残るオクスフォード街道があり、もう一方にフォードロウ村や他の村、土曜市の立つ町などがあるのだった。その道をたまに通るのは町に行く干草を積んだ農夫の荷馬車や、白タイル張りで白い幌のパン屋の荷馬車、朝早く馬番を連れて狩りに出かける一隊、午後から外出するお屋敷の馬車などだ。まだ車やバスは走っていなかった。自転車が通るのさえ珍しくて、たまに通りかかると、村中の人が見物に飛び出したものだった。

白壁に藁葺き屋根、窓に菱形の桟《さん》の入った昔風の家もあったが、ほとんどの家は石かレンガを四角く積んだ上に青味がかったスレートを乗せた四角い箱型だった。古い家は囲い込み法以前の歴史的遺産と言ってよく、住んでいるのも古い住人の子孫だが、彼らもすでに年寄りになっている。村で小作農でないのは、ロバに荷車を引かせて自家製の野菜や卵やハチミツを町の市場に売りに行く老夫婦（彼らは一日六ペンスで近所の仕事の手伝いもしていた）、昔、農場支配人をして一財産作ったと言われている年寄り、自分の畑を一エーカー持っている自作農の年寄り、そしてインの主人と三マイル先の町まで仕事に通っている石工職人だけだった。

村の家

寝室は二部屋あればいい方で一部屋しかない家もある。そんな家では衝立《ついたて》かカーテンで仕切りを作り、親と子供の寝場所を分けていた。年長の少年は階下に寝るか、子供が独立して老夫婦だけになった家の空き部屋に寝させてもらったりした。娘たちはみなよその土地で働いているので休暇の時しか家に帰って来ない。子供は総勢で八人から十人、ときにはそれ以上いる家族もあったのだから、窮屈に身を寄せ合って寝なくてはならなかった。長男が結婚した後で親に末っ子が生まれることもあり、家族全員が一度に一緒に住んでいるわけではないが、ベッドや寝床はぎゅうぎゅう詰めで、他の兄弟の上を越えてやっと自分の寝場所にたどりつくことになるのだった。

でもラークライズをスラムのようには思わないで欲しい。みんな新鮮な空気をいっぱい吸って、健康に暮らしていた。家の中は石けんと水で清潔に洗い上げられていて、西風や北風が麦畑の上を吹き荒れる日以外は、ドアや窓はいつも開け放たれていた。「わしらは鍵穴を通る風では足らんのさ」が村の人の口癖だった。

一八八〇年から九〇年にかけての十年間、大きな出来事は、はしかが二回流行《はや》ったことと、刈入れ作業の事故で病院に運ばれた人が二人いたことくらいだ。村で医者を見かけたのは長老の年寄りが亡くなったときと、産婆兼看取《みと》り婆さんの手に余るひどい難産があったときだけだ。体の動かない人も呆けた人もいなかった。癌の女性が最後の数ヵ月を不自由に暮らしていたときは気の毒だったが、まったくの寝たきりの人もいなかった。みんな食べ物の扱いも荒っぽく、歯のことも気にかけていなかったが、消化不良は聞いたことがない。神経の病気についていえば、「神経がおかしい」の使い方は今とは違っていて、「あの女の神経はおかしい」といえば、欲張りのことだった。

ほとんどの家では階下には一部屋しかなく、テーブルに椅子と腰かけが数脚、かまどの敷物の前に擦り切れたジャガイモの袋がどさっと置かれているだけの殺風景なものだったが、中には明るく気持ちよく整えられた家もあった。そんな家では戸棚に陶器の皿が並び、肘掛け椅子にはクッション、壁には絵が飾られ、床には手作りのきれいな色のラグが敷かれていて、窓辺には、今はあまり流行らなくなったけれども、ゼラニウムやフクシアの鉢が置かれ、窓台の上の麝香《じゃこう》が良い香りを放っていた。古い家には大きな振り子時計や折りたたみのテーブル、錫《すず》の置物などがあり、昔の方が今よりも生活が楽だったことが想像できた。

室内の飾りつけは家族の数と主婦の節約能力で決まった。当時のその地方の農夫の賃金は週十シリングが標準で、収入はどこも同じだったからだ。

はしっこの家

遠くから村を見ると、一軒だけちょっと離れて立っている家がある。隣の家に背を向け、前の麦畑へ今にも駆け出していきそうに見える。灰色の石造りで茅葺き屋根、ドアには緑色のペンキが塗られ、スモモの木が壁際から軒に向かって枝を伸ばしていた。それがみんなが「はしっこの家」と呼んでいる石工の家族の家だ。彼らがこの村に住み始めた一八八〇年代の最初の頃、子供は三歳のローラと一歳半年下のエドモンドの二人だけだった。二人は村の他の子よりは少し恵まれていた。石工の父は農夫より収入がよかったし、母は結婚前に乳母をしていたので子供の世話が行き届いていた。ローラとエドモンドはきちんと行儀をしつけられ、散歩にも連れていってもらえた。牛乳を飲まされ、土曜日の夜はお風呂に入れてもらい、寝る前には決まって「幼子《おさなご》イエスさま」のお祈りを唱えさせられ、ペパーミントやクローブの葉を丸めた手作りのおしゃぶりを持ってベッドに入るのだった。針仕事が好きで上手な母親は、裕福な親戚から送ってもらうお下がりを直して、子供にはいつもきれいな身なりをさせていた。他の子供からレースのついた下着をからかわれたローラは、こっそりはずして干草の中に隠したこともあった。

母は二人が小さかった頃は、村の悪童たちが学校にいくようになれば行き帰りに服を破くのではないかと心配していたのに、実際に学校に行くようになったら喜んでいた。エドモンドの後しばらく間があったが五年後から次々に赤ん坊が生まれ、八〇年代の終わりには、「はしっこの家」の子供は六人になっていたのだ。

ローラとエドモンド

ローラとエドモンドはいつも人を質問攻めにしていた。「バターカップは誰が植えたの?」「神さまはどうして小麦をあの色にしたの?」「この家には前にどんな人が住んでいたの? その人の子供の名前は何ていうの?」「海のことを教えて? コティスロー池よりも大きい?」「ロバの荷車でも天国に行けるの?」「天国はバンベリーより遠いの?」などなど。二人は村以外の世界が知りたくてたまらないのだった。

二人の質問には母もうんざりしていたが、近所の人も嫌がっていた。「子供はいるだけで十分。話さなくてもいいの」と家では言われ、よその人からも「何も聞くんじゃないよ。そうすれば嘘《うそ》を教わらないですむ」と言われた。あるお婆さんが窓辺の鉢から葉っぱをちぎってローラに渡して、「これは何の葉っぱなの？」という早速の質問にこう答えた。『おまえには関係ない』という植物の葉っぱだよ。おまえのお母さんにも株を分けてやろうかね」聞く相手を選ばなくてはいけないことはわかったが、だからといって二人の質問が止まったわけではなかった。

こうしてローラとエドモンドは村の昔のことや、外の世界のことを少しずつ学んでいった。まわりの小鳥や草花や木の名をいつのまにか覚え、カシとトネリコを見分け、大麦と小麦の違いを知り、シジュウカラとミソサザイを間違えることもなくなっていった。大人は子供の話を聞く気がなかったかもしれないが、自分たちの話が聞かれているとも思っていなかったので、二人がいても何でも話していた。二人はよその家に行けばそこで、よその人がやってくれば自分の家で、大人の話を決して聞きもらさなかった。

人々の暮らし

農夫の週給は普通十シリングで、一番大きな出費は家賃だ。家主はだいたい町の商人で、家賃は一シリングから半クラウン（クラウン＝5シリング銀貨）の間だ。近くの村の農夫の中には農場に住み込んで働く者もいた。そうすれば農場の中の家にただで住まわせてもらえたが、村の人はそれを羨ましいとは思っていなかった。「自分で仕事の段取りもつけられないんじゃ、働きがいがないってもんだ。命令されて働きたくはないね。言われるとおりに刈って、束ねて、袋に詰めて、運ぶだけの仕事なんて面白くもない」一シリングや二シリングの家賃がかかってもそれで自由が保証されるのだ。選挙にも干渉されないですむ、教会に行くのも礼拝に出るのも自分で決められる、好きでもないことをしないですむ。それがラークライズの人々の誇りだった。

どこの家にも菜園がありアロットメントと呼ばれる公有地を借りて畑を作っていた。しかし水だけは、自分の家に井戸があるのは三十軒のうち三軒だけで、あとは村はずれの遠い井戸まで水汲みに行かなければならなかった。この頃は、公共の井戸やポンプはなく、水は自分で何とかするのが当然と思われていて、家主が水の供給を考える責任はなかった。

民家の壁際には黒いタールやグリーンのペンキを塗った水桶が置かれ、屋根から落ちる雨水を貯めていた。これは少しでも水汲みに行く回数を減らすための知恵で、洗濯や掃除、庭の野菜の水やりにはこの水を使っていた。トイレ用にも、女性や子供の洗顔や手洗いにも使われた。雨水は肌にいいと言われていたので、お金のない村の女性の化粧水がわりでもあった。

飲み水や貯め水がなくなってくると、天候には関係なく、女たちは村はずれの井戸に水汲みに出かける。つるべで水を汲みバケツがいっぱいになると、天秤で運んで来る。村道を水汲みに往復するのは疲れるので、村の角々で、白いエプロンにショールを胸元できちっと交差させた女たちが休憩がてらいつまでも立ち話している姿を、よく見かけたものだ。

メイド勤めのときの習慣でいつも身ぎれいにしていたい新婚の女性たちの中には、夫に頼んで夜、大きな赤い水がめに水を汲んでもらう人もいた。「ひどいじゃないか。恥ずかしい話だよ」と女たちは噂した。「一日中働いて疲れている夫を、休ませないで『女の仕事』にこき使うなんて」と。でも八〇年代後半になると、男が夜のうちに水汲みをすませるのは普通になり、そのうち水汲みは「男の仕事」になっていった。たまに重いバケツを引きずっている女がいると、かえって同性への裏切りとして白い目で見られるような方向へと、時代は変わっていった。

夏に雨が降らず村の共同井戸が涸れると、水は半マイル先の農場まで行き、ポンプで汲み上げてもらわなければならなかった。井戸のある家は水が枯れるのを心配して、ふたをかぶせて錠を下ろしてしまうのだった。

トイレはたいてい、庭の隅にある丸い蜂の巣のような形の小屋がそれか、薪や農具を置く囲いのない屋根だけかかった物置の隅に作ってあった。ただの穴ではなく、土を深く掘った上に腰かけが乗っていて、用を足せるようになっている。半年毎の掃除のときは、家の窓やドアを全部閉めても煙突だけは開いているので、臭いを完全には防げないのが困りものだった。

この「個室」は持ち主の意識を反映している見本だった。穴を掘っただけのところもあれば、もう少しましなところもある。ほとんどの家では腰かけはきれいに掃除され、床にはレンガが敷かれていた。最後の仕上げなのか、こんな紙を貼っているお婆さんもいた。「どんなときも神さまだけは見ています」ヴィクトリア時代、トイレに行くのを人に見られてはいけないと教えられていた子供は、この言葉を読むと落ち着かなくなるのだった。

衛生上の標語が、壁に鉛筆や黄色いチョークで落書きされていることもある。詩だったり散文だったりさまざまで、ここに書き出すほどのものもないが、簡潔で要領を得て、いくらかましなのはこんなものだろうか。「よく食べ、よく働き、よく眠り、一日一回は十分に〇〇しましょう」

ローラたちの「小部屋《トイレ》」の壁には、いつも、当時の大きな出来事を絵にした新聞の切り抜きが貼ってあって、壁を洗うときに新しいものに代えられた。煙が雲のように舞い上がって破片が飛び散り、爆弾が破裂している「アレクサンドリアの砲撃」が「グラスゴーの悲劇」や「ダフネ号からの生還」になったりする。「テイ橋の落下」というのは、崩れたスコットランドのテイ橋から列車が波の渦巻く海に落ちてゆくシーンだったが、これらは写真ではなく、画家が劇的なシーンを想像して描いた絵だ。少し後になると「小部屋」のこの場所には、「我らが指導者」と題された政治家たちの顔写真が貼られるようになった。一枚の紙に上下二段に顔写真が印刷してあった。上段の真ん中が顔も眼も鷹《タカ》のように鋭い自由党のグラッドストーン。その下に穏やかで眠そうな保守党のソールズベリー卿もいた。ローラは憧れの、ハンサムなランドルフ・チャーチル卿も入っているその写真が大好きだった。

豚

どこでも家の裏か横に豚小屋があり、生ゴミは全て、小屋のそばの「ゴミの山」に投げ込まれた。豚小屋からの汚泥もここに流れ込むようになっていて、小屋掃除から出る糞尿にまみれた藁もここに集められたので、家の中にいても開いた窓にちょっと近寄っただけで、ひどい悪臭が目に突き刺さってくることがある。「今日は風向きのせいで『山』が臭《くさ》くてたまらない」と文句を言っても、「豚のために我慢」、「健康な臭いじゃないか」で済まされてしまう。

「健康な臭い」というのは、ある意味では正しかった。豚が太れば冬越しの食べ物がたっぷりあることになるのだから。どこの家でも豚は大切な家族の一員で、豚の健康状態は、家を出て働いている子供たちへの手紙の中でも、弟妹の近況と同じように報告されていた。豚の仲買人は日曜日の午後になると村にやって来る。人間にはまったく興味がなく、豚だけを見て回る。飼い主と一緒に豚小屋の入り口で小一時間もかけて、背中に触ったりあごを撫で回したり、鼻先をひっくり返して文句を言ってみたり、さんざん品定めをして、話がつくと買い取ってゆくのだ。子豚なら十シリングから十五シリングだった。もちろん値切るのに成功すれば大喜びだ。まだ小さい赤ちゃん豚をすぐに大きくなるからと安く買って行く人もいたが、数シリング余分に払っても少し成長した子豚を買っていく人の方が多かった。

みんな自分の豚が自慢で、世話は家族全員の仕事だった。母親たちは大麦は高いので、ゆでたジャガイモをつぶしたものに夕飯の料理に使った煮汁を混ぜて、夕方の餌に食べさせた。子供たちも学校の帰り道で、ノゲシやタンポポなど食用になる草を抱えきれないほどに採ったり、露の降りた夕暮れには生垣のかたつむりをバケツに集めたりと、豚の餌集めに協力を惜しまない。豚の方も心づくしの餌を喜んで食べ、どんどん太ってくれる。父親たちは野良仕事のかたわら、豚小屋の掃除、寝床作り、健康に気を配り、最終段階では夕方のビールもあきらめて大麦入りの餌代に回して、「誰もがあっと驚く立派な豚」に育て上げるのだ。

週の給料だけで豚の餌代が足りなくなると、殺した後の肉を担保にパン屋や粉屋の払いをツケにしてもらうことになる。一匹の半分以上の肉がもう支払いのカタになっていることもよくあった。豚はまだ豚小屋で走り回っているのに、「金曜日の給料日前に豚に半分死んでもらわなくちゃ」などと言ったりしたものだ。

だから、豚を年に二度に分けて二匹殺しても、いつも半匹分の肉しか手元には残らない家もあったが、たいていは一匹か二匹分のまるごと全部がその家の食用の肉になる。それをベーコンにして、最低でも一冬は持たせなくてはならない。日曜ごとに新しい肉を食べる贅沢ができるのは、村でも数軒しかない。なにしろ日曜日のミートプディングに新しい肉を買うと六ペンスもかかるのだ。土曜日の夜に運良く小さな肉のかたまりでも手に入ったら大変なことだった。オーブンの焼き網をはずして肉を火の上で直接焼くときの、串を回す役は子供たちだ。フライパンにラードか油を敷いて揺すりながらローストにすることもあるが、一番のおすすめは牛脂入りのパイ皮でくるんで芯までゆでる「ガマ」という調理法で、肉のおいしさを逃さず、無駄なく食べることができた。最後に、鍋に残ったおいしい肉汁もプディングに使われる。お金持ちが切り落としをくれでもしたら、女たちは「おこぼれだって何だっていいさ、おいしい料理法を知ってるんだから」と、言葉どおり、おいしい一品を作り上げた。

豚が十分太ったら（もちろん太れば太るほど良い）、殺す日が決められる。それは半月が満ちて満月になるまでの間だった。月が欠け始めてから殺した豚のベーコンは、料理している間に縮むと言われていた。誰もが少しでも大きな肉を食べたいから、しきたりは守られていた。日取りが決まると、屠殺を頼む。渡りの屠殺人を頼む場合もあるし、地元の屠殺人を頼む場合もあった。彼らは昼は屋根葺き職人をしている場合が多かったので、屠殺は暗くなってから行われた。まずランタンが灯され、終わりには、豚の皮膚の剛毛を焼くのに、藁で火が焚かれた。

屠殺は、血生臭く騒々しい仕事だった。殺した後、死骸は木組みの台に吊り下げてすっかり血抜きしなければならない。それが不十分だと肉が腐ってしまう。豚が逃げ出して追い回さなければならず、仕事が頓挫することもあった。この時代の田舎の人々は男も女も子供も、動物を殺すことにはあまり抵抗がなかったから、みんなで見物に繰り出すことが多かった。

皮の表面を火であぶった後、屠殺人は爪先（村では「靴《シュー》」と呼んでいた）から、皮を引っ張りながらはがしてゆく。爪先を放り投げてもらうと、子供たちは我勝ちに拾ってしゃぶった。豚小屋から直行で焼かれたおいしい肉料理だ。

屠殺はまるでアフリカのジャングルのような野蛮な光景だった。薄闇に燃え上がる炎が泥と血を照らし出している。「はしっこの家」のローラとエドモンドはいつもベッドから抜け出して、こっそり窓から見物していた。「見て。すごい。地獄ってこんなふうなんじゃない？」エドモンドが態手で燃え殻をかき集めている男たちを指さして囁く。ローラは豚が可哀そうで気分が悪くなり、ベッドで泣き出してしまうのだった。

でも豚の屠殺には、大人には大人の、子供に内緒の楽しみがあった。何ヵ月も自分の時間を全て費やした大変な仕事がこういうふうに成果を生んだのだからめでたいことなのだ。めでたいことは祝わなければ、というわけで大人たちはその夜ビールを好きなだけ飲み、まず最初の肉をフライパンで焼いて食べていたのだ。

翌日になると豚は切り分けられ、隣近所に肉のかたまりが配られた。これはお互いさまだった。切り落としの細かい肉もフライパンで焼かれ、おすそ分けに、病人やそのとき留守だった人にも、全員に届けられた。

そしてその後、主婦は「仕上げ仕事」にかかる。塩をもみ込んだハムやベーコンはさらに塩水に漬けてから、かまどのそばの壁に吊るして乾す。ラードも水気を切らなければならない。血や臓物のペーストを作り、中身を取り出した腸は裏返して流水に三日さらす。どれも昔からの方法だ。忙しいけれど充実した幸せな時間が過ぎてゆく。物置が一杯になっても、まだ残っているなんて、何と誇らしいのだろう。本当に満ち足りた気分だ。

そして次の日曜日が正式な「豚パーティ」の日だ。歩ける範囲に住んでいる父母両方の祖父母、叔父叔母、結婚して独立した子供たち、孫たち全員が、勢ぞろいして食卓を囲む。

オーブンのない家ではいつも、茅葺き屋根の年寄り夫婦の家の、大きなパン焼きオーブンを使わせてもらった。それは洗い場に置かれていて、レンガに縁取られた鉄扉の大戸棚のように壁に深く埋め込まれていた。薪を入れて火を点け、オーブンが熱くなるまで扉を閉め、灰をかき出してから、肉のかたまりを載せた皿や、ジャガイモや、小麦粉のプディング、ポークパイ、ケーキを一つ二つ入れておくと、放っておいてもおいしい料理が焼きあがった。

その間に、家では三、四品の野菜料理が用意される。お祭りには必ず、日曜日のディナーでもよく出される大きなミートプディングを作る。ミートプディングの後でさらに肉料理が出るときは、ミートプディングの段階ではまだ野菜料理は出ない。プディングは普段は果物やスグリ、ジャムなどの入った甘いプディングが食前に出るのだが、「豚パーティ」のときは必ずミートプディングと決まっていた。肉がふんだんにある日に甘いプディングなど誰も欲しくはなかった。

自給自足

しかし、こんな豪華な食事は一年に一度か二度のことだ。普段は一週間十シリングのお金で毎日食べていかなくてはならない。みんなどうやりくりしていたのだろう？　それが可能だったのは、食べ物が今よりずっと安かったことと、ジャガイモも含めて野菜が全て自家製で、あり余るほどあったからだ。村の男たちはみんな自分の菜園が自慢で、誰よりも早く一番いいものを収穫したいと競っていた。大きな粒のそろったグリーンピース、コインのようなソラマメ、赤ん坊の椅子ほどもあるカリフラワー、ササゲやキャベツ、ブロッコリーなど、一年を通して、プディングの材料にもベーコンの付け合せにも不自由はしなかった。

生野菜も、レタスやラディッシュや産毛の生えたようなベビーオニオンも、新鮮なとりたてが山ほどあり、食パンにローズマリーで香りをつけた自家製のラードを塗って、たっぷりのサラダを添えて食べると、「栄養満点」の食事になる。

パンだけは買わなければならなかったから、育ち盛りの子供がたくさんいる家には大きな出費だったが、冬の間の毎日のプディングやケーキの粉にはお金がかからなかった。収穫後の麦畑で女や子供が落穂拾いをし、粉に挽いてもらっていたからだ。

落穂拾い

落穂拾いは、麦畑を行ったり来たり、腰をかがめ、目を凝らして麦穂を拾い集めていく作業だ。片手はまとめた麦穂を握って腰にあて、もう片方の手で素早く拾い集めていく。手にいっぱいになったら藁で束ね、収穫のとき男たちがするように、かたわらに用意したバケツとかごの横に二列に並べてゆく。男たちの畑仕事が終わってから日暮れまでの、短時間の慌しい仕事で、途中に短い休憩を二回はさむのがやっとだった。とっぷりと日が暮れる頃には入れ物も麦穂で一杯になり、母親と親孝行な四、五人の子供たちは、重い荷物を抱えて家路につく。しばらくは毎日それが続く。重労働だが楽しい作業だった。八月の夕暮れ、灰青色の空が頭上に広がり、麦の刈り株の根元には濃い緑のクローバーが茂り、通り道の生垣にはノバラやサンザシが咲いている。休憩時間には子供たちはその辺の木からリンゴやリンボクの実を採ったり、きのこ探しをした。母親たちは木にもたれて赤ん坊に乳をやったり、持ってきた冷たいお茶を飲んで、しばしおしゃべりに花を咲かせるのだった。

二週間か三週間続く夕方から夜にかけての落穂拾いの仕事が終わると、麦の実は穂からはずされて粉屋に運ばれ、粉に挽かれた。粉屋は挽いた粉から代金代わりの分を自分に貰い、お金は取らない。粉屋から粉が届く日も、わくわくする年中行事の一つだった。一ブッシェルか二ブッシェル（一ブッシェル＝三六・三七リットル）はあったろう。あるいは働き者の家族ならもっと多かったかもしれない。白い粉が浮いてパンパンに膨らんだ袋は居間の椅子の上にしばらく置いて、誰彼かまわず「今年の粉を見てちょうだい」と招き入れ誉めてもらう。粉の袋を目の前に置いて充足感に浸り、賞賛の言葉と共に辛かった労働の成果を楽しむのだ。画家が初めて絵を公開したり、作曲家が新曲を発表するときと同じ気持ちだったに違いない。男たちは壁に吊るしたベーコンを「油絵より良い」と満足し、女たちは落穂から挽いた粉の袋に同じ気持ちを味わうのだ。

毎日の食事

一日三回の食事のうち、温かい料理は夕食だけだった。ベーコンに野菜料理、ローリーポーリーと呼ばれる果物入りのプディングが毎日の定番メニューで、この夕食が、名前は「お茶《ティー》」と呼ばれていた。日中出払っていた男たちが畑から、子供たちが学校から戻る時間が夕食だ。

午後四時になるとどこの煙突からも煙が上り始める。かまどに火が焚かれ大きな鉄鍋（鉤かぎで吊るされていることも三脚の台に置かれていることもある）にお湯が沸かされる。食材はすべてこの一つの鍋で調理された。一人あたり一口より僅かに大きい角切りベーコン、ネットの袋にいれたキャベツや他の野菜、ジャガイモを入れた別のネット、布巾にくるんだプディング全部が同じこの大鍋で調理された。ガスや電気を使う今の時代からみると原始的な調理法のようだが、これはこれで合理的だった。それぞれの料理は鍋に入れるタイミング、ゆでる時間に差があり、その違いはきちんと守らなくてはならないし、鍋の温度が下がらないよう火力にも気を配らなくてはならない。そしてそれぞれの料理がおいしく出来上がった後には、野菜の煮汁やジャガイモの皮、野菜の切りくずなどが全部豚の餌になるのだった。

男たちが畑から帰る頃、薄茶色のクロスを広げたテーブルに鹿角のナイフと二叉フォークがセットされる。ゆでた野菜が黄色の丸い大皿にあけられ、サイコロ状に切ったベーコンの中の少し大きめなものが父親の皿に置かれる。一日一回、この夕食のとき、家族全員が食卓に揃う。人数が多いので、テーブルにつけない子供たちは丸椅子に座って膝に皿を置いていることもある。

みんな行儀が良かった。子供たちは親からそれぞれの分を分けてもらい、勝手に大皿からつまんだり、余計に取ったりしてはならなかった。おしゃべりも禁じられていて、食卓で言っていい言葉は「どうぞ」と「ありがとう」だけだ。親同士は会話をしてもいいのだが、だいたいは、しゃべるより食べるのに口が忙しい。父親はナイフでグリーンピースを口に放り込み、母親はソーサーからお茶を飲んでいる。食べ終わって皿を舐《な》めている子も、やっとすくったグリーンピースを頬張っている子もいるだろう。熱い大忙しの食事の後、お茶を待っている子も、きれいに舐めたお皿を見せて、おいしい食事に大満足している子もいる。ローラの家では、食事のお祈りはいつも「神さま、おいしいお料理をありがとうございます。天と地の両方の父母《ちちはは》に感謝します、アーメン」だった。感謝は神さまに対してだけではないことがわかっていたのだ。

朝と昼は、パンとバター、あるいはバターは高いのでパンとラードに、そのときのあり合わせだった。バターは高いのでふだんは買わないが、夏にはたまに一ポンド（四五四グラム）が十ペンスになった。その頃「バターリン」と呼ばれていたマーガリンは町ではもう売られていたが、村ではあまり使われなかった。ローズマリーで香りをつけた自家製のラードの方がずっとおいしかったからだ。夏には菜園の新鮮な生野菜がたっぷり添えられ、ジャムがある間はジャムが食卓に載り、鶏が卵を産んだ日には卵も出る。あまった卵は二十個一シリングで売ってお金に代えることもあった。

パンとラードしかないときには、大人はマスタード、子供は糖蜜か黒砂糖をもらった。どろどろに煮て砂糖をかけたパンがゆを作ってもらう子もいた。

牛乳は滅多に飲めない贅沢品と思われていた。贅沢なのは値段ではなく、買うのに一マイル半も離れた農場まで行かなければならなかったからだ。やかん一杯、または缶一本（大きさに関係なく）一ペンスだった。もちろん脱脂乳だったが、当時は手で脂肪分をすくったのでたんぱく質もクリーム分もかなり残っていた。毎日買いに行く家もあったが、だいたいは一マイル半を面倒臭がって行かなかった。村の女たちは紅茶もストレートで飲む方が好きだったし、子供に牛乳が必要だとも思っていなかった。家を離れるまで牛乳を一度も飲んだことがない人は大勢いたが、それでもみな骨も丈夫で血色もよく、体も心も元気一杯だった。

農場では脱脂乳を一パイント（〇・五七リットル）一ペンスと決めていたが、買う人がいなければ子牛や豚にやっていたので、農場のお手伝いの女性の計り方はいい加減で、入れ物が一杯になれば、それが「一パイント」だった。だから買いに行くときの容器はどんどん大きくなっていった。ローラの裏の家のクィーニー婆さんは、図々しいことに新しい大きな鍋（鍋としては小さい方かもしれないが）を持っていったのだが、それでも一杯に入れてくれたそうだ。ローラは、家族はツイスター爺さんしかいないクィーニーが、なぜそんなに牛乳をたくさん必要なのか不思議だった。「大きなライスプディングが作れるわね、クィーニーお婆さん」

「プディング？　まさか」とクィーニーは答えた。「ライスプディング？　そんなもの作ったこともないよ。この牛乳は豚にやるのさ。よく太るからね。豚は自分の餌が何なのか気にしちゃいないよ」

靴と衣服

「貧乏は恥ずかしいことではない。ちょっと不便なだけ」というのが村の人々の口癖だったが、実際はちょっとどころか、ずっとずっと不便だった。今あるような便利な道具や設備がなくても、十分な食べ物と安全な住まいはあった。しかし、一ハンドレッドウェイト（約五〇キロ）一シリングの石炭や一パイント一シリングのランプ用パラフィンの費用は週十シリングの収入には大きな負担だったはずだ。靴や、着る物、医薬品、休暇の費用や娯楽費、家庭に必要な消耗品のことも考えなければならない。一体そのお金はどうやって工面していたのだろう？

靴は、刈入れがすんだとき男たちに支払われる臨時ボーナスをあてることが多かった。ツケがそれほど貯まっていなければ、父親の頑丈な鋲《びょう》つきのブーツから赤ん坊の小さなピンクの布靴まで、家族全員が新しい靴を買ってもらえる。賢い主婦は普段から、町の店が主宰している靴クラブというところに毎週数ペンスずつ積み立てていて、これが役に立っていたが、それで足りるというわけではなかった。母親は「可愛い息子たち」のために靴をどうするか、寝ているときも頭を悩ましていた。

そして女の子にも靴は必要だ。足が入れば古くてもいいのだが、石ころや泥だらけの村の道を歩くのだからしっかりしたものでなければならないのは同じだ。教会の堅信礼《けんしんれい》のクラスでのことだった。牧師の娘ミス・エリスンが何週間も式の準備と練習をしてくれた後、式の前日に聞いた。

「みなさん、すっかり準備はできましたね？　でもまだ足りないものがあったら言って下さい」

「はい」隅の席にいた女の子が答えた。「母さんにミス・エリスンに聞いてみなさいと言われました。古い靴があまってないでしょうか？　私、式に履く靴がないんです」

アリスはそういう方法で新しい靴を手に入れたが、誰にもいつも堅信礼があるわけではない。

みんな裸足では歩けないのだから、爪先が膨らんでいてもかかとが窮屈でも、とにかく何とかして靴を調達しなければならなかった。

衣類の調達はもっと大変だった。母親たちはときどき溜息をついて、「やれやれ、背中に墨を塗って裸で歩かなくちゃならないよ」と冗談を言い合ったが、もちろん実際にそんなことはできない。「ちょっとしたお洒落」が大好きなのに、全体に気を配ることなど、とうてい無理だった。女の子たちが学校の裁縫の時間に使う材料は、教会の慈善団体から回ってくる「お洒落」とはほど遠い未晒《さら》しのキャラコだ。針目は丁寧だけれども、飾りのないぶかぶかのシュミーズやズロース、丈夫なフランネルのペチコートや足を入れる気にもなれないストッキングなどが縫い上がる。もちろんないよりはましだし、洗濯している内にキャラコもやがては柔らかくなるのだから、貰わない人はいなかった。

あとは、働きに出ている娘や姉妹、叔母たちが送ってくれる中古の衣類が助けだ。自分の古着だけでなく、雇い主の令嬢たちがくれるお下がりも送ってくれたので、それを縫い直し、裏返し、染め直し、継ぎはぎして、擦り切れるまで着るのだ。

しかし、彼らはたしかに貧しくて苦労も多かったが、不幸ではなかった。お金がなくても卑しくなかった。「骨に近い肉ほどおいしいのさ」と彼らは言い、自分たちの親と同じ「骨に近い肉」

を食べて暮らしていた。子供たちや孫の世代は切り分けて売られている好きな肉を食べ、人と同じ新しい娯楽に興じている。親たちは少ない収入を、自力で工夫して補わなければならなかった。自家製のベーコン、落穂拾い、大麦も小麦も混植の自分の畑、単調な料理に香りを添えるハーブ、野生の果実や木の実のジャムとゼリー、自家製の果実酒などが当時の生活を支えていた。それは、民謡《バラッド》や古い歌謡、わらべ歌などと共に、農村の古い生活の最後の名残りだった。たしかに貧しかったけれども、何と暖かく懐かしい暮らしだったことだろう。

第二章　子供時代

オクスフォード街道

ラークライズからオクスフォードまではたった十九マイル（約三〇キロ）だった。「はしっこの家」のローラとエドモンドは幼いとき母と散歩に出かけると、いつもオクスフォード街道の最初の石の道標まで行って引き返して来るのだった。いつしか二人は、石に彫られた「オクスフォードまで十九マイル」の文字を読めるようになっていた。

「オクスフォードってどんなところ？」二人は繰り返し聞いて回った。

「大きな町さ。週に二十五シリングも稼げるが、家賃で半分は消えてしまう。豚も飼えないし野菜を育てる場所もない。あんなところに住む人の気が知れないね」と答えた人もいた。

でも実際に行ったことのある女の子はこう教えてくれた。

「ピンクと白の棒あめがたったの一ペニーで買えるの。それにね、叔母さんちに下宿してる人の靴を磨いてあげたら一シリングもくれたのよ」

「司教さまがいらっしゃる都会なのよ。毎年大きなお祭りもあるの」

母はそれ以上は知らなかった。でも二人は何故か父には聞かなかった。父は、両親が昔ホテルを経営していたので、子供のときにはオクスフォードに住んでいたのだ。（父方の叔母は「ホテル」と言ったが、その夫は「居酒屋」と言っていた。パブのようなものだったのかも知れない。）父にはあまり質問しない方がいいことを二人は感じ取っていた。母が「お父さん、機嫌が悪いわね」といったら、絶対に何も言ってはいけない。

というわけで、ローラたちにとってのオクスフォードは、絵にあるように白い長い袖の垂れた服を来た司教さまが高い椅子に腰かけていたり、ブランコや見世物や射的のあるお祭りが開かれたり、ピンクと白の棒アメを持った女の子が紳士の靴を磨いたりする都会なのだった。豚小屋や野菜畑のない家というのは想像もできなかった。自分の家にベーコンやキャベツがないのなら、みんな何を食べているのだろう。

でも石の道標のあるオクスフォード街道は、二人が物心つく頃にはいつもそこにあった。少し小高くなった村をめぐっている「村道」から街道に合流する細い一本道に出て、ローラは母の押す乳母車につかまりながら、一緒に道ばたの花を摘みながら道標まで行って引き返してくる。

乳母車の高いつるつるした椅子には初めはエドモンドが、その後では五歳年下のメイが乗っていた。

乳母車は黒い木の枝で編んであり、お風呂の椅子に似た古い形だった。車は三輪で後ろから押す。ゴムの車輪はまだできていなかったし、スプリングも、もうあったかも知れないが、その乳母車にはついていなかったので、震動が大きく砂利道の上ではすごい音がした。でもそんな乳母車でも、村には、ローラの家のほかには、インの若いおかみさんの最近買った新しいものがあるだけだったから、すごい財産だったのだ。他の母親たちは赤ん坊を連れて歩くときは、ショールにしっかりとくるみ身体に結びつけて、前に片手抱きにしていた。

広がる畑を後に見て村道を折れて一本道に出ると、その向こうには別の世界が広がっているようだった。咲いている花さえもそこからは変化する。目の前に白茶けた道が上がったり下がったりしながら、両側の緑の草むらに挟まれて前方に伸びている。草むらの端には木の実がのぞく高い生垣があり、上には大きな木の枝が垂れ下がっている。湿ってぬかるんだ村の道を歩いてくると一本道の白い乾いた色がうれしかった。ローラとエドモンドは村道の泥を「バターみたい」とふざけてはねあげ、一本道に出ると今度はかかとをひきずってその泥に土ぼこりをこすりつけて、母に叱られるのだった。

それは州道なのに、乗り物が通るのはまれだった。街道の先にある次の村まででも五マイルもあったし、オクスフォードへの馬車の定期便もなかった。街道の両端は低く刈り込んだ生垣だった。(二十世紀の今、この道はアスファルト舗装されて車がたくさん通っている。去年、この街道の交差点で十八歳の少女が車にはねれて死んだというニュースがあった。同じ場所なのに、昔はほとんど乗り物は通らなかったのだ。) 数年前まではこの街道もよく使われていたのだが、三マイル先に鉄橋ができ汽車が走るようになってからは誰も通らなくなっていた。村から村への行き来にしか使われなくなった道路に維持費をかけるのはもったいない、とみんなが言っていた。たまに見かける行商の馬車や、どこかの屋敷に物を届けに町の市場から来た馬車、医師の二輪馬車、醸造所の大型馬車などがこの道を使っていたが、散歩の間、何時間も乗り物には一台も出会わず帰ってくることの方が多かった。

生垣にうさぎのふんわりした白い尻尾が出たり入ったりしていると思ったら、次の瞬間にはオコジョが目の前を横切った。すばやい動物たちが音もなく現れては消えるたび、ローラとエドモンドははっとする。カシの木をリスが駆けていき、溝の中に蔦《つた》の葉に埋もれた狐がぐっすり眠っているのを見つけた。たくさんの小さな青い蝶が揺れる草の茎を縫ってひらひらと舞い、ミツバチが白いクローバーの間でブンブンいっている。あたりに物音はなく、街道は世界からとうに忘れ去られているようだった。

ローラたちは原っぱほどもある街道筋の草むらを自由に走っていいと言われて大喜びだ。

「グリンサードのところだけよ。道に出ないでね！」

ローラはグリンサードの意味がわからなかったが、それが古い方言で、グリーンスウォード（芝生）のことだとわかったのはずっと後になってからだ。

グリーンのところから出ないのは簡単なことだった。そこには村にはない草花がたくさん咲いていて、いつまでも飽きなかった。コゴメグサ、ホタルブクロ、夕焼け色のジギタリス、茎が黒い針金のような青いチコリの花。

道端に小さな谷のような窪地があり、そこにはきのこが生えていた。真っ白の涼しげな表面に小さな斑点を浮かせたボタン茸だ。そしてその窪地が散歩の終点だった。きのこの季節はもちろん、季節ではないときも、一応、草の中できのこ探しをしてから引き返すのが習慣になっていた。次の道標までは行ったことがない。

その窪地で、一度か二度、きのこ採りよりもっとドキドキする出来事に出会ったことがある。ジプシーの人たちがいたのだ。派手な幌が広げられ、やせた老馬が綱を解かれて草を食はんでいた。焚き火には鍋がかけられ、路上まで占領されていた。男たちが地べたに杭を打ち込んでキャンプの用意をする間、女たちは髪を梳《す》いたりキャベツをネットに入れたりしていた。子供たちは犬と一緒にその辺を駆け回って遊んでいる。いつもの窪地に怪しい野性的な雰囲気が満ちていた。初めてジプシーを見たローラとエドモンドはちょっと恐いと思いながらも、珍しいものを見た興奮でいっぱいだった。

初めてジプシーの人たちに出会ったとき、二人は思わず乳母車を押す母の背に隠れた。昔、近くの村で小さな子供がさらわれたという噂があったのだ。冷たくなった焚き火跡の灰を見ただけで、ローラは背中に冷たい恐怖が走る。「ジプシーがまだ隠れていて、私をさらっていっちゃうかも知れない」そう言うと母は「あの人たちも自分の子供だけでたくさんですってよ」と笑う。ローラはそれでも不安だった。

学校からの帰り道にする子供の遊びに、ローラがどうしても好きになれないものがあった。ジプシーの鬼の役の子供が先回りして隠れた後から、あとの子供たちが手をつないで歌いながらそろそろと歩いて行く。

今夜はジプシーに会いたくない、
ジプシーなんかに会いたくない

そのとき鬼が突然隠れ場所から飛び出してきて、近くの子供をつかまえるのだ。ローラは、遊びだとわかっていても、その瞬間が恐くてたまらないのだった。

でも幼いときの散歩で感じた恐怖はわくわくする興奮と入り混じっていた。母が一緒なのだから、さらわれるはずはない。母は薄黄色のきれいなドレスを着ていた。ドレスの長いスカートの上には茶色の細いベルベットのリボンが何段も縫い付けてあって、まるで釣り鐘のようだった。二番目のよそゆきの帽子にはスイカズラの花が香っている。まだ二十代のほっそりと華奢《きゃしゃ》な母はとてもきれいで、頬はバラ色で、茶色の髪は光があたると金色に輝いた。子供が増え苦労が大きくなるにつれて、母の頬のバラ色は消え、結婚前からの最後の美しいドレスも擦り切れて色あせ、一緒の散歩もなくなっていった。でもそうなる頃には、ローラとエドモンドは自分たちだけで好きなところに行けるくらいに大きくなり、土曜日や学校が休みの日には野原をはるか遠くまで、道標もいくつも通り過ぎて、生垣を越え、ブラックベリーやリンゴを探しに出かけるようになっていたのだった。

ジェーン叔母さん

まだ二人が幼かったとき、遊びに来た叔母さんと同じ道を散歩に行ったことがあった。エドモンドもローラも、糊のきいた白い服を着せられ、しっかり手をつないでいた。二人とも、初めて会うジェーン叔母さんにはにかんでいた。叔母さんはヨークシャーの大工の棟梁《とうりょう》と結婚していて、兄の家族に久しぶりに会いに来たのだった。二人とも叔母さんをすぐ好きになったけれど、母がそうではないことをローラは感じ取っていた。「ドレスが派手すぎるわ。それに何だか気取った人ね」その朝、荷物がまだ駅から届いていなかったので、叔母さんは旅行着のままだったのだが、紫がかった灰色のふんだんにひだをとったドレスは、前飾りがぐるっと後ろに回ってバッスルの上に止められ、頭には紫のベルベットのパンジーをたくさん寄せたトーク帽といういでたちだった。

歩くたび長いスカートが草に触れて絹ずれの音がした。そして道を横切るときには埃《ほこり》がつかないようスカートを持ち上げるのに、つないだローラの手をほどく。そのときにのぞく紫色のペチコートのたっぷりのフリルが素晴らしく美しかった。ローラはそれをうっとりと見つめ、心に決めていた。「大人になったら私も絶対にこういうドレスを着るわ」

エドモンドはドレスには興味がなかった。お行儀よく、叔母さんと話す話題を何とか探そうとしていた。死んだハリネズミを見つけた場所や去年の春にツグミの巣があった藪を見せてあげたり、遠くに聞こえたのは汽車の音だと教えてあげたりしていた。

道標まで来たとき、エドモンドが聞いた。

「ジェーン叔母さん、オクスフォードってどんなところなの?」

「そうね。古い建物や教会がいっぱいあって、お金持ちのお坊ちゃんたちは大きくなったらそこの大学に行くのよ」

「何を勉強しに?」ローラが聞いた。

「さあ、ラテン語とかギリシャ語とかかしら」

「みんな、行くの？」エドモンドは真面目だった。

「みんなってわけではないでしょうね。ケンブリッジに行く人もいるの。ケンブリッジにも大学があるのよ。こっちに行く人もいればあっちに行く人もいるということね」

叔母さんはにこっとした。もっと聞きたいことはある？　というように。

四歳のエドモンドはしばらく考えていた。

「僕、大きくなったらどっちの大学に行こうかな。オクスフォードとケンブリッジ、どっちにしよう？」

その無邪気で真剣な問いかけに叔母さんは思わず声を出して笑った。

「あなたの行ける大学なんかないわ。お金持ちしか行けないのよ」叔母さんは説明してくれた。

「あなたは小学校を出たらすぐ働かないといけないの。でもね、私たちがもし生まれどおりの人生を送れていたら、あなただってオクスフォードの一番いいカレッジに行けてたはずなのよ」

その後、叔母さんは散歩しながらずっと自分たち兄妹の母親、つまりローラとエドモンドの祖母は有名なワリングトン家の出身なのだということを話してくれた。

祖母の兄弟たちの中には本を書いた人もいるし、エドモンドはその人たちと同じくらい頭がいいかもしれないとも言った。しかし後で二人からその話を聞いた母はあっさりとこう言った。

「そんな本のこと、聞いたこともないわ。書いたとしても大した本じゃないと思うわ。時間を無駄遣いしただけよ。だってシェークスピアやミス・ブラッドンみたいに有名じゃないのだから」

そして頭をふりふりつけ加えた。

「エドモンドはそこまで賢くなくていいわ。働くのにそれほどの頭はいらないもの。中途半端に頭が良くたって、自分に満足できなくて生意気になって、せっかくの仕事までなくするのがせいぜいよ。そんな人を何人も見たわ」

ローラの母

しかしそう言いつつ、ローラの母は彼女自身、非常に賢い女性だった。しかも生まれ以上に高い教育も受けていた。彼女は近くの村の教会の隣の家に生まれ、エンマと名づけられた。

「普通の家よ、ワーズワースの詩の『私たち七人』の女の子みたいなものよ」

母親がまだ幼かった頃、隣の牧師館には年取った牧師と独身の姉が住んでいた。そのミス・ロウが隣家の可愛らしい金髪の少女を大変気に入って、学校から帰るといつも呼んでくれた。家族は、エンマは声がきれいだったので合唱の練習に参加させてもらっているのだと思っていたが、実は他にもいろんなことを教えてもらっていたのだ。古風な礼儀作法も、美しい筆記体も。彼女のミス・ロウ譲りの書体は、十八世紀後半の若い上流の令嬢の書体だった。

ミス・ロウが八十歳を目前にして亡くなったとき、二歳半のローラは母に連れられて、老齢の牧師を見舞った。それはローラのもっとも古い記憶の一つかもしれない。深緑の壁紙と窓の外に見えた木の枝。部屋にはかすかに夕暮れの光が射していた。よく憶えているのは皺《しわ》の寄った震える手が、何かすべすべした冷たい丸みのあるものを彼女の手に持たせてくれたことだ。老牧師はそのとき、亡くなった姉が小さいときに使っていた陶器のマグカップを形見にくれたのだった。そのマグカップは「はしっこの家」の暖炉の上に何年も大切に飾られていた。透きとおるような白地に緑の茂った葉が描かれた美しい古い陶磁器だったのに、壊れてしまって今はない。あれほどすべての物が大切に丁寧に扱われていた家で、なぜそれだけが割れてしまったのだろう。でもローラは今もあの葉っぱの模様をはっきりと覚えている。いつもグリーンと白の色の組み合わせが好きなのは、あのマグカップのせいなのかもしれないと思いつつ、その思い出を今も大切にしている。

母は子供たちによく、その牧師館と自分の家族のことを語った。父親が聖歌隊の伴奏者としてバイオリンを弾いていたので、自分たちも夕方の練習に加わったことなどだ。しかし後で乳母として働いたもう一つの牧師館のことはもっとたくさん話してくれた。そこは生活は質素でお金もあまりなかったが、大きな古い家には必要だったのか、台所と家事と子守りのメイドが三人もいた。牧師夫妻、九人の子供、三人のメイド、それにいつも寄宿生が三人か四人いた。「それは楽しかったわ」と彼女は語った。「夕方には、牧師さまの家族にお手伝いや学生も加わって、みんなで応接間で合唱したの」と。でもローラが一番大好きな母の話は、彼女が生涯でたった一度、もう少しで家から遠く離れた土地に行きそうになったことだ。オーストラリアのニューサウスウェールズに移住した親戚の誰かが、一時イギリスに帰って来たとき、乳母をしていたエンマを一緒にオーストラリアに行かないかと誘ったのだ。彼女がほとんどその気になっていたのに、夜、みんなはうっかり、オーストラリアでは家にも庭にも蛇がいっぱいいると言ってしまったのだ。

「それで止めたの。蛇は大嫌いですもの」

そしてオーストラリアに行く代わりに彼女は結婚し、ローラとエドモンドが生まれたのだった。（でもオーストラリアという国はなぜかローラの家族には縁があって、後の世代もそこに引き寄せられることになった。ローラの二番目の弟はクィーンズランドで果樹園を経営することになり、ローラの長男も技術者としてブリスベーンに住むことになった。）

母が働いたジョンストン家の子供たちはいつもローラたちのお手本だった。互いを思いやり、年長者の言いつけをよくきき、決してだらしないことや乱暴なことはせず、馬鹿ないたずらもしないというのだ。でもローラはこっそり思っていた。それはきっとエンマねえやがいるときだけよ、と。ねえやがいなくなると彼らはすぐに本性を現したに違いない。なぜなら彼らが遠くに引っ越す前、お別れの挨拶に「はしっこの家」に来てくれたとき、エンマがいなくなるやいなや、男の子たちはローラの髪を引っ張ってアカンベーをし、エプロンを首にまいて牧師の真似をして、ローラのお人形を果樹園の木の根元に埋めてお葬式ごっこをしたり、さんざんな悪さをしたのだから。

一番上の娘がミス・リリーで、その頃は十九歳くらいだった。ミス・リリーは弟妹たちをいったん家に連れて帰った後、夕暮れ時にまた何マイルも一人で歩いて「はしっこの家」に戻ってきた。ヴィクトリア時代の若い女性は今言われているほど身辺の安全に気を配っていたわけではない。乳母車に座って足をぶらぶらさせていたローラは、後ろで母とミス・リリーが小声で交わしていた会話を覚えている。その頃、ジョージ卿とルッカー氏の二人が彼女に好意を寄せていた。どちらがいいかしらというのが話題だった。ミス・リリーは言い張った。「エンマ、ジョージ卿の方が熱心よ。みんなもママにそう言っているわ」エンマはこう答える。「けれど、お嬢さん。彼は真剣ですか？」彼は真剣だったはずだ。ミス・リリーはとても可愛らしかったのだから。でも結局、彼女はルッカー夫人になり、「はしっこの家」の子供たちの名づけ親になった。クリスマスには毎年、本やおもちゃの詰まったプレゼントの小包が届けられ、リリーお嬢さんとエンマねえやは会う機会がなくなっても、四十年後の一九二〇年頃にもまだ、いつも手紙を書き合う親しい友人だった。

村の子供たち

村の家々のまわりでは学校に行っていない小さな子供たちが大勢集まって遊んでいた。朝になると、みんな古いショールを胸の前で交叉させ後ろで堅く結んだ格好で、手に何かおやつを持たされ、「お母さんは忙しいからね。外で遊んでおいで」と家から追い出される。母親は早く家事をすませてしまいたいのだ。冬は寒さで手足を紫色に腫らしながら馬や耕運機のそばに集まって遊び、夏は手近な水で泥だんごをこねる。転んで擦りむいたくらいで家に帰る子はいなかった。「大したことはないだろ。転ばないように気をおつけ。ちゃんと前を見るんだよ」と言われるだけなのがよくわかっていたからだ。

子供たちは、母馬に見守られている放し飼いの子馬のようなものだった。鼻水をたらし、手足や耳はしもやけだらけなのに、寝こむような病気にはめったにかからない。元気で逞《たくま》しかったのは、暮らし方のせいだろう。「よく鍛えておかなくちゃ」と母親たちは言っていたが、村の人間は本当に、男も女も、大人も子供も、身体だけでなく気持ちも鍛えられていて、強かった。

ローラやエドモンドも他の子供たちに混じって遊ぶことはあったが、父はそれを喜ばなかった。「田舎くさくなってしまう」と怒るのを、母は、「もうすぐ学校なんですから、村になじんでおかないと」と言ってとりなしていた。「それに遊ぶのは悪いことじゃないわ。ラークライズの人たちは貧乏だけれど貧乏が悪いというわけじゃないでしょ。そういうことなら私たちだって悪い人間ということになってしまうじゃないの」

そのおかげでローラたちも外で楽しく遊ぶことができた。板切れを拾ってきて壁を作り、苔や石で飾ってお家ごっこをしたり、地べたに腹ばいになり、土が渇いて瓦のようになってできた割れ目を覗いたりもした。冬は雪だるまを作り、水たまりで氷すべりもした。

子供の遊びも楽しいことばかりではない。口喧嘩が起き、殴ったり蹴飛ばしたりということはしょっちゅうだった。二歳の子のげんこつもあたれば痛い。「子供は縦も横も同じ寸法さ」と村の母親たちはよく言っていたが、ウールのショールを身体に巻きつけた子供たちは本当に、人間とは思えないほどに真四角だった。ロジー・フィリップという女の子からローラはいつも目が離せなかった。丸々と太って頑丈で、リンゴのようなほっぺたに深いえくぼがあり、髪の毛はまるで銅線のように硬い。子供たちがふざけてどんなに力いっぱいぶつかっても岩のように動かず、真四角なまま立っている。彼女が小さなとがった歯をむき出して突進してくる勢いはすごかった。ローラとエドモンドは意気地がないので、いつもそのぶつかりっこのゲームが始まると大急ぎで輪の外に出てしまうのだ。か細い足で家の庭の柵の中に逃げ込む二人を、村の子供たちは石を投げてはやした。

「やせっぽちの弱虫。弱虫の意気地なしー」

ローラとエドモンドの教育

二人がまだ小さかった頃、「はしっこの家」の両親はいつも子供の将来について計画を話し合っていた。「エドモンドはどこかの親方につけましょう。大工がいいんじゃないかしら。手に職があれば安心だわ」とか「ローラには学校の先生がどうかしら。無理ならいい家の乳母の仕事がいいんじゃない。」「でもそのためにはラークライズではだめだ。町のちゃんとした家に引っ越さなくちゃ」などなど。

両親はいつも引越しの相談をしていた。二人が出会ったとき、父は隣の教区の教会の修復工事のために、数ヵ月の予定で働きに来ていたよそ者だった。結婚したので取りあえずのつもりで「はしっこの家」に住み始めたのだが、子供も生まれ、何やかやで引越しは先延ばしされていった。九月末の聖ミカエル祭の頃になったら、もう一人子供が生まれたら、豚を殺したら、畑の野菜を収穫したら、といつも何かの理由で計画は延びた。七年たった今も二人は同じ家で同じ話をしているのだった。そして結局そのまま五十年住み続け、父が亡くなった後もまだ、母は一人で住み続けた。

ローラが学齢に近づくと、引越しはすぐにも現実になりそうな雰囲気だった。父は村の子供たちと同じ学校にはやりたくないと言い、母も理由は少し違ったが、それについては同じ意見だった。父は自分の子供に村の水準より高い教育を望んでいたからだが、母の方はただ、村の乱暴な子供たちにローラの服を破かれたり、遠い学校との往復で風邪を引いたり、頭や顔の汚れるのがいやだったのだ。だから町に空家が見つかり次第、来週にもラークライズから引っ越しそうな雰囲気になるのに、その度に何やかやの理由で取り止めになる。ローラの入学に引越しが間に合いそうもなくなると、時間稼ぎのために別の方法が考えられた。父がローラとエドモンドに読み書きを教えることにし、役所から入学についての連絡が来たら、それには母が近いうちに引っ越すことになっているからと言い訳し、とにかく家で勉強を教えることにしようということになったのだ。

父は小学校一年生の国語の教科書を二冊手に入れ、まず二人にアルファベットから教え始めた。でも一音節の言葉を習い始めてすぐ、遠くの土地の仕事が入って週末しか帰れなくなり、勉強は「猫がマットに座る」の段階で中断してしまった。ローラは教科書を手に母を追いかけ、「ねえ、お母さん、『家』はどう書くの？『歩く』の綴りは？」と一人で勉強を始めた。しかし忙しい母が付きっきりで教えることはできないので、ローラは眉をしかめ、ヘブライ語を読むような難しい顔で、印刷された文字をにらみ続けた。

そして数週間が過ぎたある日、ローラの目に突然、文字の連なりが意味を持って飛び込んで来たのだった。最初の頁にも読めない言葉はたくさんあったが、飛ばし飛ばし読み進んでいくと、全体の意味をつかむことができた。「読めるわ。私、字が読めるわ！」思わずローラは叫んでいた。「お母さん、エドモンド、私、字が読める！」

家にある本は多くなかったが、よその家よりはましだった。ほとんど意味のわからない父の蔵書の他に母の聖書やジョン・バンヤンの『天路歴程』という本もあったし、ジョンストン家が引っ越すときにエンマねえやに置いていってくれた子供の本もあった。ローラはグリム童話や『ガリバー旅行記』、『ひなぎくの首飾り』という親のいない子供たちの物語、モールズワース夫人の『カッコー時計』、『にんじん』などを、じき一人で読めるようになった。

近所の人たちは、ローラがいつも本を開いているので、字が読めることに気づいた。それはみんなには我慢のならないことだった。彼らの家では、学校で無理やり教え込まれる前に読み書きができた子はいなかった。ローラの母はみんなから抜け駆けはずるいと咎《とが》められた。父が留守だったので言い易かったのだろう。「子供に字を教えるのは父親の仕事じゃないよ。学校があるんだからね。先生が気を悪くするよ」少し親切な人は、ローラが目を悪くするから止めさせた方がいい、と言った。そうやってローラの独学は終わりになったのだが、母が本を隠しても、ローラの目はまるで磁石のように本のある場所に吸い寄せられ、見つけてしまうのだった。

エドモンドが字を覚えるのにはローラより時間がかかった。でも彼はいったん覚え始めると、わからない言葉を飛ばしたり前後から判断したりではなく、着実に完璧に覚えた。一ページをすっかり頭に入れてから次に進むエドモンドに、母親はローラより辛抱強く付き合ってやった。エドモンドはいつも母のお気に入りだった。

ローラとエドモンドがそのまま好きなだけ勉強できていたなら、そして進歩に応じた良い本が身近にあったなら、学校で学ぶ以上の進歩が望めたかもしれない。しかし二人が新しい発見で心を躍らせた家庭勉強は長く続かなかった。たまたま就学官が学校を休んでばかりいる近所の子供の家に来たとき、そこの母親が「はしっこの家」の子供のことを言いつけたのだ。そしてその役人が家にやって来て、ローラを翌週の月曜日九時から学校に行かせないと罰すると母を脅したのだった。

エドモンドがオクスフォードかケンブリッジに行く夢は消えた。二人は村の小学校に行くしかなかった。その後、鶏が餌をついばむように、二人は必要な知識は自分で拾い上げなければならなかった。二人は、学校からは少し、本からはたくさん、そして人からもたくさん、知識は自力で学ぶことになったのだ。

後になって読んだ本から、二人は自分たちとは違う境遇の子供のいることを知った。木馬のある子供部屋、子供同士のパーティや海辺の休暇。そういう環境で育った子供たちは本や勉強が好きだとみんなに誉められるのに、自分たちは変わった子供としか思われていない。どうしてラークライズのような場所に生まれてしまったのだろう。

二人が村で学んだこと

しかしそれは、家の中でのことだ。家の外にも、見て聞いて学ぶことはたくさんあった。村の人たちもみな個性的で面白かったし、ローラはとりわけ年寄りが好きだった。昔の話や古い歌、昔の習慣を教えてもらうのが楽しかった。もっとたくさん教えて欲しいのに、忘れてしまっていてなかなか思い出してくれないのが歯がゆかった。もう死んだ昔の人たちのことを、土や石が話してくれたらどんなにいいだろうと思うほどだった。ローラは石が好きで色や形の違うものをたくさん集めていたが、魔法の泉の石がぱっかりと左右に割れ、中から世界の始まりを書いた羊皮紙を出してくれたらどんなに楽しいだろうと思うのだった。

村での楽しみにはお金がかからなかった。だからいくらでも楽しめた。季節の移ろいとともに、景色も音も香りも変化していく。春には、畑の青い麦が風にそよぎ、その上を雲の影が流れて行く。夏には、実った麦穂、燃えるような夏の花、果物。遠くでゴロゴロとかみなりの音がすると思っていると次の瞬間、バケツを引っくり返したように降り出す夕立。そして八月になり、刈入れが終わると辺りは冬に備えて休息に入る。雪が積もり、凍り、生垣はまたいで越えられるようになる。見たことのない鳥がパンくずを求めて戸口に来たり、豚小屋の周りには餌を探しにきたウサギの足跡が残っている。

ローラとエドモンドには二人だけの内緒の遊びがあった。小川の岸辺で見つけた白いスミレの群生地を「聖なる秘密基地」と名づけたり、そこに咲いているマツムシソウの真っ青な花びらが夏空から雪のように降ってくる光景を空想したりするのだった。小鳥が柵や小枝に卵を産んでいるところに近づいて、尾っぽにそっと触れるというのも、大好きな遊びだった。ローラは一度成功したのに、そのときエドモンドが一緒にいなかったので、いくら本当だと言っても誰も信用してくれなかった。

少し大きくなって「人は土から生まれ土に帰る」という言葉を知ったときには、自分たちを大地から生まれたシャボン玉のように想像して楽しんだ。畑や野原に二人だけでいると、跳んだりはねたりしながら、そうっと地面に触れて「私たちは土から生まれたシャボン玉、シャボン玉、シャボン玉」と大きな声で言ってみるのだった。

そうやって大人たちに内緒の楽しい遊びの世界を持っていたが、二人が病的で繊細な感受性を育んでいたかというと決してそうではない。最近の本にはそういう子供たちが時代の特徴のように登場するが、二人は田舎の血も十分に受け継いでいたので、そういう繊細さとは無縁の単純な逞《たくま》しさも持っていた。しょっちゅうお尻をぶたれていたが、その都度、いけないことはもうするまいと思ってもすぐに忘れてまた同じことをしていたのだから、体罰が心に傷を残すこともなかった。ローラは十二歳のとき、乾し草置場で雄牛がオスであることを証明する行為の真っ最中で、男たちがそれを見物中のところに出くわしたことがあった。しかしそのことが彼女の人間形成を歪めたとは思えない。交合をこっそり覗こうとも思わなかったが慌てて逃げ出そうとも思わなかった。冷静に「見つからないうちに逃げなくちゃ」と思っていた。彼女にとってその光景は自然の営み以外の何ものでもなかった。パンにはバター、朝のパンには牛乳、というのと違いはない。でも今そこにいる男たちは、女子供に現場を見られたと知ったら、「ちょっとまずい」と思うだろう。ローラはそっと後ずさりして別の道を通って家に帰ったが、そのできごとがローラの潜在意識に何らかの痕跡を残したとも思えない。

学校に行くようになった頃から、二人も村の子供たちに溶け込むようになった。小さな子供たちとは一緒に勉強や遊びやいたずらをし、大きな子供たちからはいじめられたり優しくされたり、状況に応じていろいろなことがあった。ただ二人が違っていたのは、村の暮らしの楽しさも貧しさも厳しさも他の子供たちと同じように経験していたにもかかわらず、みんなにはあたりまえのことが二人にはあたりまえではなかったということだ。他の子供たちには面白くも楽しくも悲しくもないことが、ローラとエドモンドの心を動かした。誰も気に止めないできごとが二人の注意を引き、話された瞬間忘れ去られる言葉が二人の記憶には止まり、人々の行為や反応が二人の心を揺さぶった。そして小さな子供時代のことだったのに、村での思い出は心に焼きつき、生涯消えなかった。

ローラとエドモンドはその後村から遠く離れた土地で人生を歩んだ。エドモンドは南アフリカへ、そしてインドとカナダに行き、最後はベルギーで戦死した。しかし二人はこの後も、この本の中でずっとラークライズの生活や風景の証言者であり続けるだろう。

第三章　農作業

ラークライズを出て細いまっすぐの一本道を、石の道標と反対の方向に行くと、一マイル半（一マイル＝一・六キロ）先にフォードロウ村があった。こちらも行くとすぐに景色が変り始める。視界の向こうには広い畑が開け、野原と樫の木立と小川のせせらぎが見えて来るのだった。

フォードロウは小さな人気のない淋しい村で、ラークライズよりも人口が少なかった。店もインも郵便局もなく、鉄道の駅からは六マイルも離れていた。ずんぐりした古い教会が、道より小高く盛り上がった狭い敷地にうずくまるように建っている。風除けの高い楡の木に囲まれて、カラスの鳴き声が絶えず聞こえてきた。牧師館は鬱蒼《うっそう》とした果樹と植え込みに覆われ、道からは煙突しか見えない。それに続く石の桟《さん》の入った窓のあるチューダー様式の農場の建物には地下牢もあるという噂だった。あとは学校の建物と、羊飼い、大工、鍛冶屋のほか、農場でも地位が高い使用人が住む家が十二、三軒、あるだけだ。僅かな数の家は道沿いに並んでいるのだが、建物が緑の中に埋もれているので目立たず、うっかりすると村とは気づかないほどだった。ラークライズではよくこんな冗談が言われていた。「フォードロウ村を通りかかった旅人が聞いたんだってさ。フォードロウ村にはどう行けばいいんですかって」ラークライズの人々はフォードロウの住人は気位ばかり高い俗物だと言い、フォードロウの方はラークライズを「ジプシー村」と馬鹿にしていた。

フォードロウの人たちは、インに酒を飲みに来る二、三人を除けば、ラークライズには誰もやって来なかった。みなラークライズを文化から取り残された場所だと思っていたのだ。ラークライズの方でも二つの村の違いはわかっていた。教会と学校と農場は人間の体でいえば頭脳だが、インはただの娯楽の場所でしかない。

農民気質

一年のうちの殆どの季節、ラークライズの男たちは夜明け前に服を着替え、パンとラードの朝食をすませると、前夜のうちに用意した弁当の入ったかごを持ち、野原を横切りスタイル（家畜が通れないように垣や柵に作った踏み越し段）を越えて、農場へと出かけて行く。若者たちを家から出してやるのはもっと一仕事だ。呼んだくらいでは起きない十一、二歳の息子たちを母親は揺り動かし、冬などには暖かいベッドから引きずり出さなければならない。夜の内に暖炉の火よけの内側で乾かした革ブーツは、堅く縮んで簡単には履けない。なかなか足が入らず叫び出す小さな男の子を母親が励ます。「ブーツだけでしょ。ズボンも皮だった頃に比べれば楽なものよ。昔は履くのに一時間もかかったんだから。ほら、ゆっくり、あわてないで。ヨブの苦労に比べたら何でもないよ」

「旧約聖書のヨブのこと?」その子が叫ぶ。「ヨブにこの苦労がわかるもんか。彼は皮のズボンなんか履かなくてよかったんだから」

皮のズボンは八〇年代にはすでに姿を消し、話のたねに持ち出されるだけだった。馬車屋や羊飼いや年配の労働者の中には、まだスモックの上っ張りに、牧師のような丸いフエルトのつば広の帽子をかぶった男たちもいたが、こういう古くからの田舎の労働着はすたれ始めていた。働く男たちは、たいていは厚手の焦茶色のコーデュロイの上下で、夏は未晒《さら》しの上着だった。

若者と働き盛りの男たちは一様に赤ら顔のがっしりした中肉中背で、重い物も軽々と運べるのが自慢の力持ちだ。「何キロ持ったって、痛くも痒くもねえ」が彼らの口癖だ。しかし、年寄りたちはみな、背中が曲がり身体中が節くれだって、長年戸外の悪天候の中で働いた勲章のリューマチに悩みながら、不自由そうに足を引きずっていた。年寄りのほとんどは顎から頬にかけて白い髭《ひげ》を蓄えていたが、壮年の男たちは口髭を生やしていた。その時代では珍しくすっかり髭を剃った男たちもいたが、髭剃りは日曜日に決まっていたので、普段はうっすらと無精髭が伸びていた。

話すのは方言だ。オクスフォード州の方言は母音を、伸ばすというより重ねるのだった。ボーイではなくボゥオイだったし、コールではなくコゥオル、ペールではなくペィエルだった。単語と単語もつながって縮まり、ブレッドアンドバターはブレンバになるという具合だ。ことわざや古くからの言い回しがたくさんあり、言い方は短刀直入で明解だった。表現は単に「熱い」「冷たい」ではなく、「地獄のように熱い」「氷みたいに冷たい」とか「ギニー金貨みたいな黄色」というように、必ずたとえの修飾語が加わった。量が中途半端なときは「ディックの帽子の帯みたいに半分しかない」と言い、話しかけても返答がないと「棒っきれに湿布を当ててるみたいだ」と言う。興奮している人は「焼けたレンガの上の猫」で、怒ることは「雄牛みたいに狂う」となる。他にも「ネズミなみの貧乏」「犬みたいに気分が悪い」「カラスみたいに喚く」「罪なくらい醜い」「牛乳たっぷりの親切」「自慢が臭ってくる」云々の表現が盛りだくさんだ。気まぐれな人とは「屋根に登ってるかと思えば井戸の底にいる人」のことだ。こういう方言特有の表現は、働き盛りで、自信と貫禄のある、常識豊かな中年の男たちの口から、深みのある低音の声で話されたときがもっとも魅力的だった。(著者は数年前、ＢＢＣ放送でアナウンサーのフレデリック・グリースウッド氏が完璧な、古いオクスフォード方言を話すのを聞いたことがある。たいていの場合、方言の真似はその土地の出身者が聞くとどこか変なものだが、彼の方言は昔の故郷に戻ったような気分にさせてくれた。)

男たちの収入はペニーの単位まで同じだった。生活環境も、娯楽も、毎日の野良仕事も似たようなものだ。しかし、人間の中身は、田舎の人間と都会の人間が違うのと同じくらい違っていた。賢い人も飲み込みの悪い人もいるし、親切で頼りになる人もいれば自分のことしか考えていない人も、陽気な人も無口な人もいて、型どおりの人はいない。小説に出てくるような典型的イギリス農民は探しても見つからないだろう。

オクスフォード地方の農民は、からっとしたユーモアセンスを持ったスコットランド農民とも違うし、トマス・ハーディの小説に出てくる気の利いた洒落を言うウェセックス州の農民とも違う。オクスフォードの男たちの感情の動きは、重たい泥をこねるようにゆったりとしていて、その派手さのない鈍重さの中に心温まるものがあるのだった。たとえばエドモンドが大切にしていたカササギが、運動のために放したら巣に帰って来なかったときのことだ。泣いているエドモンドに通りかかった男がこう言って慰めた。

「泣いてないでミセス・アンドリューのところに行きな。あの女の頭には村の噂が全部アイウエオ順に詰まってる。おまえのカササギのこともとっくに聞きつけているかも知れん。スラットンまで飛んで行ったと言われたらあきらめるんだな」

ラークライズの村の人たちが一番大事だと思っている人間の価値は「意地」だった。肉体的精神的な苦痛にもひるまず向かってゆく勇気が大切だった。男たちは言う。

「オート麦の畑を夜っぴいて片づけなきゃならねえ、と旦那が言うのさ。雨が来るからと。俺らはよござんすと引き受けた。逃げたりするもんか。当然さ。夜中までかかってやっと最後の束を小屋に入れたら、帰りの足はよろよろさ。でも俺らにも意地があるからな」

「年いった雄牛が俺に向かって来たのさ。頭を下げて。でも俺は意地で踏み止まったのさ。垣から丸太を引き抜いて奴に向かって行った。そしたら奴の方が弱腰になったよ」

女たちも言った。

「母親の看病で六日間寝なかった。服を脱ぐひまもなかった。でも私は意地で頑張ったわ。母さんだって病気に負けまいと頑張ってるのに、私が根をあげるわけにはいかないでしょ」

お産の後の若い母親なら産婆にこう言うだろう。

「私、我慢強かったでしょ。意地を見せたかったのよ」と。

農場と小作農

農場は教区を越えて遠くまで広がっていた。厳密に言えば、複数の農場だったのだが、その頃はチューダー式の家に住む年配の富裕な男が農場主として一手に管理していた。農場の建物の周囲に拡がる広大な牧草地には馬が草を食み、畜舎には牛が飼われていて、農場主の家族だけではなく周辺の人々全員のバターや牛乳を供給していた。畑の一部には乾草用の牧草が植えられていて、飼料用のライ麦も育てられていた。残りの土地が麦と根菜類の畑だったが、麦は大半が小麦だった。

農場には母屋のまわりに、農作業用の建物がたくさんあった。毛足の長い頑丈な脚の荷車引きの馬が飼われている馬小屋、乾草を出し入れする大きく高い戸口がつけられた納屋。車庫には黄色と青に塗られた畑仕事用の荷馬車が置かれ、外階段のついた穀物倉庫や、油粕や有機肥料、農機具をしまう物置小屋もあった。乾草専用の中庭には石畳の上に乾草がピラミッド型に高く積まれていた。酪農用の建物は小さかったけれども、手本にもなりそうな作りで、ひととおりの設備が整っていた。この農場にはかなりの規模の農作業に必要と思われるものは全部揃っていた。

働き手についても不足はなかった。男の子は学校を卒業すると農場で働くのが当然と考えられていたし、退役軍人も、結婚して身を固めたい男も、行けば仕事が貰えた。安い賃金で耕して欲しい土地はいくらでもあり、農場主は人手がいくらでも欲しかった。ラークライズの男や若者が朝、畑に着く頃、荷馬車職人の人たちはその一時間前からもう馬に餌をやり、農作業の準備を始めている。男たちは着いたらすぐに必要な用意を整えて、馬に引き具をつけ、一緒に組む仲間たちとその日の予定の畑へと出てゆくのだ。

雨降りの日は、ズダ袋の片側を開いてそれを合羽代わりに頭からかぶり、霜の下りた寒い日は指先に息を吹きかけ胸を叩いて身体を暖めた。朝食だけでは足りずお腹が空くと、引っこ抜いたカブを食べたり、家畜用の油脂の固形飼料を一口かじったりする。焦げ茶色の飼料は栄養たっぷりなのだ。若者の中には畜舎のランタン用の獣脂で作ったロウソクをかじる者もいた。でもこういう行為は空腹でというよりは一種の冗談だった。母親がパンケーキの残りや昨夜のローリーポーリーの残りを持たせているのだから、いざとなったらそれを食べればいいのだ。

「さあ行くぞ」「それ」という、仲間同士のかけ声が行き交うと、少年は馬の背によじ登り、大人の男たちはきざみタバコを詰めたパイプをくわえてその日の最初の一服を楽しみながら横を歩く。鞭《むち》が鳴り、ひづめのコツコツいう音が響き、馬具がガチャガチャいう中を、泥のあぜ道を一行は畑へと向かってゆくのだ。

畑にはそれぞれの由来で名前がついていた。農場主の屋敷に近い畑の「濠端《ほりばた》」とか「魚の池」「鳩小屋」「犬小屋」「ウサギ小屋」などは、チューダー時代にその場所にあったものの名残りだった。「ひばりが丘」「カッコウの森」「ユリヤナギ」「池」などは周辺の自然環境から名づけられたものだし、「ギバードの土地」「ブラックウェル所有地」などは昔その地所を所有していた人の名がそのままついていた。ラークライズの周辺で最近になって耕作が始まった広大な畑は新しすぎて、由緒ある名前を考える時間もなかったので、「百《ハンドレッド》エーカー」（一エーカー＝四〇四六平米）とか「六十《シクスティ》エーカー」とか、面積がそのまま名前になっていた。年寄りの中には「ヒースの野」とか「駆けっこの原っぱ」と呼ぶ方がまだいいという人もいた。

男たちには畑の名前など、どうでも良かった。名前よりも、畑に行く道が歩きやすいか、周りに木があって風を防いでくれるか、ということの方が大事だ。だだっ広い畑は風が吹き抜け、雨のときは肌までずぶ濡れになるし、一番の問題は土だ。軽くて起こしやすければいいが、粘って重いと鍬《くわ》が通らない。

一つの畑にはだいたい、馬の引く耕運機が三台から四台、割り当てられていた。一台を三頭の馬が引く。少年が鍬台の先頭に立ち、大人の男が後ろについた。一日中、三台の耕運機が畑を行ったり来たり、麦株を起こしながら、土の上に黒い畝模様《うねもよう》をさまざまな方向から描いてゆく。日がたつにつれ畝模様は広がって接近してゆき、ついには畑全体がビロードのようなプラム色に変るのだ。

ミヤマガラスを眺めたり、土の中にミミズや地虫を見つけたりしながら、耕作は進んでゆく。生垣から小鳥たちが興味深そうに顔をのぞかせることもある。隣の畑では囲いの中の羊が窮屈そうに押し込められて不満げだ。そして小鳥のさえずりや動物ののどかな鳴き声に混じってひときわ大きな「それー」「行くぞー」「そうだ」「左だぞ」「聞いてるか」「しっかりしろ」という声が響き渡るのだ。

土起こしが終わると次は、地ならし機の出番だ。それで土くれをつぶし、更に砕土機で土を砕いたら、じゃまな雑草やシバムギの草を集め、最後にその雑草の山に火が放たれる。空気が煙で青くかすみ、嗅《か》ぎなれた匂いがあたりに立ち込める。そして種播きが終わり、細い麦の芽が顔をのぞかせ、草取り、刈入れと順に時を追いながら作業は続き、終わり、また初めに戻るのだ。

その頃は、畑にもようやく機械が導入され始めていた。秋になると大きなトラクターが二台、畑の両端に姿を現した。動力はスチームエンジンで、ケーブルで耕運機を引いた。運転手二人が寝泊りできる場所まで装備されたそのトラクターは、形のせいで「箱《ボックス》」と呼ばれていたが、この「箱」の一隊が機械一式と共に、この辺りの農場を巡回して仕事を請け負っていた。一八九〇年代になって、この男たちが遠い外国の農業のやり方を習得したくて海の向こうに出かけて行くと、別の男たちの一隊が仕事を引き継いだ。ローラの弟の一人もそれに加わったが、ラークライズの人々は農場から農場へと渡り歩いて仕事する彼らをよそ者扱いしていたので、村の人間がその仕事を選んだことに驚いた。彼らはこういう機械を扱う人間を自分たちと同類とは思っていなかった。汚れ仕事のためいつも黒い服を着ていたから、掃除夫や雑用係と同様に一段下に見ていたのだ。しかし、それなら知的で洗練された物腰の事務員や店員を尊敬していたかというと、彼らのことは「計算野郎」と呼び、やはり一段下に見ていることに変わりはなかった。村人たちにとって、社会の構成員とは、地主、農場主、役人、それに農民、あとは肉屋、パン屋、粉屋、雑貨屋だけだった。

農場主の所有する機械は馬が引くものだけで、それすら部分的にしか使われていなかった。馬力の種播き機を使っている農場もあったが、たいていのところではまだ、人が種を入れたかごを首から提げ、畝沿いに行ったり来たりしながら、両手で左右に種を播いてゆくやり方をとっていた。秋の収穫のときには、刈取り機が活躍する風景も珍しくなくなっていたが、それさえ農作業全体から見ればほんの一部だった。まだ男たちが大鎌を、女たちが小鎌をふるって刈取るのが大部分だった。脱穀機の方がもう少し普及していて、農場から農場へと巡回していたが、しかしそれぞれの家ではまだ、みんなが拾った落穂を手ではずし、女たちがそれを竿で叩き、ざるからざるへと移しながら籾を風で飛ばしてゆくというやり方の脱穀作業をしていた。

畑で

農夫たちは求められればいつでも一生懸命働き、しかもたしかなペースで仕事をした。仕事の能力に個人差はあったが、みんな自分の技には誇りを持っていて、都会の人間にはわからないだろうが農作業は決して馬鹿な人間にはできない仕事だと力説するのだった。「要所を押さえるのが肝心なんだ。力の入れ加減、抜き加減を覚えるには一生かかる」そこまでの技量のない者はこう言う。「一週間に十ボブ（シリングと同じ）稼げば十分さ。一ペニーも余計には要らん。あるだけで間に合わせるのさ」と。でもそんな男でも共同作業になれば、全体のペースに合わせ、ゆっくりではあっても確かな仕事ぶりを見せた。

畑起こしの農夫たちはチームで働いたが、あとは一人で、あるいは二、三人が組んで、鍬で土を起こしたり砕いたり、肥料を鋤《す》き込んだりの仕事をし、残りは溝の掃除や水路の点検に回ったり、木を倒したり、藁を切ったりという雑用にまわった。また腕の立つ中年の男たちは、生垣作り、溝掘り、羊の毛刈り、藁葺き、乳搾りなど季節ごとに必要になる仕事も出来高でこなした。荷馬車職人、羊番、牧夫、鍛冶屋などは専門職人だ。彼らの仕事は非常に大切だったので、週給二シリングの他に手間賃も与えられ、農場内の住居家賃も払わなくてよかった。

　男たちは畑を起こしながら畝越しに声を掛け合うとき、ミラーとか、ガスキンズ、タッフリーといった苗字を呼ぶのではなく、ビルとかトム、ディックなどの名前で呼ぶのでもなかった。みな、ビッシー（へま野郎）とかパンプキン（カボチャ）、ボーマー（文句の多い人間）などのあだ名で呼び合うのだった。あだ名の由来はつけた当人さえ覚えていないことが多かったが、本人を見ればなるほどと納得するだろう。カラスあるいはカラスの目玉は顔を見ればそうか、と思うし、オールド・スタット（どもり）は吃り癖のある男だ。ベイヤーは食事の間に「ちょっと一口」が口癖の男で、おやつの古い言い方ベイヴァーがあだ名になってしまったというわけだ。しかしそのベイヴァーという語もランチ、ランチョンという言葉にとって代わられつつあった。

　何年か後、エドモンドがしばらく農作業をしていたとき、荷馬車職人が彼にソロモンというあだ名をつけた。何を聞いても答えてくれるからだった。「おまえは何と賢いんだ。まるでソロモンだ。ソロモンと呼ぶことにしよう」というわけでエドモンドは村にいる間はずっとソロモンだった。ローラの別の弟はフィッシャー（魚つり）だった。理由はわからない。娘より息子を重んじていた母はその弟をさらにキングフィッシャーと呼んでいた。

畑になごやかなかけ声のかわりに、低いシーという警告の声が行き交うことがある。それはオールドマンデーと呼ばれている農場の管理人が来たという合図だ。畑の向こうから毛のふさふさした灰色の小型馬に乗った彼が現れる。馬がずんぐりと小さいので、背の高い彼の足は今にも地面につきそうだ。皺《しわ》だらけの赤ら顔の年寄りで、鞭《むち》を鳴らしながら叫んでいる。「ほら、おまえら、仕事の進み具合がわかってるのか？」

嫌みな質問をし、重箱のすみを突っつくように瑣末な仕事の落ち度を見つけるのが好きなタイプだったが、人の扱いはおおむね公平だった。しかし何より嫌われていたのは、せっかちで、人のことをやたらと急き立てることだった。

昔、何かの拍子で彼は突然こう叫んだ。「もう月曜日の朝（マンデーモーニング）十時だ。今日が月曜日、明日が火曜日、明後日はもう水曜日。そんな調子じゃ、一週間が半分過ぎても何も終わってないぞ！」オールドマンデー、ときにはオールドマンデーモーニングと呼ばれているあだ名は、そこからきている。もちろんそれは本人のいないときにしか使われなかった。みんな彼の前ではみんな「はい、モリスさん」「いいえ、モリスさん」「できるかどうかやってみます、モリスさん」という言葉遣いをし、気が弱い人間は「旦那さま」とさえつけ加えた。それなのに、姿が見えなくなるや否や、誰かが必ず、彼を指さして自分の尻を叩きながら、「おまえなんかくそ食らえだ」とふざけるのだ。

太陽が正午の位置に来ると、あるいは親の代からの懐中時計を持った人間の合図で、みんなは畑から上がり、昼休みをとる。馬も馬具をはずしてもらって生垣の囲いの中で草を食んだり、乾草ひとつかみか飼料の昼御飯をもらう。年長者も若者も一緒に腰をおろして昼食だ。冷たいお茶の入った金属の水筒の栓を抜き、赤いハンカチでくるんだ弁当を広げる。運がよければ食パンの厚切りにさいの目のベーコンが乗って、その上にまた食パンの耳が乗っているだろう。パンでベーコンを押さえナイフで切りながら、外側から少しずつ食べてゆく。ベーコンの幸運に与かれなかった男たちもパンをちぎり、ラードやチーズをつけながら食べる。プディングの残りを持ってきた少年たちはふざけて取りあげられそうになる。

弁当はすぐになくなり、払ったハンカチから落ちたパンくずに小鳥が飛んでくる。大人たちがパイプをくゆらす間、少年たちはパチンコ片手に生垣の間をうろつく。大人はその間、政治を論じ、最近の殺人事件や村の噂話に興じる。中に下卑た話が好きな男が一人いたから、女たちが陰で「男の話」と呼んでいる話になったりもしたのだろう。

そういう話は、畑で語られるだけで、決して外には洩れてこなかった。田舎の「デカメロンは、何世代も昔から、繰り返し尾ひれがついて語られてきたに違いない。中身はおそらく卑猥《ひわい》なものだった。年寄りの中には「わしは聞いていられなくて、座をはずしたよ。いやらしい奴等が集まれば、ろくでもない話になるのさ」と言う人もいた。話の内容は男だけの秘密だった。不道徳ではないとしてもひどく下品な話だったのだろう。その場にいた少年がこっそり漏らした断片からの想像では、たいてい「あいつの話では」とか「聞いたところによれば」という伝聞情報で、身体のある部分について、人前では決して口にできないことを話すらしかった。

歌や詩の中にも、畑や生垣の周辺でしか聞けないものがあった。そういう替え歌にはあまりに見事なできばえのせいで、研究者によっては、牧師や良家の教育のある不良息子が作ったのだろうと推測する人もいる。たしかにそういう才能のある若者もいたかもしれない。しかし、当時は農夫たちも皆、教会に通い、そこで歌われる歌は知っていたのだから、彼らの中にも替え歌作りの得意な者はいたに違いない。

たとえば「牧師の娘」という、誰でも知っている賛美歌の替え歌があった。内容はこうだ。クリスマスの朝、牧師の娘が、父親が教会に出かけた後で牛肉の届け物があったことを知らせに行かされた。娘が教会に行くともう礼拝は始まっていたけれど、司式をしている父親のところに、彼女はためらわずに近づいて行った。ちょうどみんなが賛美歌を歌っていた。

「父よ、肉は来ませり、母は何をなすべきや」

そして答えもその賛美歌だ。「彼の女に伝えよ、厚きはあぶり、薄きはゆで、スエットのプディ

ング にせよと」

でも先ほどあげた畑で下品な話をしたがる男はこんな無邪気なパロディーでは満足できなかった。たくさんある下品な歌の中からもっとも下品なものを選び、即興で、実際の恋人たちの名前を織り込みながら、生まれた子供の父親の名前をあてこすった歌を作った。「見よ、子らよ、聞け」「気をつけよ、道を歩み来る、あの女に」聞いている男たちの十人中九人は不愉快な顔をしたが、あえて彼の歌を止める者もいなかった。

しかし誰もがいつも彼を大目に見たわけではない。ついにその日が来た。インドでの五年の兵役を終えて村に帰ってきた若者が、ある日たまたま彼の隣に座った。若者は隣席から聞こえる即興の替え歌を一、二曲は我慢していた。でもその後、彼をにらみつけると一言こう言った。「外に出てその汚い口を洗え」

彼は返事の代わりに、若者の名前を織り込んだ歌を大声で歌った。若者はいきなり席から立ち上がるや、彼の首根っこをつかんで、外に引きずり出し、取っ組み合いの末に、口に小石を押し込んで、「これで口をすすげ」と言いざま、尻を蹴飛ばした。彼はこそこそ生垣の陰に逃げ込み、石を吐き出し唾を吐いたという。

農婦たち

少数だが女たちの中にも農作業に出る者がいた。男たちとは仕事も畑も別だったが、専用の仕事を割り当てられていた。雑草取り、土起こし、石拾い、かぶやテンサイの葉切りなどだ。雨降りの日は納屋で袋を繕った。昔も、野良に出る女たちはいたと言われている。無軌道で、未婚のまま四、五人の子供を産むことも平気な女たちという噂だった。しかし時代は変わり、当時、野良で働いていたのはそういう女たちではない。前時代の悪評のせいでほとんどの女が野良に出たがらなかった中で、八〇年代、ラークライズでは六人の女が畑に出ていた。中年のしっかりした人たちで、家族の手が離れ自由な時間ができたので、好きな戸外の仕事で、週に二、三シリングの小遣いを稼ぎたくて、働いている人たちだった。

彼女たちの仕事時間は、朝の家事と夕方の家族の夕飯準備を考えて、十時から四時までと決まっていた。昼休みが一時間あり週給は四シリングだった。日よけのボンネットをかぶり、鋲《びょう》つきの編み上げ靴に男物の上着をはおり、下から裾《すそ》を折り上げて大きなポケットにしたエプロンをつけていた。夫のコーデュロイのズボンをはき目立つ格好をしたミセス・スパイサーは、ズボンで働きに出た最初の女性だ。他の人はそこまではせずズボンをはいても上にゲートルを巻いて目立たなくしていた。みな強健で頑丈で、風雨に鍛えられて釘のように打たれ強くて、一年中、どんな天候のときも、一日中家の中にいたら「腐って気が狂いそうになる」人たちだった。

もし旅行者が偶然通りかかって、彼女たちが一列に畑にかがんでいる様子を見たら、一つさやのえんどう豆みたいにそっくりだと思ったかもしれないが、もちろんそれぞれに個性があった。一人だけ未婚のリリーは大柄で強健、かつジプシーのように褐色の肌をしていた。畑の土が染み込んだように浅黒く、家の中にいても大地の匂いがした。昔、男にだまされて子供を産んだとき、彼女はその息子を育て上げるまで二度と結婚はするまいと誓ったのだそうだ。でも口さがない村人は、その誓いを「まったく必要がない」と笑った。お世辞にもきれいとはいえない容姿だったからだ。

八〇年代、彼女は五十歳だった。文字どおり土に生きる女性で、働いて食べて眠る毎日だった。一人暮らしの狭い家を、かまどに座ったまま立たずに料理も食事も片付けもできると自慢にしていた。読むことは少しできたが、書くことは忘れてしまっていて、ローラの母親がいつも、インドにいる息子宛の手紙を書いてやっていた。

そしてズボンのミセス・スパイサーは、口が悪い年寄りで、独立心旺盛な、まっすぐな気性の女性だ。家の中は染み一つなく磨き上げられ、誰にも借りのないのが自慢だった。おとなしい小柄な夫は、彼女に従順で、頼りきっていた。

この二人とはまったく似ていないのが、ピンクの頬のミセス・ブラビィだ。彼女はいつもポケットにリンゴやペパーミントの紙包みをしのばせていて、お気に入りの子供に出会うとそれをくれた。ロマンス小説の大の愛読者で、週給四シリングの中からバウ・ベルやファミリー・ヘラルドといったロマンス雑誌を定期購読していた。学校からの帰りみち、たまたまローラが、ゆっくり前を歩いていた彼女に追いついてしまったことがある。彼女は道すがらずっと、そのとき読んでいた『あの人は氷の女王』というロマンス小説のことを話し続けた。真っ白なビロードに白鳥の羽飾りのついたドレスに身を包んだ女主人公がどんなにお金持ちで美しく氷のように気高いか。その冷たい孤高に胸が破れるほど想い焦がれている男性が登場したと思ったら、途中のあらすじは飛んで、いきなりヒロインがその男性の腕に抱かれ恍惚となっている場面になっている。でももちろん物語がそんな単純にハッピーエンドになるわけがなく、今度は悪役の大佐《コロネル》が登場してくる。「嫌な奴なのよ」とミセス・ブラビィの声が険しくなった。そのとき彼女はコロネルをコロン‐エルと発音した。それが気になってしかたないローラは、我慢していたがとうとう言ってしまった。「それコロネルじゃないですか?」話題は綴と読み方のことになった。「コロン‐エルに決まってるでしょ。そんな簡単なことも知らないの。近頃の学校では一体何を教えてるのかしら」彼女は明らかに機嫌を悪くしていた。その後何週間も、いつもくれていたペパーミントをくれなかったのだ。ローラはそのとき「決して年上の人の間違いを直してはいけない」ということを学んだのだった。

野良仕事をしている女たちに、男が一人混ざって同じ畑で働いていた。やせて弱々しい年寄りで、力もなく、賃金も半分だった。彼はみんなにアルジーと呼ばれていたが、この土地の生まれではなかった。ずっと昔、ある日突然に、この村に現れたのだ。彼は前歴を一切語ろうとしなかった。背が高くやせていて、背中が丸まっていた。うるんだ青い目に長い生姜色の顎鬚《あごひげ》を蓄えていて、背筋を伸ばすと軍隊にいたに違いない痕跡が見受けられた。他のことからも軍人だったらしいことが想像できた。ちょっと酔うと、「近衛隊にいたとき」と言いかけて、すぐ黙ってしまったり、時々高音で声が割れたり甲高い裏声になったりするが、軍人の経歴を持つ人たちと共通する響きが感じられたからだ。しかも普通の男なら「神かけて」とでもいうところを、彼はあるとき何かのはずみでラテン語を使ったのだ。その場の人はみな驚き面白がったが、その時、彼の育ちの背景がかすかに透けて見えたのだった。

二十年前、今彼の妻になっている女性は、前夫を亡くし未亡人になって数週間たったところだった。雷の鳴る嵐の夜、家のドアを叩く音がしたので、開けると彼が立っていて一晩の宿を請うたのだ。そしてそのときから、彼は彼女の家にいついてしまった。手紙が来たこともないし昔話をしたこともない。噂では彼は野良に出た最初の日、柔らかな手にマメを作り、破れて血が出たという。しかし村の人々の最初の頃の好奇心も今は消え、八〇年代には彼はただの弱々しい酔っ払いとして村の風景の一部になり、からかうのに便利な男でしかなくなっていた。彼も自分の役割はよく心得ていて、自分なりに精一杯、仕事をして暮らしている。ところがそんな彼が、ドイツの軍楽隊がやって来ると我を失うのだ。ラッパの音と太鼓のラッタラッタが聞こえると、指で耳をおおい、畑を越えてどこかに走り去り、その日は行方が知れなくなるのだった。

金曜日

金曜日の夕方仕事が終わると、男たちは農場にその週の賃金をもらいに行く。農場主が自分で直接窓越しに手渡すことになっていて、男たちは右足を後ろに引き額に手をやる田舎風の挨拶をしながら、順番に受け取る。農場主は年もとりしかも太っていたので、もう馬には乗れなかったが、毎日軽馬車で農場の見回りはしていた。畑に下りてゆけない彼にとって、金曜日は、小作人と直接言葉をかわす唯一の日だったが、小作人の側からは彼の小言を聞かされる日だった。「おまえか。先週の月曜日、コージースピニーに行ったのはなぜだ？　水路の修理をするはずじゃなかったのか？」だいたいはこういう小言だ。「自然が呼んでいたっていうやつですよ。申し訳ありません、旦那」と答えれば一件落着する。「おまえはさっぱり仕事ができないそうじゃないか。スティムソン、それじゃ困るんだよ。ここにいたいなら、給料分働いてもらわなくちゃな」こういう場合はちょっと厳しい。でもほとんどの人にはこんなふうだ。「やあ、ボーマー、おまえか。ほら金ぴかの半ソヴェリン金貨（一〇シリングに相当）をやるぞ。すぐに使ってしまうんじゃないぞ」そしてお産を終えたばかりの女房のことや年寄りのリューマチの具合について聞くかもしれない。彼がいつも機嫌よく寛大にふるまえたのは、オールドマンデーが憎まれ仕事を全部、給料と引き換えに引き受けてくれていたからだ。

そのことは別にしても、彼は本質的に気のいい人間で、小作人から搾取しているという意識も自分では持っていなかった。天気が悪くて働けない日があっても賃金は差し引かないで全額を払っている、その金額で家族をどう養うかはそれぞれの家のやりくりの問題だ、贅沢に慣れていない彼らにそんなにたくさんの金は必要ない、というのが彼の考えだった。自分では頬っぺたの落ちそうなサーロインステーキが好物で、グラスのポートワインも欠かせないのに、小作人にはベーコンとビーンズが一番と信じて疑わなかった。昔から田舎では「生活が苦しければ苦しいほどよく働く」というではないか。彼らは正《まさ》しくそれだ。それに、年に一度、収穫のときはみんなを呼んで飲めや歌えやの大宴会も開いてやっているし、クリスマスには牛を殺してふるまっている。病人が出たらスープとミルクプディングもお見舞いに届けている。彼らは受け取るだけで何も出していない。彼は本気でそう思っていたに違いない。

農場主は小作人が一生懸命働いてさえいれば、彼らの生活に口出しはしなかった。根っからの保守党でみんなもそれは百も承知だ。でも小作農たちが選挙に行くとき、彼の方からみんなに誰に投票するのか聞いたり干渉したことはない。他の農場主の中にはそういう人たちもいたが、彼はそれを汚いやり方として斥けていた。人々が教会に行くようにし向けるのが教会の仕事であるように、それは自分の役目ではないと思っていたのだろう。

みんなは機会を見つけては彼をごまかし、「旦那には逆らえない」と陰口も叩いてはいたが、だいたいは好意的だった。「悪い人間じゃない、土地を持ってるからちょっと威張ってるのさ」という態度で接していて、その分の恨みを一身に引き受けているのが管理人のオールドマンデーだった。

農夫たちの賃金は少なかったし、少ない中からさらに前借り分が引かれていたが、それでも支払い日にはみんな浮き浮きした気分になる。ポケットに僅かな金貨を入れると、足取りは軽く、声も明るくなった。家に帰れば金貨はそのまま妻の手に渡り、自分は来週のこづかいの一シリングを受け取るだけだ。その頃の習慣では、男は働いて金を稼ぎ、女がそれを使った。しかしそれは男たちにとって必ずしも悪い取り決めではなかった。金貨の代償としての仕事は楽ではなかったが、家の外で好きな仕事を仲間と一緒にしているのだ。その一方、女たちは家に縛りつけられ、料理や洗濯や掃除、繕い物に明け暮れ、いつも大きなお腹をして大勢の子供たちの世話に追われ、少ない収入をどうやりくりしようかと悩まなければならない。

夫たちは女房に金の使い途を聞かないのを自慢にしていた。「食べ物に困らず、着るものもあって、雨露をしのげる家があるのだから文句はない」と自分たちの生活に満足していた。そして家計を女房に預ける寛大な夫の役にも大いに満足していた。もし女房が借金したり、足りないと文句を言えば、こう言うだろう。「ある生地に合わせて服を作るしかないじゃないか」と。しかし元々足りない布で服を作るには裁断の技術の他に、布が伸縮自在でなければならなかったろう。

自家菜園

日の長い明るい夕暮れには、夕食を終えてからも男たちはみな一時間か二時間、自分の菜園や畑の手入れをした。畑仕事の腕は一流で、誰より早く収穫したがり、新種の野菜を作りたがった。土は良質で肥料は豚小屋からたっぷりとやってくる。でもそれに加えて丹念な土起こしが大切だ。根元をいつも掘り返してやることが植物の成長をよくする秘訣だと彼らは言っていた。それにはオランダ鍬《くわ》が最適な道具だ。それで土を鋤《す》くことを、彼らは「土をくすぐってやる」と表現した。「土をくすぐってやると、いっぱいお返しが貰えるのさ」畑で声を掛け合ったり、忙しそうに通り過ぎるお隣さんに「ジャックか、今、土をくすぐってるところだ」と挨拶している。

まる一日の厳しい野良仕事の後で、また自分の菜園に割く彼らの情熱は見上げたものだ。労をいとわず、疲れを知らなかった。春には月明かりの中で、誰かがたった一人で、自分の畑から立ち去りがたく働いている音がいつまでも聞こえてきた。彼が燃やすシバムギの煙の匂いが窓からしのび寄ってくる。夏の長い夕暮れ時も楽しかった。暑さで土が乾くのを心配し、畑に水を撒《ま》いている音がよく聞こえてきた。四分の一マイル（四〇〇メートル）も離れた小川まで汲みにいかなければならないというのに、「土に手間隙《てまひま》を惜しんだらいかん。収穫を望むなら今が勝負どきだ。

ほんのちょっとの手間じゃないか」と、労を惜しまず働くのだった。

畑にしている土地は普通二つに区切り、半分にはじゃがいも、もう半分には小麦とか大麦を植えた。菜園には主として野菜や、スグリやグズベリーの果樹、昔からある草花などが育てられている。そこには自慢のセロリ、えんどう豆、ビーンズ、カリフラワー、インゲンなども揃っていた。じゃがいもは一年を通して食べられるように、注意深く育てられていて、早生種、大型種など、昔からの全種類があった。アシュリーフ・キドニー、アーリー・ローズ、アメリカン・ローズ、マグナム・ボナム、特大のホワイト・エレファントもある。エレファント種はそれほどおいしいわけではない。調理法も変わっていて、パルプのように薄く剥いてお湯でゆでて食べる。しかしその特大のかたまりをいったん見てしまうとどうしても作ってみたくなるのだ。毎年、秤のあるインに収穫した芋が持ち込まれ、大きさと重さをみなが予想して競い合った。エレファントが登場すると、「おい、見ろ、見ろ」ということになるのだった。

誰も種はほとんど買わなかった。お金を使わなくてすむように前年の株から採取しておく。同種の連作を避けるためには離れた土地の友人と種芋の袋を交換してもらった。またお屋敷の園丁が新種の種芋をくれることもあった。そうして育てた新しいものを次は村の仲間にも分けてやるのだ。

男たちは土を掘ったり起こしたりしながら、いつも歌を歌い、口笛を吹いていた。その頃は外からよく歌声が聞こえてきた。職人は働きながら歌い、馬や荷馬車を引く人も、道を行きながら歌った。パン屋も粉引きも魚売りの行商人も歌っていた。それらの歌声が戸口から戸口へと流れて来た。医者も牧師もハミングしていた。人々は今より貧しく、楽しみや娯楽も、知識も少なかった。でも彼らは今の人より幸せだったのだろう。幸せはきっと、環境やできごとの中にではなく、心のあり方に、そしてたぶん健康な体の内にあるものなのだろう。

第四章　パブ

ビールを飲みながら

フォードロウには教会と学校があり、年に一度の音楽会と季節ごとの朗読会が開かれるので、村の人々は自分たちを文化的だと自慢していたけれども、ラークライズでは誰もそんなことをうらやましがってはいなかった。ラークライズにはもっと楽しくて家庭的な、みんなが集《つど》えるパブ「ワゴンと馬」があったからだ。

男たちはここに集まり、半パイントのビールをちびちびやりながら最近の噂をし合ったり、政治を論じたり、畑仕事について情報交換をしたりした。そして「ご要望にそって」歌も歌った。

無邪気な楽しい集まりだった。酔うほど飲めるお金はなかったから、誰も深酒はしなかった。ビールは一パイントたったの二ペンスだ。それさえ心ゆくまで飲めるわけではないのに、エリスン牧師は説教壇から飲酒を戒めるだけでなく、時にはパブを「悪の巣窟」と呼ぶのだった。

「来れないのが可哀そうってもんだ。来ればどんなところかわかるのに」礼拝が終わった後の教会からの帰り道、年配の一人が言うと、「関係のないことに首を突っ込まないで欲しいね」と若者が応ずる。それをまた年寄りは穏やかにたしなめる。「あれが仕事なんだ、大目に見てやらにゃ。説教で稼いでるんだから、批判のたねを見つけなきゃならないのさ。それだけさ」

村でパブに行かない男は六人いたが、宗教的な理由か一ペンスも持っていないかのどちらかとみなされていた。

それ以外の男たちは当然のように毎夜パブに通い、木の長椅子やベンチの決まった席に座る。火が惜しみなく燃やされ、窓には赤いカーテンが吊るされ、ぴかぴかの錫《すず》のジョッキが並んだこの店は、自分の家以上に寛《くつろ》げる場所だったのかもしれない。男たちがパブで夕方、賑やかに過ごしてくれるのは、家計の節約にもなった。家で火を燃やさなくてすむし、家族は部屋が寒くなったらさっさとベッドに入ればよかったからだ。男たちの週一シリングの小遣いはきっちり使い道が決まっていた。毎晩半パイントのビールに七ペンス、あとは、タバコの葉を一オンス(二八・三五グラム)、村の雑貨屋で女房に買ってもらっておしまいだ。

パブは男だけの場所で、女房が一緒に行くことはなかった。パブの主人は裏手に小さな店も開いていたので、家族の手が離れた女が半ペンス硬貨を数枚手に、裏口から壜《ビン》か水差しに飲み物を一杯買って、ちょっとぐずぐずとパブの方に耳を澄ますことはあったかもしれない。子供たちもロウソクや糖蜜やチーズを買いに行ったときは、パブの中を窺《うかが》った。誰にとっても興味津々《しんしん》だった。同じ建物に住んでいるパブの子供たちでさえ、こっそりとベッドを抜け出し、寝巻きのまま階段の陰にひそんで中の話に耳を澄ませることがあった。寝室のある二階へ続く階段はパブの長椅子の真後ろにあって、店の中から上がるようになっていたので、ちょっとした目隠しがあるだけだったのだ。ある夜、白い大きな鳥のようなものがふわっと店の中に落ちて来て、男たちをちょっと仰天させたことがあった。それはパブの一家の小さなフローリーが、階段で居眠りして転げ落ちてしまったのだった。男たちは泣いている彼女を膝に乗せてあやし、暖炉の火で足を暖めてやった。あとで調べてどこにも怪我はなかったから、自分でもびっくりして泣き出してしまっただけだったのだろう。

パブの子供たちは時折「こん畜生!」というような悪態を聞くことはあっても、下品な言葉を耳にすることはほとんどなかった。おかみさんは周りからとても敬意を払われていたので、「家には妖精や小人がいて、こっそり聞いていますからね」という警告をみんなが守って、野良で語られるような卑猥《ひわい》な話や歌は持ち込まなかったのだ。聞かれて困る話は畑に限定されていた。

政治は男たちが好んで取り上げる話題だった。その頃は参政権が拡大し、戸主は全員投票できるようになっていたので、誰もがその新しい責任をとても真剣に考えていた。当時の主流は穏健な自由主義を掲げる自由党だった。(今の時代の人は、自由党を保守政党だと思っているようだが、当時自由主義は新しい思想だったのだ。)ラークライズから近い工業都市のノーサンプトンで働いたことがある男は、自由党の中でもさらに急進派を自称していた。しかし保守主義を自認するパブの主人もいたから、右と左はいつも中和されていた。政治問題はいつも右と左の両方から討論され、みんなの賛成する結論に落ち着くのだった。

「全員に三エーカーの土地と一頭の牛を与えよ」「完全な無記名投票を保障せよ」「パーネル委員会を断罪せよ」「教会の縮小」などのスローガンが自由に叫ばれていた。新聞に載ったグラッドストーンや指導的な人々の演説が読み上げられると、熱狂した支持者から一斉に「よーし、いいぞ」の歓声が上がった。進歩的な思想の持ち主のサムが、農民の指導者ジョセフ・アーチと握手したことを熱く自慢げに語り始めるかもしれない。「ああ、ジョセフ・アーチ!」彼は感に堪えないように叫ぶだろう。「彼こそ男の中の男、真の農民の味方だ!」しかし、ジョッキでテーブルを叩き、上に掲げるときも、大事なビールをこぼさないように注意することは忘れていない。

そういう中に、両足を開いて暖炉を背に立ったパブの主人が、寛《くつろ》いだ調子で割って入る。「お偉方に盾突こうとするな。何しろ土地と金を持ってるんだ。将来もそのことだけは変わらない。

彼らのおかげでお前たちは仕事も賃金も貰えるんだ。そうだろう」この問いかけにみんなはいったんは黙り込むが、誰かがグラッドストーンの名前を出すとしらけた座がまた盛り上がる。グラッドストーン。偉大な指導者にして我ら国民全員のウイリアムだ。彼は誰からも文句なしに信頼されていた。みんなが声を合わせて歌い始める。

神、我らがウイリアムを守り給え
自由を守る
彼の導きがいつまでも続かんことを
神、かの偉大な男を守り給え

怖い話

しかしパブ一家の子供でなくても、子供たちに楽しいのは、夜の集まりで語られた怖い話だ。とくに街道に出るという幽霊の話には血も凍り、背筋も寒くなる。たった一マイル先のあの道標の辺りで、ランタンの灯りのようなものがゆらゆらとしているのを、旅人や棺の運搬人たちが何度も見かけたという。隣村の男が六マイル先まで病気の妻の薬をもらいに行ったときは、道で目から火を放つ巨大な黒犬に出会ったそうだ。「絶対にあれは悪魔だ」という言葉に全員がうなずく。昔、羊泥棒を縛り首にした絞首台のあった辺りにも、幽霊が出るというし、こんな話もあった。白いドレスに身を包んだ貴婦人が白馬にまたがり毎夜十二時の鐘の音と共に姿を現し、町へ向かう橋を越えて行く。見るとその女性には首がなかった、というのだ。

ある寒い冬の夜だった。ちょうどこの貴婦人の幽霊話で盛り上がっているときに、八十歳になる老医師がパブに立ち寄った。まだ現役で働いている彼は、病人が出ると何マイルも先からここまで往診に来てくれる。彼は軽馬車をインの外に止め、ブランデーと水を飲みに入って来た。

「先生」一人が話しかけた。「先生はあの貴婦人橋を真夜中に何度も越えていなさるが、何か怪しいものに出会ったことはありますか？」

医師は首を振った。「いや、ないね。実際に見たことはない。だが…」いったん言葉を切って彼は続けた。「でも奇妙なことはある。私がここに来ている五十年の間に、馬は何頭も代わったが、どの馬も、夜あの橋にさしかかると狂ったように急ぐんだ。馬には人間に見えないものが見えているのかも知れない。あそこに何かあるのは確かだと思うね。じゃあ、今夜はこれで失礼、おやすみ」

幽霊の話以外にも、どの家にも死の予兆があったとか、死んだ父母や妻が現れて警告や恨みを述べたという話があった。余興の一種としか思っていないし、本当に幽霊がいると信じているわけでもないけれど、話を聞いた直後に、わざわざその場所を通る人はいなかった。皆、最終的にはこう結論づける。「ともかく、生きてる人間に恨まれないようにしよう、そうすれば死んでからも出てきやしないさ。善人は天国から戻る気はないだろうし、悪人は地獄を出してもらえないだろうし」

新聞にも怖い話がたくさん載っていた。ロンドンの街では切り裂きジャックが毎晩のように現れ、貧しい可哀想な女性が何人もむごたらしく殺されて見つかっていた。こういう事件には村中が夢中になり、探偵きどりでまだ捕まっていない殺人犯の性格や動機を何時間も推理し合った。ローラとエドモンドは「切り裂きジャック」と聞いただけで怖くなり、夜、眠れなくなった。父がハンマーをふるう音が納屋から聞こえ、母は階下でひっそりと縫い物をしている。でもあの切り裂きジャックが今、そこに潜んでいるかも知れない。昼間にこっそりこの家に忍び込みあの戸棚の陰に隠れたかも知れない、と思うのだった。

自然現象に関わる不思議な話もあった。数年前、村中の人が、遠くの空に太鼓や笛を持った兵隊の隊列が行進しているのを見たことがあった。後で、ちょうどその時間、六マイル離れたビスター近くの道を、そのような連隊が通ったということがわかった。だから、それはきっと光のいたずらで空に映ったのだろうということで、みんな納得したのだった。

この時代の田舎の人々は単純で、人の気持は考えずに物事を面白がる傾向があった。ただの冗談が、誰かをひどく傷つけることも多かった。あだ名を言われたり、「あの話は」というふうにいつまでも話のたねにされて、不愉快な思いをした人はたくさんいただろう。あるお婆さんはごく普通の目立たない人だったのに、「槍が降っても婆さん」というあだ名をつけられていた。何年も前のある冬の夜、雪が膝まで埋まるほど積もり、止む気配がなかったとき、馬鹿で浅はかな若者たちが彼女の家の戸口を叩いて夫と彼女を起こし、結婚して三マイル離れたところに住んでいる娘が具合が悪くなって、親を呼んできて欲しいと自分たちを使いに寄こしたのだと、嘘《うそ》を言った。

年寄り夫婦はすぐに、持っている服を全部着込み、ランタンを持って家を出た。騙した若者たちはこっそり二人の後をつけた。二人は雪の中を必死でいくらか進んだが、先へ行くことができなかった。夫は引き返そうと言ったが、「母は強し」で妻の方は聞かず、娘が助けて欲しいといっているのだからどうしても行かなければと、夫を大声で励ましながら遮二無二《しゃにむに》進もうとした。「ジョン、槍が降ってもいかなくちゃ」それ以来彼女は「槍が降っても婆さん」と呼ばれることになったのだ。

しかし、ゆっくりとではあったが八〇年代の頃には、傾向が少しずつ変わって来ていた。その話は今も人の口の端に上ったが、昔のように無邪気に大笑いする人も減っていた。苦笑してすぐに、「そんな恥ずかしいことはもう聞きたくもない。年寄りを馬鹿にするなんて。さあ、口直しの歌でも歌うか」と話題をそらすようになっていた。

いつの時代も前後にはさまれた過渡の時代であることに変わりはない。しかし一八八〇年代という時代は言葉の真の意味において過渡期だった。機械と科学技術の新しい時代が始まったところだった。生活様式も価値観もいたるところで変化しているのが田舎の人々にも見え始めていた。遠くにあった鉄道線路がすぐ近くを通るようになり、どの家も新聞を読むようになっていた。機械が人間の手に代わるようになり、農作業にもそれは始まっていた。遠い土地で作られた野菜や食品が店に並び、自家製のものにとって代わりつつあった。地平線は遠くまで広がりつつあった。五マイル離れた村の人間はもう「よそ者」ではなくなっていた。

しかし、変化の波が押し寄せている一方で古い伝統もまだ色濃く残っていた。何世紀も続いてきた伝統や習慣が一朝一夕で消えるはずはない。村の学校に通う子供たちはまだ古くからの遊戯で遊んでいたし、刈入れが機械化され始めても女たちは落穂拾いをし、ミュージックホールが人気になっても、大人も若者もまだ、田舎で歌い継がれた古い民謡《バラッド》を歌っていた。「ワゴンと馬車」で歌われた歌のレパートリーは、新旧入り混ざっていて、とても面白い。

流行歌と民謡《バラッド》

「ひよっこ」と呼ばれている結婚前の若者たちは　大人の議論のときはパブの隅で小さくなっ

ていた。いっぱし一人前の口をきいたらすぐにとっちめられる。しかし順番がくればいずれ彼らの時代になるのだから、今は我慢だ。女たちは言ったものだ。「年寄りの雄鶏は若い雄鶏が鳴き始めるのが気に入らないのさ」と。でも歌となると話は別で、若者には若者の世界があり、彼らは新しい時代の代表だった。

若者たちがまず歌うのは当時の流行歌だ。「垣根ごしに」とか、たくさんの似たような恋の歌、「トミー、叔父さんに席を譲れ」「美わしの黒い瞳」など、愉快なあるいはセンチメンタルな歌が好まれた。外国の歌も人気があり、一ペニーの歌謡集の歌をアレンジして歌うこともあった。みな声量たっぷりに情感を込めて歌い上げ、上手だった。聞こえないような小さな声の歌い手はいなかった。

中年以上の男は長い哀しい物語詩の民謡が好きだ。横たわる恋人たち、雪に埋もれた子供、死んだ乙女、母を失った家、などを主題にした歌だ。彼らは自己流に教訓をまじえた替歌を作ったりする。

無駄はいけない、欲張りもいけない
古い教えを守れ
信条を忘れるな

人に言ったら自分もしろ
日差しは知らぬ間に通り過ぎてゆくけれど
チャンスを逃してはならない
泉が枯れない限りおまえにも水は与えられる

こういう楽しくない歌はすぐに遮《さえぎ》られる。「さあ、みんなで歌うぞ。若い連中も歌え」と誰かが声をかけると、全員が好きな昔の歌を一緒に歌うことになる。「大麦の山」というのもそんな歌の一つだ。合唱で陽気に始まるこの歌の最初の出だしはこうだ。

さあ、このノギンズ（四分の一パイント）のビールを飲み干そう
大麦の山に乾杯
飲もうぜ、大麦の山に乾杯
飲もうぜ、大麦の山に乾杯
次は鞍《くら》のジョッキで
パイントのお代わりだ。ハンナ・ブラウン、注いでくれ
飲もうぜ、大麦の山に乾杯

飲もうぜ、大麦の山に乾杯

歌っているうちに歌詞は適当に変わってゆき、何番までも続く。ノギンズを半パイント、パイント、クオーター、ガロン、バレル、大樽、小川、池、川、海、大洋、と単位を替えていけばいい。一晩も続きそうなこともあれば、飽きてすぐ終わりになることもある。

もう一つ、いつもみんなで歌う人気の歌は「アーサー王」だった。この歌は戸外でもよく歌われていて、チリンチリンと鳴る馬具の音や風を切る鞭《むち》の音を伴奏に、野良仕事に出かけるグループが声を合わせて歌うのがよく聞こえてきたものだ。夜、たった一人徒歩で行く旅人が元気づけのために歌う歌でもあった。こんな出だしだ。

アーサー王は御世の初め
王らしくあらねばと
大麦三袋を買って
プラムプディングを作った

正しいプディングには

プラムをたくさん詰め
親指二本分の大きさの牛脂も
入れねばならない

王と王妃が座るかたわらに
忠臣貴族がみな集まった
そしてその夜残ったプディングは
翌朝、王妃がフライパンで温める

ローラはこの歌を聞くたび、王妃の姿を想像した。金の冠《かんむり》を頭に載せ、長い袖とすそを引いたドレスで腕まくりして、フライパンを手にかまどの火に向かうギネヴィア王妃。王妃さまだってやっぱり家族のためにはフライパンで朝ごはんにプディングを温めるのだ。でも違うのは、庶民にはフライパンで温めるほどの残り物はないのに、王さまにはそれがあるということだ。

「アーサー王」が終わるとルークがリクエストに応えて歌い始める。彼は村でただ一人のいい年をした独身者だった。

私の父さんは生垣作りで溝堀人夫
母さんはしがない糸紡ぎ
でも私は若くて器量よし
お金だって少しはあるのに
いったい何がいけないの？
どうしたらいいのかしら？
嫁に貰ってくれる人も
言い寄る人もいないのよ
みんなが言うの、私もいずれは年取って死ぬと
今の器量も色あせて
そんなことは考えたくない
私は何にも悪くない
いったい何がいけないの？
どうしたらいいの？
嫁に貰ってくれる人も
言い寄る人もいないのよ

この歌は、男女を入れ替えた未婚のルークの歌だった。彼はこれをおどけた調子で思い入れたっぷりに歌うのだ。そして次ぎは可哀想なアルジー爺さんだ。今もみんなに謎である彼は乞われると、ひびわれた裏声をピアノの伴奏のように使いながら歌う。

イベリア半島に行ったことはあるか?
ないなら教えてあげよう、行き方を
左と言われたらそっちに行け
美しいスペイン娘がいるからすぐにわかる
娘はそこらにはいない飛び切りの美人

次の予定が入っていなければ、誰かが飛び入りで歌うだろう。

かなわぬ願いだけれど
もう一度乙女に戻りたい
でも乙女には戻れない

林檎の木にオレンジの実がならないように
とか
若者たち、覚えておきなさい
ねぐらは木のてっぺんに作ってはいけない
若葉はしおれ花は色あせ
乙女の色香もじき褪せる

村に住み着いて二十五年（それでもここでは新参者といわれる）になる男が、郷愁に駆られて故郷の歌を歌い出した。

デディントンの少年たちはどこに行った？
少年たちはデディントンで畑作り
腰が曲がればあとは家にいるだけさ
そして今はパブの「ワゴンと馬」に

しかし遅かれ早かれ、「ほら、長老に歌ってもらおうじゃないか。あんたの番だぜ、そこのプライス爺さま、歌ってくれ。『親父の代から』か『ローヴェル卿』か、他のでもいいが、そんなようなのを頼むぜ」ということになる。プライス爺さまと呼ばれた老人は隅の席から杖を支えに立ち上がり、前かがみにくずれそうな体を何とかその三本目の足で支えながら歌い出す。

ローヴェル卿は城門に立った
ミルクのように真っ白な愛馬の鬣《たてがみ》を撫でながら
レディ・ナンシー・ベルが傍らにやって来て
恋人の旅の無事を祈った

「ローヴェル様、あなたはいずこに旅立たれるのですか？
いずこに参られるのですか？」
「ああ、私は美しいナンシー・ベルの元を離れ
遠い、遠い国へと行かねばならない
遠い、遠い国へと」

「そして、いつお戻りに？　ローヴェル様
一体いつ？」
「ああ、私は一年と一日後に戻りましょう
　美しいナンシー・ベルの元に
　私のナンシー・ベルの元に」

でもローヴェル卿は一年と一日たっても戻らなかった。もっともっと長い年月の後で、やっと彼が戻って来たとき、教会の鐘の音が鳴っていた。

「誰か亡くなったのか？」ローヴェル卿が尋ねた
「いったい誰が？」
「ナンシー・ベル様が」と答える声
「ナンシー・ベル様が」
「ナンシー・ベル様が」口々に声が聞こえる

ナンシー・ベルがその日に死に
ローヴェル卿は翌日に死んだ
ナンシー・ベルは寂しさのあまり
ローヴェル卿は悲しみのあまり

ナンシーの墓は教会の高い礼拝堂に
ローヴェル卿の墓は聖歌隊席に
ナンシーの墓所からは赤いバラ
ローヴェル卿の墓からはノバラが萌え出た

バラとノバラは教会の屋根を越えて伸び
高く伸びきると
堅く絡まって愛の結び目を作った
恋人たちはその結び目に真《まこと》の愛の印を見る

この歌が終わるとみんな自分のジョッキの中をしみじみと眺めた。古い歌を聞いて物悲しい気分になったせいもあったし、僅かしか残っていないビールを店の閉まるまでどう持たせようかも思案しなければならなかった。そして誰かが言い出す。「あそこの隅にいるデヴィッド・タフリー旦那はどうだ？　彼の十八番《おはこ》で今晩はしめようじゃないか？」そうしてデヴィッド爺さんが指名され、彼の「異国の騎士」を聞くことになる。みんな、特にその歌を聞きたいわけではない。何度も何度も耳にたこができるくらい聞いて、すっかり空《そら》で覚えている歌だ。でも、とみんな思っている。「爺さんはもう八十三だ。歌えるうちに歌ってもらおうじゃないか」

いよいよデヴィッド爺さんの出番だ。彼の知っている民謡《バラッド》はたった一曲、彼の祖父が、そのまた祖父の歌っていた歌を聞いて習い覚え、かれもまたその祖父から聞き覚えた曲だ。おそらく昔からいつの代も祖父が孫息子に歌って聞かせた歌なのだろう。しかしその伝統もデヴィッド爺さんで終わりだ。その頃でさえ時代遅れの歌で、爺さんの年齢への敬意だけで、歌ってもらっていたのだ。

異国の騎士が一人、北国からやって来て
私に愛をささやいた
私を北の国に連れて行き
婚礼をあげるつもりだと

「父上の金《きん》を少し持っておいで
母上のお金も少し
そして馬小屋から二頭の子馬を
三十三頭もいるのだから」

彼女は父の金を盗み
母のお金を盗み
馬小屋の三十三頭の中から
二頭の子馬を盗んだ

彼女は真っ白な子馬に
彼は灰色ぶちの子馬にまたがった
二人が海辺へやって来たのは
夜明けまでに三時間のときだった

「白い子馬を下りて
私に寄越しなさい
美しい乙女が六人、昔ここで溺れ死んだ
七人目はおまえだ」

「美しい絹のドレスを脱いで
私に渡すのだ
海の水に浸すには
美しくて惜しい」

「絹のドレスを脱ぎますゆえ
向こうをお向き下さい
あなたのお目に
私の裸はふさわしくありませぬ」

騎士が姫に背を向けて

緑の若葉を見やったとき
姫は騎士の腰に抱きついて
水の中へと突き落とした

騎士は浮きつ沈みつ
岸に寄り
姫の手をとろうとした。「姫よ
そなたを私の妻に迎えよう

「嘘《うそ》はもうたくさん。よこしまな騎士よ
そこで嘘を語り続けなさい
前に溺れ死んだ六人の乙女に聞かせなさい
七人目に溺れ死ぬのはあなたです」

姫は白い子馬にまたがり
灰色ぶちの手綱を引いて

父王の屋敷へと帰った
夜明けの一時間前に

この最後の長い民謡《バラッド》が老いたしわがれ声で歌われるのが聞こえてくると、夏の夕暮れ、家々の門口に立って女たちは、「ほらみんなそろそろ帰って来るよ。ディヴッド爺さんの『異国の騎士』が聞こえてくる」と言い合うのだ。

今は歌も消え、歌い手も消えた。ラジオがそれに代わってさまざまな音楽を流している。中国やスペインのニュースも音楽をバックに聞こえてくる。子供たちはもう外に耳を澄ませたりはしない。ああいう歌を聞く幸せに恵まれた人間は今はほとんどいなくなった。あの頃あの場所で歌を歌い、歌を聞いた人は三、四十人はいたはずだ。その人々もいなくなり、今はせいぜい五、六人が残っているだけだろう。そして彼らも今は家に本とラジオがあり自分の家でふんだんに火を燃やせる幸せを手に入れた。けれどもあの時代を知っている人間は、今もこれらの歌の響きがかすかに戸口に聞こえてくるような錯覚に囚われることがある。あの頃の歌い手たちは粗野で、教育もなく、今では想像できないほどに貧しかった。でも何と思い出に残る人々だったことだろう。

今はどこにも見つからない人生の「ささやかな幸せ」の秘密を、たしかに知っている人たちだった。

第五章　年寄りたち

サリーの家

村の家ははっきりと三つに分けられた。あまり変化のない落ち着いた暮らしの年寄りの家、次々子供が生まれ成長途上にある家、できたばかりの新婚夫婦の家である。持ち家もなく老後を快適に過ごすための貯えもない年寄りは、仕事をやめると救貧院に入るか、子供の家に身を寄せるしかなかった。しかし仮にそうできても、そこもすでに家族が多いので、両親のうちどちらか一人を引き取るのがやっとで、親は一人ずつ別の子供の家に行くことになる。みんな自分の家族以外に、最低一人は身内の面倒をみなければならないと、覚悟していた。年取ったと感じ始めると、できるなら動けるうちに、人に迷惑をかけず神さまのところに行きたいものだ、と誰もが言うのだった。

しかし裕福で余裕のある年寄りの家は、村の中でも非常に気持のよい場所で、中でも「サリーの家」は誰から見ても最高に快適だった。そこは「サリーの家」で「ディックの家」ではなかった。サリーの夫のディックが一日中庭の土を起こし、花や野菜を育て水やりをしているのに、彼は何列ものミツバチの巣箱のように、そこの家の風景の一部でしかないのだった。

ディックは小柄で、かさかさの肌に皺《しわ》の寄った老人だった。スモックの野良着をいつも腰に巻き、細い足にガーターで吊った作業ズボンをはいている。一方サリーは背が高く、太ってはいないがっしりと筋肉質で、活力にあふれた造作の大きな顔には善良さがあふれていた。鼻の下に産毛を蓄え、頭にかぶった白いキャップのフリルの縁からはまだ黒い巻き毛が耳元に垂れている。八十歳を過ぎた今も元気で精力にあふれ、若い頃と同じ生活スタイルを守っていた。

彼女は夫に対し完全に上位にいた。ディックは人に意見を求められると、いつも神経質そうに「ちょっと帰ってサリーに相談してくる」とか「サリー次第だな」と言うのだった。家は元々サリーの所有で、家計も彼女が握っていた。でもディック本人が、すべてサリーに任せ、彼女の言うとおりにしている方が楽だったのだ。余計なことに頭を使わなくていいし、好きな庭の野菜や花の世話に専念できるのだから。

「サリーの家」は横長の、丈の低い、藁葺きの家だった。菱形の桟《さん》の入った窓がひさしの下でキラキラときらめき、田舎屋風の玄関ポーチにはスイカズラが厚くからみついていた。彼女の家はインの次に大きかった。一階には部屋が二つあり、一つは台所用品や食料品の物置兼貯蔵室に使われていた。もう一つの部屋の端にはポットや鍋、赤い素焼きの水かめや壷が置かれ、別の片端にじゃがいもの袋が広げて乾燥させているえんどう豆やビーンズと一緒に置かれていた。リンゴが天井下の吊り棚に詰まれ、その下にはさまざまなハーブの束が下がり、隅にはサリーが三ヵ月おきに麦芽と大麦で作る醸造酒の大きな銅の容器があった。醸造した飲み物の香りが次の醸造までの間、リンゴと玉ねぎと乾したタイムやセージの匂いと入り混じり、部屋を満たしていた。それに石鹸水の匂いも加わり、その部屋の香りはローラとエドモンドの思い出の中で、世界中どこの場所に行っても、最高に素晴らしい「サリーの家」の香りとして、一生、記憶に焼きついた。どこかでその中の二つの香りに出会っただけで、他の全ての香りが一緒になって甦るのだった。

生活の中心である奥の居間は、完璧に気持ちよくしつらえられていた。二フィートもある厚い壁、夜になると下ろす鎧戸、古布を裂いて刺したラグ、赤いカーテン、羽毛クッション、頑丈な樫の木で作られた折り畳みテーブル。やはり樫でできた戸棚には磨いた錫器《すず》や柳模様の皿が並べられ、大きな振り子時計は時間だけでなく曜日まで表示していた。昔は満月、新月、上弦の月、下弦の月と、四つの月の形が表示板の下の窓に現れたのだが、その仕掛けはもう壊れていて、今は目鼻を描き込んだ満月の丸い顔がいつものぞいているだけだった。しかし時計の時刻は正確で、村の人の半分がこの時計に自分の時計の時刻を合わせていた。後の半分の人々は、市の立つ町の醸造所から、風に乗って十五分おきに聞こえてくる笛の音に時刻を合わせていたので、村には二種類の時間があるのだった。時間を尋ねれば必ず「それはサリーの時間？　それとも醸造所の時間？」と聞いたものだ。

広い庭はディックが耕している小さな麦畑まで続いていた。家の建物近くには果樹が植えられ、その外を密に茂ったイチイの生垣がミツバチの巣箱と花畑を取り囲んでいた。サリーの庭にはたくさんの花が育てられていて、しかもほとんどが素晴らしい香りのある花々だった。ストックやチューリップ、ラベンダー、ナデシコやセキチクといった草花の他に、セブンシスターズ、メイドゥンブラッシュ、モスローズ、マンスリーローズ、キャベッジローズ、ブラッドローズなどの美しい名前のついた何種類ものオールドローズがあった。そして子供心にもっともローラとエドモンドの心に強く刻まれたのは、ヨーク・アンド・ランカスターという名の見事なバラの大株だった。バラ戦争で戦ったヨーク家の白バラとランカスター家の赤バラが、一つのバラの中に色を染め分けて咲いているのだ。ほかの家には一種類のバラが淋しく咲いているだけか、一本もバラのない庭もあったのに、サリーの庭には村中のバラが全部集まっているかのように、何種類ものバラがあった。

サリーとディックはどうやってこの豊かな老後を手に入れたのだろう。いろいろな憶測が飛び交っていた。傍目《はため》には、二人の今の生活を支えているのはハチミツと菜園と軍人になった二人の息子が送ってくる数シリングだけのはずだった。サリーが日曜日、教会に着て行く黒いシルクのドレスはいつも同じだったし、ディックが使うのも野菜の種とタバコを買うお金だけだ。「どうしてあんな暮らしができるのか、聞きたいもんだ。家計簿を見せて欲しいよ」

しかしディックもサリーも家の中のことは一切語らなかった。みんなにわかっているのは、家は彼女の祖父が建てたもので、今はサリーの所有だということだけだ。ヒースの原野が刈り込まれ、囲い込まれて畑になるより、もっと前にその家は建てられていた。小作農たちの家はその後に建てられたものだ。ローラは少し大きくなってから、二人のために手紙を代筆するようになっていたので、もう少し詳しいことを知ることができた。二人とも字は読めて、ディックは息子たちと手紙をやりとりするくらいに字も書けたのだが、二人には理解できない事務上の手紙がきたとき、困った二人はローラを呼んで、固く口止めしてから、その手紙を見せてくれたのだ。それは子供時代のローラのもっとも大切な思い出の一つだ。ローラは二人が大して取り柄のない自分を選んでくれたのが、うれしくてたまらなかった。自分を気に入って大切な秘密を打ち明けてくれたのだ。十二歳の彼女はディックとサリーの小さな秘書になり、種の注文の手紙を書いたり、町から届いた郵便為替を処理したり、ディックのために銀行預金の利子の計算をしたりするようになった。ローラに村の昔を語ってくれたのもこの二人だった。

サリーから聞いた村の歴史

サリーは、村が杜松《ネズ》の藪とハリエニシダの茂みに覆われ、周囲はウサギの掘った穴があるただのヒースの原っぱだった頃のことをよく覚えていた。その頃、村には六軒の家があるだけだった。六軒は緑の原っぱの上に円を描くように建ち、どの家にも広い果樹園があり、薪が山になって積まれていた。ローラがその円状に建っていたという昔の家を三十軒の中から探し出すのは難しくはなかったが、周りにできた新しい家に埋もれていたから一目でわかったわけではない。そういう古い家々のほとんどが二棟に仕切られたり、囲いや昔あった納屋などが壊されて形を変えてしまっている中で、サリーの家だけが昔の姿のまま残っていた。サリーはもう八十歳で人生の終わりにさしかかっている。そしてローラはまだ人生が始まったばかりだ。ローラがサリーに出会い、教えてもらわなかったら、ラークライズの歴史は誰にも伝えられなかっただろう。

サリーが小さかった頃、村の人々は今ほど貧しくもなかったし、将来への不安もなかった。サリーの父親は牛を飼い、アヒルや鴨や鶏、豚を飼い、家で育てたものをロバの引く荷車で町に売りに行った。彼がそういうことをできたのは、彼の居住権が保障されていて、動物を自由に放し飼いしたり、ヒースを刈って燃やしたり、原っぱから芝を取って売ったりすることが認められていたからだった。母親は自家製のバターを、家で使うだけでなく人にも売り、パンも自分で焼き、ろうそくも自分で作った。手製のろうそくはあまり明るくはなかったが灯り代にお金がかからないし、夜は早く寝る習慣だったから不自由は感じなかった。

父親はときどき賃仕事に藁を束ねたり、生垣の手入れをしたり、羊の毛刈りや収穫の刈入れの手伝いもした。食べる物はだいたい自家製で間に合っていたので、そういう現金収入は靴や衣類の費用にあてられた。一ポンド五シリングのお茶だけはめったに味わえない贅沢品だったが、田舎の人間はその頃にはまだ紅茶の味を知らなかったし、自家製の飲み物の方が好まれていた。

誰もがよく働いた。父親も母親も朝から晩まで働いた。サリーの仕事は牛の世話と鴨をおいしい草場に連れて行ってやることだった。ローラには、まだあどけない少女のサリーが、小枝を鳴らしてにぎやかな鴨たちを追い立てながら入会地へと出かけて行く姿を想像するのが難しかった。入会地も鴨も、本当にあったとは思えないほど、もうどこにも見当たらなかったので、なおさらだった。

サリーが子供の頃、まだ近くに女の子の通える塾や小さな学校はなかったので、彼女は一度も正式な教育は受けていない。しかし弟は隣の教区の牧師が開いていた夜間の塾に、仕事を終えてから、片道三マイルの道のりを毎日歩いて通い、サリーにも母親の聖書を教科書がわりに文字や綴りを教えてくれた。サリーはその後にも独学で勉強し、自分の名前を書いたり聖書や雑誌の二音節までの単語なら自由に拾い読みできるくらいになった。ディックの読み書き能力はやはり夜間の塾に通って基本を学んでいたので、サリーより上だった。

村の年寄りたちの中には、正規の学校に通ったことがないのに、字を読める人が驚くほどたくさんいた。親から教わったり、小さな塾や夜学に通って覚えたのだ。そして年をとってから子供から教わった人もいた。その頃の識字率の統計の数字は必ずしも事実を伝えていない。人々の中には日常の用を足すには十分に読み書きができるのに、「学校に行っていない」という劣等感から能力を隠している者もいた。名前を正しく書けるのに、気後《きおく》れや遠慮から書類にはサインがわりのばってんを書く人が何人もいた。

母親の死んだ後、サリーは家の内でも外でも父親の片腕だった。父親の体が弱ってくるとディックが畑仕事や豚の世話などの力仕事を手伝うようになった。サリーは、二人で一緒に干草を荷車に積み込んだり藁の中で卵を探したりしたその頃の思い出を、楽しそうにローラに聞かせてくれた。長生きした父親は死ぬときに、兄たち二人はもう不自由なく暮らしていたので、家と家具と七十五ポンド入った預金通帳を娘のサリーに残した。そしてサリーはディックと結婚して、六十年間一緒に生きてきた。決して楽ではない働きづめの生活だったが、幸福に暮らしてきた。ディックがずっと農夫として働き、牛や鴨や家畜はとっくにいなくなっていたので、サリーは家のことだけをしていれば良かった。ディックが小作の仕事を辞めたとき、元々の七十五ポンドが手つかずのまま残っていただけでなく、預金は増えていた。サリーによれば二人は一ペンスでも二ペンスでも毎週お金を残すことにしていたのだった。強い意志とつつましい生活の結果として、今の二人の豊かな老後があった。「でもそれができたのは私たちには子供が大勢いなかったからだよ。お腹を空かした小さな子供たちがたくさんいたら貯金なんてできなかったね。息子が二人だけだったからやれたんだよ」サリーは次々に子供が生まれる大家族には厳しい見方をしていた。もしローラが大人の女性だったらもっとはっきりと具体的に言いたかったのかもしれない。

二人は貯金を注意深く予算を立てて使っていた。上手に運用していただけでなく野菜や卵、ハチミツを売ったお金を残すことも忘れなかったので、元金はほとんどそのままだった。「生きている間は大丈夫、持つだろうさ」と言っていたとおり、二人は八十代までそうやって無事に生きてきたのだった。

二人が亡くなった後、二人の家は何年も空き家だった。村の人口は減り続け、藁葺き屋根や石敷きの床を手入れしようと思う新婚夫婦は現れなかった。近所の人たちは水汲みの手間を省くために井戸だけは使っていた。垣根や鉢箱やベンチは薪にして燃やされ、みんなはリンゴの実を拾ったり、昔は美しかった花壇があった場所に子供を連れて遊びに行ったりした。しかし、住む人は現れなかった。

ローラは一九三九年に戦争が始まる直前、村を訪れる機会があった。「サリーの家」の屋根は落ち、イチイの生垣は伸び放題に荒れ、花々は消えていた。一本だけ残ったピンクローズの花びらが廃屋に散っていた。何もかもが消えて、畑の隅の土に混ざった白い石灰がやっと、かつてそこに人が住んでいたことを知らせているだけだった。

レース編みのクィーニー

サリーとディックは村のもっとも古い時代の生き残りだったが、もう一人クィーニーというお婆さんも、別の意味で、忘れられた時代の最後の人だった。彼女の小さな萱葺きの家は「はしっこの家」のすぐ裏にあった。並んで建っていたわけではなく、背中合わせに裏庭同士が接しているのだが、ローラたちにとっては「お隣」といえばクィーニーの家だった。小柄で皺《しわ》だらけで、黄ばんだ顔に日よけのボンネットをかぶった彼女を、ローラは子供心に非常な年寄りのように思っていたけれども、実際にはサリーとそれほど違わなかったはずだ。クィーニーと夫のメイシー爺さんはサリーとディックのように豊かな老後を送っていたわけではない。メイシーはみんなにツイスターと呼ばれていて、今もたまに臨時の野良仕事をして手間賃をもらい、二人はそのお金で暮らしていた。

ほとんど物はなかったが、テーブルも床も毎朝、軽石でシミ一つなく磨き上げられているクィーニーの家は気持ちよかった。暖炉の上の棚におかれた二本の真鍮《しんちゅう》のろうそく立てもピカピカに磨かれてまるで金のようだった。家は南に向いていたので、夏は開け放った窓や裏口から一日中、陽が差し込んでいた。ローラとエドモンドは自分たちの庭の向こう側に行くと必ずクィーニーの家の戸口の前を通ることになり、そのときはいつも習慣のように立ち止まって古い置時計がチクタクと時を刻む音に耳を澄ますのだった。他には何も音がしない。クィーニーは朝の家事を終えると、明るい間は終日、外にいた。ローラたちは用事のあるときは家を回って蜂箱を置いてある庭に来るように言われていた。彼女は低い腰かけに座り、膝の上にはボビンレースの台を置いて、一日中、時々ボンネットを目深に下ろしてうつらうつらと居眠りしながら、レースを編んでいた。

夏の間、お天気がよければ彼女はそうやって「蜂の番」をしているのだった。それは趣味と実益をかねていた。蜂が大群となって飛ぶ巣別れの時を見逃したら大変なことになる。巣別れがまだ起きていないならやっぱりそれはそれで確認しておかなければならない。だからいずれにしても、そうやって一日、蜂を見張っているのだ。太陽の温もりと花の香りの中で、一日中ミツバチが巣から出たり入ったりするのを見ているのがクィーニーの仕事だった。

待ちかねていた蜂の大群が飛び、巣分れの時がやってくると、彼女は新しい蜂の集団が自分のものであることを隣近所に知らせるのに、シャベルとスプーンをガンガンと打ち鳴らしながら、キャベツ畑を越ええんどう豆畑を抜けて、どこまでも蜂を追いかけてゆく。シャベルとスプーンを鳴らして自分の権利を主張しておかなければ、そのミツバチは他人のものになるという、昔からの法律があるのだとクィーニーは言っていた。シャベルを鳴らし、ミツバチを自分の庭に誘導するのが彼女の仕事だ。初夏に巣別れした蜂が自分のものにならなかったら大損害だ。彼女はローラとエドモンドにこういう歌を歌って聞かせた。

五月のミツバチが飛んできても、干草ほどの値打ち
六月なら銀のスプーン
七月の蜂はハエと同じ

彼女はミツバチを追いかけてシャベルを自分の権利の印としてその場におくと、大急ぎで家にとって帰し、緑色のネットと羊の皮手袋で顔や手を被い、麦わらで作った蜂の巣を持ってミツバチの群れをそこに誘い込むのだ。

冬の間のミツバチの餌は砂糖水だ。ローラたちは蜂箱の赤い蓋《ふた》に耳をつけ中の音に耳を澄ませている彼女の姿をよくみかけた。「可愛い蜂たちや、かわいそうに、まさか凍え死んじゃいないだろうね。家の中の暖炉の前に巣を作ってやれたらいいんだけどねえ」

クィーニーのレース編みの仕事も、ローラとエドモンドは見ていて飽きなかった。ボビンがあちらに行き、こちらに来る。その動きに決まりがあるようにはみえない。ボビンの先にはきれいなビーズの束が重しに下げられていて、それぞれに由来があるのだった。何度も聞いたので二人

はビーズにまつわる物語をすっかり覚えていた。「これは昔、五歳で死んだ妹の首飾りだったガラス玉だよ、こっちは母親のものだったんだ、この黒いのは魔女だという噂があった女が死んだ後、箱に残っていたものなんだよ」

レース編みが村の女の大切な収入源だった時代があったのだろう。クィーニーは八歳で大人に混じり、将来一人前のレース編みになれるよう、ボビンのさばき方を教わったという。「誰かの家にみんな薪を一束かシャベル一杯の石炭を持って集まるのさ。そして一日中、おしゃべりしたり、歌を歌ったり、昔話をしながら座ってレースを編んだものだ。夕方亭主の夕飯の支度に帰らなきゃならない時間までね。鍋を火にかけなきゃならないからね。集まっているのは年寄りと結婚前の若い娘だったね。子供のいる女たちは自分の家でレースを編んだんだ。寒い日には、熱い熾《おき》きを入れてある壷の蓋に手や足を乗せて温めるんだよ。上に腰かけることもあった。その壷のことをみんなピップキンと呼んでたよ」

夏にはどこかの家の裏の日陰に集まり、おしゃべりの間にも手は休みなく忙しく動いた。ボビンが行ったり来たりするうちに美しい繊細な模様の編み地は長くなってゆく。できあがったレースは水色の紙に包んで大切にしまっておかれた。そして作りためたレースを、年に一度のバンベリーの祭りに持ってゆき、仕入れ業者に買い取ってもらうのだ。

「お祭りだもの、その日はお金を使ったよ」そして彼女はレースで稼いだお金で何を買ったかを教えてくれる。きれいな茶色のキャラコ、綿毛混紡の布、白い小枝模様のチョコレート色のプリント地、彼女はその布で作ったドレスが大好きだった。今では彼女のパッチワークキルトに使われている。「家族みんなにおみやげも買ったよ」男たちにはパイプやタバコ、小さな弟妹にはお人形やジンジャーブレッド、そして祖母には嗅《か》ぎタバコ。宝物をいっぱい買ってもまだポケットに小銭が残った。それで最後にトライプ（雄牛の胃壁）を買うのだ。一年に一度のトライプを。帰ると玉ねぎや香辛料を加えて火を通して食べる。食後にニワトコ酒を飲み、みんなで楽しく気分よく温まってベッドに入るのだった。

もちろん、今は状況が変わってしまった。その頃には誰も予想もしていなかった方向に世の中は変わってしまった。安っぽい機械レースのせいで手作りレースの仕事がなくなってしまったのだ。祭りになっても仕入れ業者が姿を見せなくなってもう十年だ。本物とまがい物の見分けのつく人もいなくなった。機械編みのノッティンガムレースの方がいい、と彼らは言う。幅も広いし、模様もいろいろあってきれいだと。クィーニーは今も少しずつはレースを編んでいた。一人二人、下着の縁飾りに彼女のレースを欲しがる年寄りがいたし、子供のいる母親にあげれば手軽なプレゼントになる。しかしもう仕事としては編まなかった。そんな時代は終わったのだ。

そういうわけで彼女の話から、今より村が豊かだった時代があったことを知ることができる。レース編みで得た女たちの収入は、全国的に飢えが襲った「飢餓の四〇年代」を生き抜く助けになったのだろう。なぜならどこの村にもあるその年代の窮乏を、ここでは誰も記憶していないからだ。でもそれは人間の記憶は薄れやすいというだけのことなのかも知れない。彼らには苦しくない時代というものがなかったので、特にその時だけが苦しかったという記憶がないのかも知れない。

一週間に一ポンド（二〇シリング）の収入がクィーニーの夢だった。「週に一ポンドあったら、何があっても心配ないよ」が口癖だった。ローラの母の夢は週三十シリングだった。「毎週三十シリングあったら、あなたたちにもいつもきちんとした格好をさせてやれるのにね。毎日まともな食事もできるでしょうし」

クィーニーの収入は週一ポンドの夢の半分にも及ばなかった。村でも評判の「ろくでなしツイスター」のせいだ。「何で死ぬにせよ、働きすぎて死ぬことだけは絶対ないだろう」といわれていた。お屋敷の人たちの狩猟が好きでそれについて歩くのが生きがいだ。猟犬が見えると仕事を放り出して追いかけてゆく。醸造所の荷車も好きで、せがんで荷台の後ろに腰掛けさせてもらい、門を通るときにはいそいそと降りて門の開閉を手伝ったり、パブの外で馬の番をしていたりする。しかし、もう年齢とリュウマチで毎日は働いていなかったが、気晴らしのない日には、気分次第で農場に働きに行くのだった。農場主は彼が気に入っていたのだろう。彼が働いた日には、パブに半パイントのビールをただで飲ませてやれと言ってくれていた。このおかげでクィーニーの家計がどんなに助かっていたか知れない。なにしろ彼には気晴らしが多かったので、働きもなく飲み代にも事欠く日が多かったのだ。

彼は背が低く、ひょろひょろの足をした、カラスのような目の男だった。どこかの猟番からもらった古いベルベットの上着を着て、くたびれた帽子には孔雀の羽を差し、いつも赤と黄色のスカーフを片方の耳のところで結んでいた。そのネッカチーフは、昔、彼が祭りになるとヘーゼルナッツを入れたかごを持って、屋台の間で、「豆はいらんかね。でかい豆だよ」と声を涸らして呼び売りをした頃の名残りだった。声が嗄《かれ》ると一番近くのパブに入って売れ残りの豆をみんなにただで分けてやるような商売だったから、続くわけがなかった。

ツィスターは自分の都合で少し頭の足りないふりをすることがあったが、ローラの父は、彼は自分の欲しいものはちゃんとわかっているから、本物の馬鹿ではないと言っていた。たとえばビールをおごってもらうためならどんなおどけでもするのに、家ではむっつりと不機嫌に黙り込んでいるのだった。外面《そとづら》だけはいい人間だった。

しかしクィーニーは年をとるにつれて彼を操縦する方法を学んでいた。今ツイスターは、土曜日の夜までに少なくとも二、三シリングの金を持って帰らなければ、日曜の夕飯のテーブルには布しかかかっていないのがわかっていた。黙って向き合う二人の前に食べ物は何もないだろう。

四十五年前のある夜、彼は彼女の作った料理が気に入らなかった。酔っ払っていた彼はズボンのベルトをはずし、彼女をさんざんに打った。可哀そうにクィーニーは一人ベッドに行き、泣いていたが、くよくよ考え込むのは止めて、いかにも田舎の女らしい仕返しをしたのだった。

翌朝、ツィスターは服を着るときベルトがないのに気づいた。でも彼は気が咎《とが》めていたので、何も言わずにズボンにただの紐を通して留め、まだ寝ていたクィーニーを起こさずにそっと一人で仕事に出かけて行った。

夜、帰るとおいしそうなパイが食卓にのっていた。こんがりと焼き色がついたパイで、てっぺんにはチューリップの形の飾りまでついていた。このパイを見た彼はこんなことわざが思い出したかも知れない。「女と犬とくるみの木は、打てば打つほどよくなる」

「トム、さあ切って」彼女はにこやかに言った。「あんたのために作ったんだよ。さあ、私のことは気にしないで。全部食べてちょうだい」彼女は背を向けると戸棚の中の何か、探し物をするふりをした。

彼がパイを切った。中には昨夜、彼が女房を殴るのに使ったベルトが、円くとぐろを巻いていた。「そのときの顔ったらなかったね。幽霊よりも真っ青になって、黙って外に出て行ったよ」クィーニーはもう何年も昔の話を、昨日のことのように面白そうに語る。「それっきり、彼は私に手を上げなくなったんだよ」

おそらくツィスターのおどけは、まったくの演技というわけでもなかったのだろう。なぜなら彼はその数年後、少し気が変になり、手に飛び出しナイフを持って、ぶつぶつ独り言を言いながらうろつくようになったからだ。みんな医者に診せることまでは思いつかなかったが、少なくとも彼に優しい態度はとるようになった。

この頃、彼はローラの母を死ぬほどびっくりさせたことがある。揺りかごに赤ん坊を寝かせて、洗濯物を取り込みに庭に出ていたすきのことだった。家に戻った母はツィスターが揺りかごの垂れ幕の中に頭を突っ込んでいるのを見て真っ青になった。彼女の場所からは赤ん坊の顔は陰になって見えなかった。思わず駆け寄ると、その哀れな馬鹿な男は目にいっぱい涙をためて言ったのだそうだ。「イエスさまみたいじゃないか。本当に幼子《おさなご》イエスさまじゃないか、まったくそうだ」生後二ヵ月の赤ん坊は目を覚まし、にっこりと彼に笑いかけた。彼が誰かに笑いかけてもらったのは、それが生まれて初めてのことだったのかもしれない。

しかしツィスターの行動がいつも幸せな終わり方をしたわけではない。彼はしだいに動物を苛《いじ》めたり、裸で歩いたりするようになった。みんながクィーニーに彼を精神病院にやった方がいいのではないかと言い始めていた年、猛吹雪があった。何日も吹雪が止まず、村に通じる道は生垣を越える高さまで雪で覆われ、小さな村は外界からまったく遮断されてしまった。村の人たちが雪掻きをしていると雪の中から馬をつないだままの荷車が現れた。馬はまだ生きていたが、馬を引いていたはずの少年が見あたらない。男も女も子供たちもみんなが交代で少年を捜して雪を掘った。そのとき一番働いたのがツィスターだった。後にも先にもあのときほど彼が働いたことはなかった、とみなが言った。体力も気力もすごかった。結局少年は見つからず生死もわからずじまいだった。胸まで届く雪に、荷車を捨て、馬も放り出して、畑の向こうの自分の村に帰ったのかもしれなかった。しかしこのときのあまりにも目覚ましい働きのせいで、可哀想なツィスターは肺炎を起こし、二週間後にあっけなく死んでしまったのだ。

彼の死んだ夜、エドモンドは、「はしっこの家」の裏にまわり、ウサギの巣に防寒のために藁で覆いをかけに行った。そのとき彼はクィーニーが家から出てきて、蜂箱の方に行くのを見た。何となく、エドモンドはその後をついて行った。彼女はまるでドアをノックするように蜂箱の屋根を一つずつたたきながら、言っていた。「ミツバチ、ミツバチ、お前たちのご主人が死んだよ、これからは私のために働くんだよ」。そしてエドモンドを見つけるとこう言った。「蜂に言い聞かせていたんだ。そうしないと蜂たちも一緒に死んでしまうからね」それでエドモンドは蜂たちが本気で話しかけられていたことがわかったのだった。

その後クィーニーは、教会の助けや遠くにいる子供たちや知り合いからの援助で何とか生活していたが、一番苦労していたのは週一オンスの嗅《か》ぎタバコの葉っぱだった。タバコを好きな人がタバコなしで生きられないのと同じに、彼女は嗅ぎタバコなしでは生きられなかった。

その頃の五十歳以上の女性はたいていてい嗅ぎタバコをやっていた。厳しい生活の中でのたった一つの楽しみだったのだろう。「これを嗅《か》がないと生きている気がしない」と彼女たちは言っていた。「男の酒と同じさ。嗅いでみるかい？」とローラにまで嗅ぎタバコの箱を差し出した。一まわり若い世代の女性はすすめられても顔をしかめて断ることが多かった。その風習は流行遅れで健康にも有害な習慣だと思われていたのだ。そんな中でローラの母だけはすすめられると親指と人差し指を箱に入れ、ひとつかみそっと嗅いでみせた。「一応は礼儀じゃない？」と彼女はいつも言った。蓋《ふた》にビクトリア女王とアルバート殿下の肖像が描かれた箱が空になると、クィーニーは空箱に鼻を入れて、「この方がいい。匂いを想像してる方が実際に嗅ぐより楽しい」と言うのだった。

クィーニーには一年に一度、秋に待ち焦がれている日があった。ハチミツの仲買人が来る日だ。その日が近づいてくると彼女は貯蔵室の出入り口に、割った蜂の巣を薄いモスリンの袋に入れて吊り下げる。その袋からとろとろしたハチミツが下に置いた赤いなべに滴《したた》り落ちた。ローラとエドモンドはクィーニーの家の戸口で、ハチミツ屋のおじさんがその集めたハチミツを外に運び出し、重さを量りにやってくるのを楽しみに待っていた。そのおじさんが二人に蜜のしたたる蜂の巣のかけらを一つずつくれた年があった。でも、その忘れられない思い出は、それが最初で最後だった。二人はそれからも蜜のような甘い期待に胸を膨らませ、毎年待っていたのだが、ハチミツ屋のおじさんはもう二度とそのかけらをくれることがなかったのだ。

大佐

ローラがまだ小さいとき、近所に独り者の老人の家があった。退役軍人の彼は「大佐」と呼ばれていた。彼は方々の土地に赴任した後、生まれ故郷に帰って小さな家を建て、いかにも退役軍人らしいこざっぱりと規律正しい暮らしをしていたが、年を取り、身体も弱り始めていた。それでも彼は、数年はその小さな家で一人、何とか年金生活を送っていたのだが、とうとう病気になりオクスフォードの病院に数週間入院しなければならないことになった。そのとき身寄りも友人もいない彼のために、ローラの母が入院の持ち物の用意を手伝い、面倒をみてあげた。そしてできることなら病院に見舞いにも行ってあげたかったろうが、お金の余裕もなく小さな子供を置いていくわけにもいかなかった。それでも彼女は時々手紙を書き、毎週新聞を送ることだけは欠かさなかった。「気の毒な一人ぼっちのお年寄りにそのくらいのことをしてあげるのは当然だわ」というのが口癖だった。でも「大佐」本人にはそれが決して当然ではないことがわかっていた。それは本当に小さな、親切とも言えないほどの親切かもしれなかったが、長いこと生きて人を見てきた彼は、誰もがその当然のことをしてくれるわけではないことも、人の親切に黙って甘えてはいけないこともわかっていたのだ。

彼が退院して村に戻って来たのは、土曜日の夜遅くだった。子供たちはとっくにベッドに入り眠っていた。次の日の朝早く、ローラはふと目を覚まし、夜明けの薄明かりの中で、枕の上に何か見かけないものがあるような気がしたが、そのまま、またうとうとと眠ってしまった。再び目を覚ましたとき、それはまだそこにあった。小さな木の箱だった。ベッドに起き上がり箱を開けるとそこにはお人形の小さなお皿のセットが入っていた。しかもお皿の上にはロウ作りの本物そっくりに色の塗られた食べ物まで載っている。骨付き肉やグリンピースやじゃがいも、十字の刻みのついたジャムタルト。一体どうしてこんなものがあるのだろう？　クリスマスでもお誕生日でもないのに。エドモンドも目を覚まし、蒸気機関車のおもちゃを見つけて歓声をあげていた。それは小さなブリキのおもちゃで、値段は一ペニー程度のものだったかもしれないが、エドモンドの喜びようも大変なものだった。そのとき母がやって来た。「それはね、大佐さんがオクスフォードからおみやげに買ってきてくれたのよ」彼女がもらったのは肌寒いとき外套《がいとう》の下の襟元に巻く赤い絹の小さなネッカチーフだった。毛皮の襟巻きはまだない時代だった。父親にはパイプ、赤ん坊にはガラガラと、みんなにプレゼントがあった。何て素晴らしいのだろう。プレゼントをもらうことなど誰も考えていなかった。本当に思いがけない喜びだった。親戚でもない人から全員がプレゼントをもらったのだ。このことがあってから、親切で優しい大佐は「はしっこの家」では決しておろそかにしてはならない人になった。母はいつも彼のためにベッドを整え部屋の掃除をしてあげに行ったし、ローラも夕食に特別のものがあるときはいつもナプキンをかけたお皿を持って行ってあげた。ドアをノックし、小さなはにかんだ声で「こんにちは、シャーマンさん、お母さんがこんなもの、お口に合いますでしょうかって持たせて寄こしました」と言いながら、お使いに行くのだった。

しかし大佐は年も取り、病気も軽くはなかったので、それ以上一人で暮らすのは無理になっていた。ローラの母と他の親切な近所の手伝いがあってももう限界だった。医者はとうとうある日、役所に連絡をとった。その判断は正しく、間違いはなかった。病気で親戚もいない彼は施設で世話してもらうしか道はなかった。しかし、みんなはたった一つ大きな間違いを犯した。彼らはずっと大佐を教養ある立派な人間として接してきたのだから、高齢になって衰えた今も最後までそう遇するべきだった。彼らは大佐を施設に送ることを決めたのに、それを本人には伝えなかったのだ。翌朝、手配された迎えの馬車が大佐の家の玄関から少し離れた場所に待機していた。医者の合図で馬車を玄関に寄せ、職員が中に入ったとき、大佐はちょうど、やっと服を着終えて暖炉のそばの椅子に座ったところだった。「おはようございます、大佐。お天気もいいし、ちょっとその辺まで馬車で出かけてみませんか?」医者は明るく声をかけると、大佐の返事も待たずに外套を着せかけ、外に連れ出して、馬車に乗せてしまった。ほんの数分のできごとだった。

ローラは御者が馬に鞭《むち》をあて、馬車が動き出すのを見た。この場面を思い出すたび、ローラは胸が苦しくなり、見なければ良かったと思う。その瞬間、大佐は自分がどこに連れて行かれようとしているかに気づいた。年老いた兵士、たった一人独立独歩で生き抜いてきた男、ローラたち家族の心優しい友人は、座席に倒れこむと子供のようにしゃくりあげた。彼はすっかり打ちのめされてしまっていた。でもその悲嘆も長くは続かなかった。たった六週間の後、彼は苦しみから開放されて棺に横たわり、教会墓地に帰って来たのだった。

彼には連絡するような身内が誰もいなかったので、村に葬儀の連絡はなかった。もしあったら昔から知っている何人かはお葬式に行っていただろう。ローラがたまたまたった一人、その場に居合わせていた。お墓の間から牛乳の缶を手に、偶然その光景を見たのだ。教会に運ばれて行く棺の後に従う人は誰もいなかった。内気なローラは一人でついて行く勇気がなかった。しかし一度礼拝堂に運ばれた棺が外の新しく掘られた墓地に運ばれて来たときには後ろに人がいた。それはもう若くはない牧師の娘、ミス・エリスンだった。彼女は開いたお祈りの本を持ち、瞳には静かな悲しみの色を浮かべていた。大佐は教会に通う人間ではなかったので、彼女は大佐のことは何も知らなかったはずだが、見守る人のいない棺が一つぽつんと運び込まれたのを牧師館から見て、死者には誰かがお別れを言うべきだと思って、急いで教会にやって来たのだった。何年も後に、みんなが彼女の陰口を言っているのをローラは聞いた。ローラ自身、正直彼女にはちょっとイライラさせられることもあったが、そんなときはいつもあの行為を思い出し、あのときの彼女は立派だったと思い返すのだった。

祖父

ローラたちの祖父母は広がった畑を越えた向こうの、ちょっと変わった形の家に住んでいた。その家は円くて、屋根がてっぺんに向かってとがっていた。だから一階には部屋が二つあったけれど、二階は天井が斜めになった屋根裏部屋が一つあるだけだった。庭は家続きではなく、道をはさんで高い生垣に囲まれていて、荷車の出し入れをする場所が開いていた。庭にはたくさんのスグリや、グズベリー、ラズベリーが伸び放題に茂り、古くからある草花が群れて咲き乱れ、緑の方が多かった。祖父はもう老齢で、株を分けたり枝を切ったりと、丁寧に植物の世話する体力がなくなっていたのだ。でもローラはその庭で何時間も楽しく過ごすことができた。木の実を摘んでジャムを作ろうと計画するのも楽しかったが、大半の時間は本を読んだり、空想にふけったりして楽しく過ごした。スモモの枝が伸びて垂れ下がり、植え込みや草花にすっぽり囲まれている一隅が、ローラの「緑の書斎」だった。

ローラの祖父は雪のように真っ白な髪と顎鬚《あごひげ》をたくわえた、背の高い人だった。そして空のように透き通った青い目をしていた。その頃にはもう七十代になっていただろう。ローラの母は彼が年とってから生まれた最後の娘だった。ローラの幼い頭でどう考えても不思議だったのは、母が生まれたときすでに叔母さんだったということだ。やっと言葉が話せるようになった赤ん坊の母は、自分より年上の姪に、「エンマおばちゃん」と呼ばせたというのだ。

祖父はもう止めていたが、以前は小さな荷馬車で村々を回り、農場や民家から卵を買い集め、町に運んで市や店に売る仕事をしていた。円い家の裏には小さな傾きかけた小屋があり、そこが彼の仕事の相棒だったポニーのドビンの家だった。その馬小屋で飼葉桶に入ったり小屋の垂木《たるき》によじ登ったりするのが、ローラとエドモンドの大好きな遊びだった。ドビンが老衰で死んだときに祖父の卵の商売も終わりになった。新しい馬を買う余裕がなかっただけでなく、その頃にはもう、祖父自身がドビンの世話で疲れきっていたのだ。彼は庭仕事と歩いて行けるところだけを行動範囲にするようになった。「はしっこの家」に立ち寄ってから教会に行き、家に帰るのが日課になった。

祖父は信仰の厚い人で、礼拝には日曜日も平日も欠かさず出席するだけでなく、礼拝以外の時間にも教会に行って、祈りと瞑想で時を過ごしていた。一時、その辺りの説教師の仕事をしていたこともあり、日曜日の毎夕、他の人と交代で、何マイルも先のさまざまな村の集会所で礼拝を司会することもあった。晩年にはイギリス国教会に帰依したが、彼の信仰は宗派や教義とは関係なく自分自身の深い宗教心に根ざしていた。フォードロウ教会がその辺では一番近くにあって彼の信仰と音楽への愛情の両方を満たしてくれる場所だったのが帰依の理由だった。教会の音楽が彼に残されたささやかな、しかし大きな慰めだったのだ。

祖父が田舎の集会所で司会した礼拝を覚えている人はたくさんいた。彼の言葉は非常に印象深く心に残るものだったと、みんなが語った。「ああいう立派なおじいさんを持っているのだから、もっとお行儀よくしないといけないわ」ある日、ローラはメソジストの女性にそう言われたことがある。生垣の間を通り抜けて新しい下着をかぎ裂きしたのを見つかったときのことだ。しかしまだ小さかったローラは、祖父の本当の偉さを理解できていなかった。祖父が亡くなったときでさえやっと十歳だったのだ。そして末娘のローラの母を誰よりも可愛がっていたせいで、ローラが良い子であって欲しいと願うお説教も多かった。下着のかぎ裂きを見つかっていたらきっとまた叱られていたことだろう。しかしよくわからないなりにローラが、祖父を他の人より立派だと、ひそかに誇りに思っていたのはたしかだった。

前述のように、彼は音楽が好きで、教会の合唱隊の伴奏にヴァイオリンも弾いた。まだ若くて信仰にのめり込む前には、家族が集まったときや近所の結婚式や祝い事の席でもよくヴァイオリンを弾いた。あるときローラはふと、祖父がヴァイオリンを弾く姿をずっと見ていないことに気づいた。

「おじいちゃんはどうしてこの頃あまりヴァイオリンを弾かないの？　ヴァイオリン、どうしたの？」

「ああ、ヴァイオリンね」母は感情のこもらない声で言った。

「もうヴァイオリンはないのよ。おばあちゃんが病気のときにお金が必要で、売ってしまったの。いいヴァイオリンだったから、五ポンドで売れたんですって」

母の言い方は、お金が入用なときに豚を半匹分売ったり余ったジャガイモを一袋売ったりするのと同じ口調だった。しかしローラは幼いなりに、それは違うのではないだろうかと思ったのだった。ローラには音楽的素質がまったくなかったけれども、音楽が好きな人にとっての楽器は、特別な意味のある物ではないのだろうか？　と思ったのだった。ローラはある日、祖父と二人きりになったときに聞いた。

「おじいちゃん、ヴァイオリンを売るとき寂しくなかった？」

彼はちらっと、怪訝そうな探るような目でローラを見て、悲しげに微笑んだ。

「そりゃあ寂しかったさ。他の何を手放すより、身を切られるようだったよ。今だって寂しい。いつまでも、かもしれん。でも良いことのためにそうしたんだ。何もかも希望どおりにはゆかないのが世の中だ。希望がすべてかなうのはかえって良くないんだよ」

でもローラは内心その意見には反対だった。おじいちゃんにとってはヴァイオリンを持っていることの方がずっと良かったに決まっている。いつだってお金が問題なのだ。お金がないために苦労するのだ。

祖父があきらめなければならなかったのはヴァイオリンだけではない。仕事を辞めてからは僅かな貯金と、石炭で一財産築いた兄が送ってくれる仕送りが生活費のすべてだったので、タバコも止めた。でも次々あきらめなければならなかったことの中でも、もっとも辛かったのは、他人を助けることができなくなったことだろう。人助けは祖父の何よりの生きがいだったのだ。

幼いローラの古い思い出の中には、流行遅れの外套《がいとう》を着て帽子をかぶった祖父が、「はしっこの家」の門をくぐって庭をこちらに歩いて来る姿がある。顎鬚《あごひげ》はきれいに手入れされていて、小脇には大きなかぼちゃを抱えている。毎朝、手ぶらだったことは滅多になかった。ラズベリーや、さやをむいたグリーンピースがいっぱい入った小さなかごだったり、ビジョナデシコやモスローズの花束だったり、誰かからもらった赤ちゃんウサギだったり、いつも何かおみやげを持って来てくれるのだった。彼は家に入ると、壊れているところを修理したり、特別仕事のないときはポケットから編みかけの靴下を出して編んだり、手を休めることなく、優しい声で可愛い末娘のエンマに何やかやと話しかけるのだった。エンマはさまざまな悩みを打ち明けているうちに泣き出してしまうこともあった。そうすると彼はそばに行き、髪を撫でて涙をぬぐってやりながら、「大丈夫だ。大丈夫だ。ほらいつもの元気をお出し、おまえは強い子なんだから。我々が気づかなくても、神さまはいつも正しい者を見ていて下さるんだよ」と慰めるのだった。

八〇年代半ばには、毎朝の訪問はなくなっていた。

持病のリューマチがとうとう彼を打ち負かしたのだ。彼は最初は教会まで行けなくなり、次第に、「はしっこの家」も遠く感じられるようになり、次は道を横切って自分の庭に行くのさえ辛くなり、最後にはとうとうベッドだけが生活の場になってしまった。祖父のベッドは、一階にあるような天蓋つきのフォーポスターのベッドではなかった。階下には、美しい赤や茶やオレンジ色のシルクとサテンをパッチワークしたキルトに飾られた、白い天蓋つきの立派なベッドが置かれていたが、祖父はもう何年も一人で、天井が斜めになった、真っ白な剥き出しの壁の小さな屋根裏部屋で、そまつな白いベッドに寝ていた。彼はリューマチの熱や痛みで寝返りを打つ音で、妻の眠りを妨げたくなかったのだ。それに年寄りの常で朝、目覚めるのが早かった。起きれば火を起こし、聖書を読み、妻のベッドに運ぶ朝のお茶の用意をする。

しかし祖父はだんだん関節の痛みで、手伝ってもらわなければ寝返りすら打てなくなっていった。もう人に何かをしてあげたり手伝ったりするどころではなかった。仰向けのまま身動きもできず何時間も横たわっている彼の、年老いた青い眼の視線の先には、ベッドの足元の白い壁に、この部屋でたった一つの色彩と言ってよい、一枚の絵がかけられていた。それは十字架にかけられたキリストの絵で、キリストの茨の冠《かんむり》の上に聖句が印刷されていた。

神よ、我れ、汝のためにかくなせり

そして釘打たれ、血の流れる足元にはこうあった。

神よ、汝は我れのために何をなされしや

それはそのまま、二年間、耐えがたい苦しみに黙って耐えた祖父への答えでもあった。

祖母

夫が上の部屋で眠り、横たわり、身体を拭いてもらい、看病され、キリストの絵を見つめている間、妻である祖母は下の部屋で羽のクッションに背をもたせ、ボー・ベルとかプリンセス・ノベレットとかファミリー・ヘラルドというような雑誌のロマンス小説を読みふけっていた。必要な家事をするとき以外、彼女が手から本を離したのを見たことがない。そしてそれは必ずロマンス小説だった。そういう本を山のように持っていて、読み終わると同じロマンスの愛好者といつでも交換できるように、揃えて紐で結わえて積んでおくのだった。

祖母は若い頃、素晴らしい美人だった。「ホーントン村一の美人」と言われていた。そしてローラに、膝まで届く豊かな髪が黄金色のケープのように身体を覆っていた若い頃のことを話して聞かせるのだった。もう一つ好んで話してくれたのは、領主の息子の成人式のお祝いが催されたとき、彼と一晩中踊った思い出だ。信じられないことに、その貴公子は他の友人や知り合いの娘には眼もくれず、猟番の娘にすぎない彼女を一晩中そばから離さなかった。そして夜の宴会も終わろうとする頃、彼女の耳元に囁いたのだ。「この辺りで君くらい美しい魅力的な娘は他にいない」と。彼女はこの言葉を一生、宝物にしていた。彼女の物語はそれで終わり、それ以上のことがあったわけではない。領主は領主であり、ハンナ・ポラードは一生、貧しい平民の娘のハンナ・ポラードのままだった。それ以上のことは起きないのが現実の人生だ。違う結末は彼女の好きなロマンス小説の中だけのことだ。だから彼女はいつまでもロマンスが好きだったのだろう。

ローラは目の前の祖母から、成人のお祝いの白いドレスを着て長い金髪を水色のリボンで結んだ少女の姿を想像することができなかった。今そこにいる祖母は左右に分けた白髪を小さな櫛で耳の上に輪にして止めた、やせて弱々しい老婆だった。たしかにそれでも彼女はまだ見栄えはよかった。ローラの母親は「基《もと》がいいのよ」と言っていた。「母さんは棺に入っても立派に見えると思うわ。肌も髪も年取れば衰えるけど、骨組みは変わらないから」

ローラの母はローラの容貌にとてもがっかりしていた。自分の母親は評判の美人だったたし、自分もとても可愛らしくて魅力的だったので、娘も当然その素質は受け継ぐだろうと思っていたのに、娘のローラは、顔も平凡で、やせっぽちで、貧弱だった。「まるでサギだ。身体中、足と羽しかないみたいだ」村中の人がそう言っていた。顔が小さいのに黒い目と大きな口が妙に目立つのだった。子供のときにたった一度お世辞で誉められたのは、「賢そうな顔をしてるよ」と言われたことだ。しかし普通は誰でも、賢い頭より巻き毛の髪とバラの蕾のような口元の女の子の方が好きなものなのだ。

ローラの祖母は日曜の夜に、十マイル先の村の教会まで、夫の礼拝を聞きに行こうなどとは考えたこともなかったろう。以前は日曜日の朝の礼拝には行っていたけれど、それも雨が降ったり、暑すぎたりしなければの話だった。風邪気味だといって休み、その日の装いで気に入らないことがあると行くのを止めた。服装にうるさく、身に着けるものはすべていいものでなければ気に入らなかった。彼女の部屋には、革のクッションやシルクのパッチワークキルトの他にも、絵や美しい小物がたくさん飾られていた。

彼女が、「はしっこの家」にやって来れば、暖炉のそばの一番いい椅子が差し出され、一番上等のポットにお茶が入れられて、母は祖父にするように夫の悩みを打ち明けたりは絶対にしない。祖母の方が何か聞いていたのかそれとなく尋ねてきても、母は、「男は息抜きが必要なんでしょう」と答えるだけだった。

こういう女性は他にもいるわ、とローラは祖母を見ながら考えたものだ。彼女たちは人生の最初から最後まで、みんなに大事にされ、嫌なことや辛いことからは遠ざけられ守られている。あのバイオリンが祖母の物だったら、売るどころか、家族全員がお金を出し合って、新しい立派なケースを買っていただろう。

夫に先立たれてから、彼女は長男の家に身を寄せ、祖父母の丸い家はサリーの家と同じ運命をたどった。家が建っていた辺りは今は畑になり、祖父の献身も祖母のロマンスもどこにも跡《あと》を止《とど》めていない。シェークスピアの「テンペスト」の台詞《せりふ》、「溶けてしまったのだ、大気の中へ、淡い大気の中へ」の言葉どおりに。

老後の暮らし

ラークライズには他にも年寄りの家は数軒あり、エリスン牧師が「古参」と呼んでいる人たちと、ひとまとめに「年寄り」と呼ぶ人たちに分けられた。アシュレイ旦那の家は「古参」で、サリーと同じように、昔からここに住み、代々の家と土地を持っていた。胸鋤《むなすき》を今でも使っているのは彼だけだったかもしれない。胸鋤というのは、がっしりした柄の片方の先には鍬《くわ》の刃が、そしてもう片方には十字型の木がついたもので、農夫はその十字型の木を自分の胸の部分にあてて鍬を引きながら土を耕すのだ。彼の土地にはかつて一面に生い茂っていた最後の名残りのハリエニシダが残っていて、ハリエニシダの押し合いへし合いする生垣と、泥と漆喰の垣根が混在していた。最初ここに住み着いた人々はこれらを材料に自分で家を建てたのだそうだ。

貧しい年寄り夫婦の家も一、二軒あった。彼らは毎日、救貧院に行くことになることを心配しながら、やっと暮らしていた。当時の貧民救助法では仕事ができなくなった老人に週払いで僅かな保護費を支給していた。しかしそれは到底暮らせるような額ではなく、余裕のある子供からの援助がなければいずれは村にいられなくなるのだった。

こういう状況に変化が訪れたのは、老齢年金法が施行された二十年後のことである。そのときになって年寄りはやっと不安から解放された。突然お金が入り、他人にすがらずに生きていけるようになった老人たちは、郵便局に年金を受け取りに来ると、感謝のあまり涙を流しさえした。「ロイド・ジョージ様のおかげだ。神さま、彼をお守り下さい。それから郵便局の職員さんにも神のご祝福を！」彼らは首相を様づけで呼び、その頃郵便局で働いていたローラが仕事としてお金を手渡しているだけなのに、彼女にまで庭から持ってきた花束やリンゴを山のようにお礼にくれるのだった。

第六章　女たち

「不自由」との闘い

ローラは子供のとき、ラークライズの集落を遠くから見て、砦のようだと思ったことがあった。三月の曇り空の日の寒々とした学校からの帰り道、一人で向かい風に逆らって歩きながら、遠くに見える村の家々の土塀や瓦屋根が、頭上のカラスや渦巻いて流れて行く雲の下で、ふいに砦のように見えたのだった。煙突から煙が立ちのぼり、風に洗濯物がはためいていた。

「砦だわ。まるで砦だわ」彼女は声に出して叫ぶと、調子っぱずれの歌を歌いながら道を進んで行った。「砦を守れ、いざ我れは行かん」という教わったばかりの救世軍の歌だった。

それは子供っぽい幼稚な連想だったが、村にはもっと深い意味において、たしかに砦を連想させるものがあった。村の暮らしは強いられた籠城生活のようなものだった。包囲している敵は「不自由」だ。緩やかになら何らかの「不自由」に取り囲まれていない人はいないだろう。しかし村の人たちの戦いはもっと厳しく長期的なものだった。でもみんなその籠城生活には慣れていて、ささやかな楽しみを見つけて苦しさを笑いとばし、何とか生きてゆく方法を知っていた。

不自由と闘っている世代は、村の現在の歴史を作っている世代でもある。年寄りたちの素朴だが品位のある生活スタイルはもう過去のものだった。若い不自由な人々の家を満たしているのは、まずは丈夫で健康なたくさんの子供たちだ。もちろん彼らも数年すれば仕事についたり都会に出て行ったりするだろう。そして次の丈夫で健康な子供たちがまた、新しい世代を形成してゆくだろう。しかし若い親は今しばらくの間は、とにかく子供たちに十分な食べ物と着る物を用意してやらなければならない。

家の調度

彼らの家に置かれているのは、代々受け継がれてきた良質でがっしりとした手作りの家具ではなく、安っぽい初期の機械生産品だった。食卓は何度も拭いているうちに表面の塗装が剥がれてふやけてくるような代物だったし、四、五脚あるウィンザーチェアもニスが剥がれかけている。あとは家族の写真や小物を飾るサイドテーブルと、暖炉のそばの二、三脚のスツール、そして二階の寝室のベッド、が村の一般的な家庭にある家具一式だった。

父親用にはたいてい、仕事から帰ってくつろぐための、まがい物だが少し大き目の木の手すりのついたウィンザータイプの椅子があった。時計は、安物の外国製の置時計が暖炉の上の棚に置かれていることもあるが、ゼンマイはいっぱいに巻いてもせいぜい十二時間しかもたないので、時刻が正確とはかぎらない。置時計が無い場合は起床も夫の腕時計が頼りだ。しかし腕時計だけだと夫が仕事に行った後では時間がわからなくなるので、女房はついつい隣の家に時間を聞きに行ってはそのまま、おしゃべりに夢中になってしまうのだった。

人に見せたくない安物の食器は、食事の時以外は戸棚にしまわれていた。錫《すず》製の皿を飾るのはもうはやらなかった。そういう皿は粗末にされ、庭や豚小屋にたくさん転がっていたので、ときどき行商の鋳物商がやって来て見つけると、溶かして鋳物の材料にするのにただで引き取って行ったり、ただ同然の安い値段で買い取っていった。古物商の中には、古い戸棚にあった手作りの真鍮《しんちゅう》製のカップ一揃いを、たったの六ペンスで引き取って行く者や、部屋の隅の食器戸棚や折畳み式のテーブルを脚がちょっとぐらついている位で、わずか半クラウン（六ペンス）で買い取る者もいた。若い世代は昔の家具や道具に値打ちがあるとは思っていなかったので、古い物は外に放り出されたまま雨ざらしになり腐っていった。流行の新しい物の方が好まれ、古い物は村から消えつつあった。

暖炉やサイドテーブルに飾る物で人気があったのは、ガラスの派手な花瓶や陶器の動物、貝殻で飾られた箱や、ビロードの写真立てだ。とりわけ大切にされていたのは金の文字が浮き出た真っ白な陶磁器のマグカップだった。「良い子への贈り物」とか「ブライトンの記念に」と書かれた海辺の保養地のお土産だ。これらは働きに出ている娘たちが手みやげに持ち帰ったもので、少しずつ数が増えてゆく。棚に何個も下がっているのはその家の自慢でもあり、近所の羨望の的でもあった。

買うお金のある家ではきれいな花柄の壁紙を貼っていたが、余裕がなければ直接白いペンキを塗るか、新聞紙を壁紙がわりにした。暖炉のそばの壁には必ずベーコンが最低一つは吊り下がっていて、絵も二、三枚はかかっている。たいていは雑貨屋で毎年もらうカラー印刷の絵を自分で額に入れたものだ。そういう絵はだいたい二枚がセットになっている。恋人たちの「逢引《あいびき》」と「別れ」とか、ウェディングドレスの「花嫁」と新しい墓石にたたずむ「寡婦」、雪の中で物乞いする「可哀そうな子供」と子犬や子猫と遊ぶ「幸せな子供」というような対照的なテーマが人気なのだった。

しかしこういうつまらない調度品の一方、台所兼居間兼子供部屋兼洗濯場と何もかも一部屋で間に合わせているような家でも、主婦によっては住まいをとても気持ちよくこぎれいにしつらえている人たちもいた。白く磨き上げられた暖炉の前にはきれいな色の手作りのラグを置き、窓辺にはゼラニウムが飾ってある。お金をかけなくてもそれがあるのとないとでは大違いなのだが、こういう心配りを馬鹿にする人たちもいた。「肩コリを我慢してラグを刺したって、どうせ子供たちがすぐ汚すのだから、ズダ袋を敷いても同じだよ」というのだ。「ポットに花を植えて面倒な思いをして手入れするより、何もない方が楽じゃないの」と。でもそういう人たちでも、当時の常識であった一日一度の掃除は決して欠かさなかったから、殺風景な家はあっても、汚い家はなかった。

掃除

毎朝、男たちが弁当を持って仕事に出かけ、大きな子供たちは学校に行き、小さな子供たちが外に遊びに行ったら、女たちは赤ん坊の身体を洗ってゆりかごに寝かしつけ、マットや敷物を外に出して埃《ほこり》をたたいた。そしてまず暖炉回りをきれいにし、次はテーブルや床の拭き掃除だ。雨降りの後は、石のたたきの床を拭く前に、古いナイフで敷石の隙間の泥をえぐり出さなければならない。どこの玄関にも靴の泥落としはおいてあるが、靴の上の方に堅くこびりついた粘土質の泥はどうしても入り口の石の間に落ちて固まってしまう。

泥をなるべく家に入れないために、女たちは井戸や豚小屋に行くときには靴底にパトンというものをつけた。パトンは足底は革、他の部分は木だった。裏底は鉄の輪になっていて、五センチ位の高さがあった。石の上を歩くとカッカッと響き、泥道では鉄の輪がシュッシュッと泥をはねる音がする。泥よけのためにパトンをつけたら、居場所をみんなに知られてしまうのだった。

パトンはたったの十ペンスで、一度買うと何年も使うことができたのに、すっかり落ち目の道具になっていた。牧師館の婦人たちはもう外出にパトンをつけなくなっていたし、農場の女性たちも牛舎や家畜小屋に行くときでさえ使わなくなっていた。新婚の若い妻は買おうともしなかった。八〇年代初めには「私、パトンを履くほど落ちぶれていないの」という言い方がされるようになり、八〇年代の終わりには本当に消えてしまっていた。

朝掃除の時間は、庭や垣根越しに隣近所の挨拶の声が行き交う時間でもあった。どこか外でマットをたたく音がし始めると、他の家でも始まる。そして仕事を早く終わらせたい主婦が「一晩マットを叩いていられないわ、この辺にしない？」と話を切り上げないと、「ねえ、聞いた？」「あれ、どう思う？」というおしゃべりが延々と続くことになる。お喋りが好きな女にとっては二分と二時間に大きな差はないのだ。

女たちは男たちのように愛称では呼び合わなかった。年取った女性にオールド・サリーとかオールド・クィーニーのようにクリスチャンネームにオールドをつけた呼び方をしたり、奥さんの意味でダーメ・メルサーとかダーメ・モリスと呼ぶことはあったが、他はみな、生まれた頃から知っている同士でもミセスをつけて呼んだ。ちなみに男性には、年寄りにはマスターを使いミスターは使わなかった。それより下の世代の男性たちは、とくに敬意を表すべき場合を除いて、愛称かクリスチャンネームが一般的で、子供たちは大人には必ず、男ならミスター、女ならミセスをつけて呼ぶように教えられていた。

朝の掃除はどこでもだいたい同じ時間に始まったが、終わる時間はまちまちだった。昼前に掃除を終え身だしなみも整えている人もいれば、午後になってもまだ終わっていない人もいる。賢い主婦たちは「家事にはきりがないから」と適当なところで切り上げた。

ローラが不思議だったのは、どの家も毎日同じように掃除しているのに、きれいに見える家とそうでもない家があることだった。その疑問に母はこう答えた。

「いらっしゃい」と母はやってみせた。「今、この火格子《ひごうし》を掃除しているところだから見てなさいね。一応汚れは落ちてるでしょ。でもちょっと待っててね」

母の手にしたブラシが格子の間を上下に行ったり来たりした。「見て。さっきと違うでしょ。さっきよりきれいでしょ」たしかに違う。さっきも一応はきれいだったが、もっとぴかぴかになった。「ほら、これが答え。一応終わったと思っても、ほんのちょっと余計に手をかけるだけで仕上がりが違うの。仕上げが大切ってことよ」

ローラの母は全てに、この最後の仕上げをおろそかにすることがなかったが、ほとんどの人はそうでもなかった。絶え間ない妊娠、育児、お金の心配がこのほんのちょっとのことをするエネルギーをみんなから奪っていたのだ。でも仕上げをしなかったとしても、不自由な子沢山の生活にもかかわらず、どの家も驚くほど水準以上の清潔さを保っていた。

郵便配達

一日に一度、郵便配達がやって来た。十時近くになるとマットを叩いていた女たちは、配達員の年寄りがやってくる野菜畑の方にちらちらと目をやり始める。ラークライズに届く郵便は一日に全部合わせても二、三通で、何も来ない日も多かったが、みんなが郵便を待ち焦がれていた。みんなが「手紙よ来い」と思っていた。「今日は来ないと思うけど、でも『手紙よ来い』」郵便配達員が向こうのスタイルを越え菜園の中を通ってこちらに向かって来るのを見ながら、みな口々に「手紙よ来い」「手紙よ来い」と言い合うのだ。雨の日、配達夫はクジラの骨の大きな緑色のカサをさし、巨大なきのこのような格好で現れる。お天気にかかわらず彼は毎日、郵便が待ち遠しい女たちのところに、欠かさず姿を現した。

「ミセス・パリッシュには今日はなし」彼の声が響く。「あんたの娘のアニーからは先週来たばかりだろ。そんなにいつも机に座って家に手紙を書いていられないよ、仕事があるんだから」そして別の人を手招きする。自分で動きたくないのだ。「ミセス・ノールズ、あんたに来てるよ。しかし薄いな。母親には長い手紙を書いてる時間がないってことだ。チャット・グビンズのところに来たのはたっぷり厚かったぞ」

こんなふうに彼は続けてゆく。彼は陰気でムッツリした男で、貧しい村にわざわざ足を運ぶのが面倒くさいのか、必ず不愉快な言葉を残していくのだった。四十年間、天候が良くても悪くても毎日何マイルも歩いているうちに、足は扁平になり、持病のリューマチで関節も痛かったのだろう。だから村の人たちは、彼が仕事を辞め、ハンサムで礼儀正しい若い配達員に代わったときには大喜びしたものだ。

娘たちからの手紙はもちろんうれしかったが、着る物の入った小包みが届いたときは大騒ぎだった。配達されるのを見かけると、中身が開けられる頃合《ころあい》を見計らって、偶然通りかかったふりをしてその家に上がりこみ、一緒になって誉めたりけなしたりするのだ。

お洒落

年寄りは昔から持っているものを年中着ていても不満はなかったが、たいていの女は着る物には大きな関心があった。普段着は清潔で穴があいていなければ、上にエプロンをするので何でもよかったが、問題は日曜日の晴れ着だった。「ちゃんとした格好ができないなら出かけない方がまし」がみんなの合言葉だ。届いた小包の中身がおしゃれな帽子やコートならどれも大歓迎だが、普通に着るものの色と形については、外の世界とは異なる、村独自の厳しいお洒落基準があった。

娘や親戚の女性が着ていたもののお下がりならだいたいは大丈夫だった。娘が休暇で帰って着ていたときに見ているし、みんなが誉めたものだったから、村でも着られる。しかし娘が働いているお屋敷の令嬢からもらったような服だと、見たことのない形だったり、現在の村の流行からはあまりに進んだ奇抜なスタイルで、とても外には着てゆけないので、直して子供服にでもするしかない。それでいて二、三年遅れでようやくそのスタイルが村でも流行し始めると、とっておけばよかったと後悔することになる。色についても偏見に近い好き嫌いがあった。赤いドレス！赤いのを着るのはあばずれか身持ちの悪い女だ。緑？そんな不吉な色を着たら、きっと悪いことが起きる。村で緑を着るのはタブーで、みんな緑の服は紺色か茶色に染めてから着た。黄色は赤の次に下品な色とされていたが、八〇年代にはもう殆どどこでも黄色は着られていなかった。全体として好まれたのは黒や地味な色合いのもので、色物で非難されないのはブルーだけだった。ブルーなら濃くても薄くてもみんなが好きだった。

古着の中でもっとも好まれたのは若いメイドが午前中に着る淡いプリントのワンピースで、ライラック、ピンク、クリーム色なども人気だったし、白地に小枝プリントのものも感じがいい。こういう服は少女たちのメーデーのワンピースや教会に行くときの夏のよそゆきに縫い直された。

色だけでなく形も大事だった。広い袖ならうんと広い方が、狭いなら腕にぴったり沿うくらいの方が良いというように、村の好みがあった。その頃スカートの長さにはあまりヴァリエーションはなく、地面すれすれのものがほとんどだった。ただ裾《すそ》にフリルやひだ飾りがついていたり、その飾りがさらに後ろで上に止めてあったりするので、その飾りをはずしてシンプルな裾に作り変えたり、ギャザーをひだに逆にひだをギャザーにというように、好みに応じて縫い直してから着た。

村の服装が一般の流行に少し遅れていたのはかえって好都合だった。よそではとっくに着なくなった服がここでは問題なく着られたので、送る側は、生地さえ痛んでいなければどんなものでも送れたからだ。その頃の村で、日曜日の晴れ着に流行《はや》っていたのは、ティペットという肩にかけるショールだ。サテンやシルクで裾にはフリンジがついている。村の大人の女性は全員、少女たちも何人かが持っていて、日曜になると同じように胸元をバラやゼラニウムのコサージュをピンで止め、教会や日曜学校に羽織って行ったものだ。

帽子はというと、筒型を少し変形させたものが全盛で、麦わらのシリンダー型にごくごく細いつばがついたものや、前に盛り上がった造花がついたものなどが村の流行だった。少し後になるとつばが広くなりトップは低くなって、筒型はすたれて「トイレにもかぶって行けない帽子」ということになった。

それから腰の上でスカートに膨らみをつけるバッスルというものがあった。最初はとんでもなくおかしなものに思われたが、二、三年のうちには珍しくなくなり、村でもかつてないほどに大流行して、村の流行としては一番長く続いた。とにかく作るのにまったくお金がかからないのだ。古い服を丸めてクッションを作り、腰に結んで、ワンピースの下につければよかった。年寄りと子供を除く女たち全員が、未婚の若い娘も含めて普段着にもバッスルをつけ、その習慣は長いこと廃《すた》れなかった。エドモンドが物心つく頃にもまだ続いていた。「バケツを提げて水汲みに行く女性がつけているのを見たことがあるけど、あれが最後のバッスルだったんだね」と彼は言ったものである。

お洒落は女たちのささやかな楽しみで、ほとんど変化のない貧しい村の生活を切り抜けていく、せめてもの気晴らしだった。しかしそのお洒落にも貧しさは影を落としている。ベルベットのティペットがあってもそれに合う靴はないし、美しいドレスに羽織るぴったりのコートはなかった。子供たちの服や寝具、タオルや茶碗や皿にも同じことが言えた。食べ物以外のもので、全てが揃っているということはまずあり得ないのだった。

洗濯

洗濯は月曜と決まっていた。みんなが一日その仕事に専念した。「お天気はどうかしら?」「今日中に乾くかしら?」庭越しに、あるいは井戸への水汲みの途中、そんな言葉が交わされるが、いつものようにゆっくりした立ち話やおしゃべりはない。まだ固形石けんも粉石けんも売られていなかったので、ひたすらこすり洗いで汚れを落とすだけだ。専用の銅製の洗濯だらいもなかったから、調理用の鍋での煮洗いだ。洗濯の専用ではないので、沸かしすぎると煮こぼれて部屋中に灰が飛び散り、湯気がもうもうと立ちこめて、大変なことになる。小さな子供たちがうるさくスカートにまとわりつき、母親の我慢が少しずつ限界に近づいていく。部屋の中のそんなイライラが最高潮に達する頃に、ようやく洗濯物は洗いあがり、外の生垣に張ったロープに干されることになる。雨だと室内に干さなければならないので、頭上に何列にも張り巡らされたロープに吊り下げられた洗濯物と一緒に暮らすことになり、うっとうしい数日が続くことになるのだった。

午後の過ごし方

簡単な昼食をすました後、主婦たちも僅かな時間を自分の楽しみにあてていた。夏なら数人が誘い合わせて戸外の日陰で縫い物をすることもあったし、家にいて一人で針仕事や読書をする人や、庭に出て赤ん坊を遊ばせる人もいた。小さな子供がいない人は「ちょっとのお昼寝」をすることもあったが、そんなときは戸に鍵をかけ窓も閉めて、この時間に活動を始めるおしゃべりな人から逃げ出す工夫をするのだった。

おしゃべり好きな女たちの中でも、ミセス・マリンズくらい困る人はいなかった。やせて顔色の悪い、年かさの女性で、白髪の混じりかけた髪をひっつめにまとめてビロードの糸で編んだネットをかけている。夏も冬も肩に小さな黒いショールを羽織ったスタイルの彼女の姿は村では有名だった。靴にパトンをつけ、指に鍵をぶらぶらさせながら村道をやってくる。

彼女の指に鍵が下がっているのは危険信号だった。ドアに鍵をかけたのは、そのつもりで出て来たということだ。「どの辺をうろついてるのかしら？」水汲みのバケツを下げて、四辻で休みがてら立ち話をしている女の一人が聞く。「さあ、神さまにしかわからないわね」そんな答えが返ってくるだろう。「ここにいないってことは、今日は私たちの家じゃないわね。ありがたいわ」

彼女は村中の家をかわるがわる訪れて、ドアをノックしては言う。「今正確には何時なのかしら？」とか「マッチを貸してもらえない？」とか、「このペンを試してみて」とか、話しを切り出すきっかけはどうでもいいのだ。ドアをおそるおそる細めに開けたら最後、彼女は敷居に足をかける。その隙間にちょっとでも身体を押し込められたら大変、戸口のすぐ内側に立ったまま、鍵を指でいじくりながら、延々と話しは続く。

彼女は人の噂話はしなかった。噂話でもしてくれる方がまだましで、そうであればみんなもあそこまで嫌わなかったに違いない。彼女の話しはただとりとめがないのだった。お天気のこととか、息子から最近届いた手紙のこととか、豚の様子とか、新聞の日曜版で読んだ記事のこととか、聞き手には何の興味もない話が延々と続く。村には「立ち話の人が一番長居する」という言い方があったが、ミセス・マリンズはまさにこの見本だった。「ちょっとおかけになったら」ローラの母はたまたま自分が腰かけていたときにこう言った。でも答えは決まっている。「いいえ、どうぞおかまいなく。ちょっと二、三分寄っただけなんですから」でも彼女の二、三分は一時間かそれ以上にもなり、我慢しきれなくなった相手が、「ごめんなさい、ちょっと井戸に行って来なくちゃならないの」とか「あら、キャベツを取りに行かなくちゃ」とか、話を終わらせるきっかけを作らないといけなくなる。それでも彼女は、「あらご一緒しましょうか?」などと言い出し、歩いては立ち止まり歩いては立ち止まりしながら、更にしばらくそのおしゃべりにつきあわせられるのだ。

かわいそうなミセス・マリンズ。彼女の子供たちはみんな村から出てしまっていたので、自分の家の静けさが耐えがたかったのだろう。一人では気晴らしがなく、相手を求めてどこかにゆきたい気持ちを抑えられなかったのだろう。しかし彼女の相手をしたい人は一人もいなかった。なぜなら彼女のおしゃべりは全然面白くない上に、相手にはしゃべる暇も与えず一人でしゃべり続けるからだ。退屈な人の中でもさらに最悪な、相手を死ぬほどうんざりさせるだけの人だった。彼女のぶらぶらしている鍵と黒いショールを見かけたら、おしゃべりに夢中になっていたグループもあっという間に散ってしまうのだった。

ミセス・アンドリューはもっと話術にたけていた。でも彼女の場合は、みんなが嫌っていたにもかかわらず、家に入れたら二分おきに時計に目をやったり用事を思い出したりすることにはならない。ミセス・マリンズと同じに彼女も家に誰もいないので、時間を持て余していた。違うのは、ミセス・アンドリューにはいつも何か面白い話題があることだった。前のおしゃべりからめぼしいことが起きていなければ、自分で話を作り上げた。彼女の手にかかればどうでもいいつまらないことが、風船のように膨らみ、さらに勝手な憶測も加わって、とんでもなく大きな話になり、それを聞いた人が村中にその大事件を広めてしまうかもしれないのだった。たとえば、お腹の大きな女性が干した洗濯物に赤ん坊用のものがなかったとする。彼女は勝手に自分の想像で決めた予定日から逆算して、こんなことを言うかもしれない。「予定日まで一ヵ月しかないのに、ミセス・アレンはまだおむつも縫っていないみたいよ」身なりのいい見知らぬ人がどこかの家に入って行くのを見たときにはこう言った。「これ、絶対に本当よ。裁判所の役人が呼び出しに来たのよ。じゃなければ、北で働いてる息子がお金の問題を起こして、その知らせが来たんじゃないかしら」彼女にかかれば、休暇で帰省している娘たちの身体をみて、休暇の終わりに少しふっくらしていれば全員が妊娠したことになるかもしれないのだった。必ず「〜なんじゃないかしら」とか「たぶん、そう思うのよ」と断るのは、九十九パーセントは想像なのが自分でもわかっていたのだ。

彼女の話は上流の人たちにまで及ぶことがあった。「絶対に本当よ」という話の中には、皇太子が鳩の卵ほどもある真珠のネックレスを愛人に贈ったことを知った女王陛下が、王冠を頭に戴いたまま涙にくれながら、お願いだからそういうふしだらな女たちは全員、ウィンザー城から追放して欲しいと、膝まづいて懇願したというものまであった。村では、ミセス・アンドリューの話は、嘘《うそ》が口から湯気になって立ち昇っていると言われていた。本当の話もあったに違いないのに、彼女の言葉を信じる人は誰もいなかった。

でもほとんどの女たちが彼女の話を面白がっていた。「少なくとも気晴らしにはなるわ」と言っていた。しかしローラの母は彼女をひどく嫌っていて、はっきりと「害あって益のない人」とまで言っていた。話しが盛り上がったところで、「それ、自分で本当だと思ってるんですか?」と鋭く聞き返すこともあった。しかしラジオも映画もなく本や雑誌も少なかった時代には、彼女には彼女の存在理由があったのだろう。

貸し借り

貸し借りもわずらわしい問題だった。たいていの女たちは一回や二回、何かを借りに走ったことはあるし、給料日前の数日、何もかも借りてしのがなければならない家もあった。おずおずとした低いノックの音にドアを開けたら、小さな子供がそこにいると思っていい。「どうか、お願いです。母さんがスプーン一杯でいいからお茶の葉を貸してくれませんかって。父さんにお金が入ったら返しますから」お茶の代わりにカップ一杯のお砂糖だったり、食パン半斤だったり、借りたいものはいろいろだ。最初の家で目的が達せられないと、二軒三軒と回り、同じせりふを繰り返す。絶対に手ぶらで帰ってはいけないと、母親から言いつけられているのだ。

次から貸してもらえなくなると困るので、借りたものはすぐに返されたが、たいてい、ちょっと少なかったり、ちょっと質が落ちていることが多かった。その結果、繰り返し借りに来る人には、どうしても良い感情は持てなくなるが、それでもみな隣近所とは揉《も》め事を起こしたくなかったから、面と向かって文句を言うことはなかった。

ローラの母は貸し借りを嫌っていた。結婚したときから誰かが何かを借りに来たらこう言うことに決めたのだと言っていた。「帰ったらお母さんに言ってね。家では人と貸し借りをしないことにしてるの。だからこのお茶の葉はあげるわ。返してくれなくていいのよ。どうぞお使い下さいって、お母さんに言ってちょうだいね」でもこの言い方は効き目がなかった。同じお使いの子供が何度もやって来るので、最後にはこう言うしかなくなる。「今度はちゃんと返してもらうことにしますからね」しかしこのやり方もうまく行かなかった。ローラは母がクィーニーにこう言っているのを聞いたことがある。「パン半斤ですけど、よかったらどうぞ。でも嘘をつくみたいで嫌《いや》だから正直に言いますけど、これはミセス・ノールズが前に貸したお返しに持ってきたものなの。あの人のパン、私は食べたくないので、もらって頂けないかしら。嫌なら豚にやるわ」

「いいよ。私はかまわないよ。ありがとう」クィーニーはにっこりとそれを受け取った。

「トムのお茶に使わせてもらうよ。誰から来たパンか、あの人は知りやしないもの。お腹がふくれるなら誰のパンだって気にしないよ」

しかし一方で、貸したりあげたりするのが気持ちよく楽しくできる人もいた。そういう人たちは「貸して欲しい」という代わりに、「お茶の缶が空っぽは悲しいって言ってるの」とか「家じゃ今、パン屋が来るまでパンはお預けなの」という言い方をした。それとなくほのめかすだけで、どう取るかは相手に任せてしまう。相手が気づかなければそれはそれで気をつかわせないですむし迷惑もかけない。自分を卑下することもしないですむのだった。

お茶の時間

ラークライズの女たちも誰かをダシにして、悪口とまではいかないまでも、ほのめかしやあてこすりの噂話で盛り上がることがあった。女ならたいていそういう話が好きだ。でもほとんどの人は大げさな話が嫌いで、ある限度を越えそうになると、「そろそろ止めにしましょうか」とか「あの人の羽も今日の分は十分むしったんじゃない？」と言って、話題を子供や物価や使用人の問題（もちろん使われる側からの）に変えてしまうのだった。

若い女たちは「みんなで一緒に」の友だちづきあいが好きで、午後にときどき誰かの家にみんなで集まり、濃く入れた甘いお茶をミルクなしで飲みながらおしゃべりに興じた。こういうお茶の集まりは前もって計画されるのではなく、たまたま誰かがやって来たのをきっかけに他の人にも誘いがかかり、話がまとまるという場合が多かった。誰かの「お茶でも飲みましょうか？」という言葉に、それぞれが家からスプーン一杯のお茶の葉を持ち寄って、会が始まるのだ。

こういう集まりは四十代以下の若い女性たちのものだった。年寄りは集まってお茶を飲んだりおしゃべりに興じたりは好きではなかった。話をさせれば人生の苦々しさを語ることの方が多く、良い家でメイド勤めをしたことのある若い世代からは、話し方も田舎くさくて野暮ったく感じられるのだった。

お茶に参加している女性の中には赤ん坊を連れた人もいた。乳をやったり、エプロンでイナイイナイバーをしたり、編物や縫い物を持ってきている者もいた。大きな真っ白なエプロン、額の真ん中で分けてきれいに編み上げた髪などは見ていても美しく飽きなかった。上等のドレスは日曜日に着る晴れ着として普段は畳んで衣装箱にしまわれている。平日のよそゆきはきれいに洗濯しアイロンをかけたエプロンだ。

彼女たちは、なよやかで女らしいというのではなく、口も大きく頬骨が張り、鼻もあぐらをかいているような女性もいた。しかし皆、いかにも田舎育ちらしく、澄んだ眼差しで、真っ白な歯と健康な肌をしていて、身長は都会の労働者階級の女性よりも高かった。妊娠しているとき以外は背筋を真直ぐに伸ばし、身ごなしもしなやかで、肉付きもよかった。

このお茶の時間は女性だけの時間だった。すぐに子供たちがどやどやと学校から帰ってくるだろう。男たちも仕事を終え、大声で軽口をたたきながら、汗臭いコーデュロイの野良着を引きずって戻って来るだろう。主婦であり母親である女たちがゆったりとカップに指をからませお茶をすすっていられるのも、ほんのちょっとの間だ。最近のファッションについてのおしゃべりや、雑誌に連載中のロマンス小説のあらすじを予想したりするのが、一日のうちの唯一の気晴らしなのだった。

ロマンス小説

若い女性たちのほとんど、そして年寄りも何人かは、「軽い読み物」が好きだったが、中でも雑誌のロマンス小説が圧倒的な人気だった。週一ペンス払って定期購読している女性もいたので、それらの雑誌はページが擦り切れるまで、村中で回し読みされた。ラークライズで手に入らない雑誌は近くの村から回ってきたり、よそで働いている娘が帰省のときに持って来てくれて、巡回図書館のようにみんなに貸し出された。

その頃の大衆小説はほとんどがロマンチックな恋愛もので、貧しい家庭教師が貴族と結婚したり、貴婦人が猟番と（でも実は身分の高い貴族であることが後でわかるというのがほとんど）結ばれたりというストーリーだ。途中には必ず舞踏会のシーンがあって、ヒロインはたいてい、真っ白な飾りの少ない清楚なドレスで登場して注目を引くのだ。また伝言を持ってきた猟番の若者がサンルームで令嬢に愛を告白するというのも、定番の場面だった。文章は思わせぶりで、砂糖入りのミルクを水で割ったように薄くて甘くて、無害だった。しかし誰もが夢中になって読んでいるくせに夫には後ろめたいのか、本は男たちの目に触れないところに隠されていて、仲間同士のおしゃべりのときしか話題にされなかった。

こういうロマンス小説は、現代文学がそうであるように、暗黙の了解として、子供の目には触れないように配慮されていた。でも読みたくてたまらない子供たちは隠し場所をちゃんと知っていて、こっそりと読んでいた。食器戸棚の上とか、ベッドの下とか、隠し場所はだいたい決まっているのだ。八、九歳の少し賢い子供にとってはあまりに同じような話ですぐ飽きてしまう本も、女たちにとっては現実の生活を一時《いっとき》忘れさせてくれる清涼剤だったのだろう。

本と新聞

村には一昔前には重い本しかなかった。年配の人たちの話には今も、聖書の言葉や情景が登場して彩りを添えていた。読んだかどうかは別として、どこの家にも必ずサイドテーブルの上には、ランプや洋服ブラシや額に入れた家族写真と一緒に本が数冊並んでいて、その中には家庭用の聖書と祈祷書が一冊か二冊は必ずあった。家によって違うが、親からもらった本や市で安く買った本も何冊かは混じっていただろう。『天路歴程』、『ドランクールの言葉』、サミュエル・リチャードソンの『パメラ』や『アンナ・リー』という小説、『若妻から母へ』とか古い旅行記、箴言集などだ。ローラは、ある家の物置の出窓に並んだ本の中に、考古学者のベルゾーニの『旅行記』を見つけて大喜びしたことがある。しかも借りようと思ったら、あげると言われ、彼女は著者と一緒にピラミッドを旅行するという、幸福な時間を過ごすことができたのだった。

古本の中には元の所有者の蔵書票が残っていたり、表紙の裏に貼られた色あせた銅板画に献呈の言葉が手書きされていたりすることがあった。家族の誰かが書いたらしいこんな殴り書きを見たことがある。

ジョージ・ウェルビーの本にようこそ
眺めるだけでなく
読んで理解しなさい
学問は家や土地よりも大切だ
土地も金も失うことがある
でも学問は一生残る宝だ

またこんなものもあった。

私はジョージ・ウェルビー
祖国はイギリス
ラークライズが住処
イエス・キリストが救い

私は死んで墓の中で
骨になって朽ち果てる
だからこの本を見たら　私のことを思い出してくれ
忘れないでくれ

ローラのお気に入りは、次の警句だった。

この本を盗むんじゃないぞ　恥を知れ
本にはちゃんと持ち主の名前を書いたぞ

最後の審判の日に神がおっしゃるだろう
「おまえの盗んだ本はどこだ？」
「わかりません」などと言ったら　こう言われるぞ
「許せない奴。おまえは地獄行きだ」と

誰も一度読んだら読み返したりしなかったから、どの本も頼めば貸してもらえた。女たちのロマンス小説にあたる男たちの読み物は新聞の日曜版だった。どこの家にも買ったか借りるかしたものが必ずあった。ウィークリー・ディスパッチやレノルズ・ニュース、ロイド・ニュースという全国紙がたいていの人の愛読紙だったが、地元の地方紙のビスター・ヘラルドしか読まない人もいた。

ローラの父親はウィークリー・デスパッチの他に、カーペンター&ビルダー（建築新聞）も購読していた。ローラとエドモンドがシェークスピアについて初めて知ったのはこの新聞からだ。この新聞にハムレットの台詞《せりふ》、「私だって鏝《こて》と鋸《のこぎり》の区別くらいつく」についての議論が載っていて、ある学者がこれを、「鷹《タカ》とサギの区別くらいつく」の誤りだと主張したのだ。大工はもちろん反対だった。hawk はそのままで鏝と鷹の両方の意味を持っているが、鋸（handsew）をサギ（heron, pshaw）に読み替えるのにはかなりの無理があった。ローラのシェークスピアについての知識はしばらくの間はその台詞と教科書だけだった。その論争についていえばローラも大工の味方だった。ローラの母も同じ意見で、いつも「鋸がサギですって。頭がおかしいんじゃないの」と言うのだった。

異端女性たち

ロマンス小説の愛読者グループが中間層の女たちの代表として、一緒におとなしやかにお茶を飲んでいる一方で、もっと騒々しい女たちの集まりを持つ家があった。その家のキャロライン・アーレスは四十五歳くらい、背が高く元気のいい、堂々とした女性で、きらきらした黒い眼と縮れた針金のような黒い髪をしていた。頬は熟れたスモモのような色だった。結婚してよそからラークライズにやって来た人だが、ジプシーの血が入っているという噂だった。

もう孫がいるのに、自分でもまだ十八ヵ月おきに子供を生んでいた。村ではまずそのことにみんなが眉をひそめていた。「子供に赤ん坊が生まれるようになったら、自分で生むのはもう終わりにしないと」というのが村の人たちの意見だった。でもミセス・アーレスの従うべき掟《おきて》は自然だけらしかった。赤ん坊が生まれるたび新しい命の到来を彼女は喜び、小さいうちは可愛がって世話をし、歩けるようになればさっさと外に出して遊ばせ、三歳で学校にやり、十歳か十一歳になると働きに出した。娘たちは十七歳、息子たちは十九か二十歳になると結婚していた。

家計で頭を悩ましたりはしなかった。夫や息子たちは金曜日には何がしかのお金を持ってくるのだし、働きに出ている娘からは給料の半分の仕送りがある。ある夜には、夕飯にステーキに炒め玉ねぎの、村中がよだれを垂らすような料理をこしらえたかと思えば、次の日の夜はパンとラードだけだ。お金が入れば入っただけ使い、なくなれば借りてしのぐか、なしですました。「何とかなるさ。今までもそうしてきたし、これからもそう。くよくよしたって始まらない」という言葉どおり、彼女はいつも何とかなっていた。山のような借金があるのに、ポケットにはいつも銅貨が二、三枚入っていたし、娘の誰かから郵便為替が届くと、その場で封を切りながらそばの人に彼女は言う。「なけなしの金を借金の返済にあてるなんて無駄遣いだと思わない?」

彼女の賢い時間の過ごし方はこうだ。似た者同士で集まり、一緒に火にあたりながら、幼い子供にビールの空き缶を持たせてインにやるのだ。彼女たちが酔っ払えたはずはない。缶がインの客の間を二回か三回まわってちょっぴりずつ寄付のビールが注がれたとしても、十分に飲める程たまるはずがないのだから。でも要するにそれはただの景気づけだ。それを肴《さかな》に一時《いっとき》嫌なことを忘れ、しゃべったり、笑ったり、歌ったりすればいいのだ。村の人がたまたま聞いたミセス・アーレスたちの歌っている歌は、つつましい良妻賢母たちを震撼させ、眉をひそめさせる類のものだった。彼女の家に集まる女たちは、ティーカップをお行儀よくつまんで、楽しくおしゃべりするタイプとは正反対だった。彼女は性的な活力が異常に強く、それを不潔なこととしてではなく生命に関わる本質的な自然の摂理として、すべての関心はそこに集中しているのだった。

しかし彼女は、たしかに風変わりで趣味の違う人間だと思われてはいたが、嫌われてはいなかった。内から生命力があふれ出るのと同じく、人柄の中の善良な部分もまた隠しようがなかったからだ。彼女はどうしても必要なことや物であっても、人に強要はしなかったし、自分がしてやったことへの見返りも求めなかった。彼女は法廷に呼び出されたことさえあったが、裁判所の中を見たことのないみんなに、その経験をすっかり教えてくれた。裁判所からの召喚は彼女には外出の誘いのようなもので、判事まで味方につけて凱旋する機会をもらったようなものだった。彼女は自分を、大家族で借金に苦しむ、模範的かつ愛情あふれる母親としてアピールし、貸主からの取立てを諦めさせることに成功したのだ。

村にはもう一人、普通の人たちからは、ちょっと離れた立場に身をおいている女性がいた。ハンナ・アシュレという、あの胸鋤《むなすき》を使っているアシュレ老人の息子の妻で、若夫婦もメソジストだった。ひっそりと目立たない人で、村の女たちのおしゃべりやもめごとには一切かかわらなかった。家は村の他の家からは少し隔たっていて、井戸も敷地の中にあったから、外で見かける機会もめったになかった。しかし、毎週日曜日の夕方には彼女の家でメソジストの人たちの集会が持たれていた。普段の日の彼女の距離のある堅苦しさとはうって変わって、そのときは誰もが彼女の家に行けば手厚くもてなされた。説教に耳を傾け一緒に賛美歌を歌い祈りを捧げながら、彼女はたえず集まった人たちに気を配っていた。もしふと視線が合いその慈愛にあふれた眼差しを見たら、その人は二度と彼女に反感を持ったり悪口を言う気を起こさなかったろう。「何しろメソジストだから」といえばそれだけでみんな彼女の風変わりさに納得するのだった。

若いアシュレ夫婦には、エドモンドと同じ年の一人息子がいたので、ローラとエドモンドはときどき一緒に遊ぶことがあった。ある土曜日の朝、ローラは彼のところに遊びに行ったことがあった。そしてそのとき見た光景はローラの心に強く焼き付き、一生忘れられないものになった。土曜日のその時間は、村のどの家も掃除で大騒ぎだ。大きな子供たちは学校が休みなので、家を出たり入ったり走り回り、外で遊んでいても大声で口喧嘩をしている。母親たちはそれを叱りながら、泣き止まない赤ん坊をショールにくるんで、今外に出ようとしている姉娘に預けるところだ。それはローラが大嫌いな時間の一つだった。家には居場所がなく、外に行けば誰かにつかまってむりやりゲームに誘われるかもしれない。そんなことになったら彼女はすぐに飽きてうんざりするだろう。

しかしフレディ・アシュレィの家は静かで平和そのものだった。家の中にはしみ一つなかった。壁は真っ白に洗い上げられ、テーブルも木の床も磨き上げられて淡い麦わら色だった。ぴかぴかのストーブにはオーブンのために真っ赤に火が燃やされ、テーブルの半分には雪のような白いクロスが広げられて、あと半分にテーブルの上にパンこね台と麺棒が置いてある。フレディは母親がこねて巻いたビスケットの種を小さなカッターで切って、ビスケット作りを手伝っているところだった。母子はどちらも平凡で特徴のない顔立ちだったが、顔を寄せ合って台の上で仕事している二人の表情は幸せそうだった。二人がローラに気づき「どうぞ入って、火のそばに座って」と声を揃えて言ったとき、大騒ぎの外からやって来たローラには、それがまるで天使の声のように聞こえたのだった。

ローラが知っている世界とはまるで違う世界をほんの一瞬見ただけだったが、その静けさに満ちた清純で愛情あふれる光景は、彼女の心に焼きついた。「ナザレのイエスさまの家はきっとこんなふうだったのではないかしら」とローラは思ったのだった。

庭仕事

女たちは子供の手が離れて自由な時間ができても、自宅の菜園や畑の仕事は男に任せていた。ヴィクトリア時代はまだ男と女の仕事には厳密な境界線が引かれていて、外仕事は女らしくないと考えられていたのだ。しかしそういう約束事にも例外はあり、女も庭で花を育てるのは問題がなかった。まとまった庭がなくても、戸口までの通路の両側には必ず何か植える場所がある。種や苗を買うお金がなくても隣近所の家から球根をもらったり株分けしてもらえばよかった。だからどの家にも、あまり変わり映《ば》えはしなかったが、昔からある草花がきれいに咲いていた。春にはセキチクやビジョナデシコ、クロタネ草、ニオイアラセイトウ、忘れな草がにぎやかに咲きそろい、秋にはタチアオイやムラサキノギクが咲いた。ラベンダーやノバラ、ニガヨモギはどこの家でもこんもりと株になっていた。ニガヨモギはラッズラブとも呼ばれるが、村ではオールドマンの呼び名の方が一般的だった。

どこの庭にもバラはあったが、美しい色とりどりのバラはオールド・サリーの庭にしかなかった。みんなの家にあるのはメイドン・ブラッシュという、花の中心に刷毛で刷いたように薄いピンクが入った白バラだ。ローラがよく不思議に思ったのは、最初にこのバラを村に持ち込んだのは誰だったのだろう？　ということだ。みんなどこかの家からこのバラの株を分けてもらって自分の家にも咲かせたのだ。

草花と一緒に、ハーブも育てられていた。タイム、パセリ、セージなどは料理用、ローズマリーはラードの香り付け、ラベンダーはよそゆきの洋服に香りを移すため、ペパーミント、ペニーロイヤル（メグハッカ）、ニガハッカ、カモミール、タンジー、バーム、ルーなどは薬用に。カモミールのお茶はたくさん作って、風邪を引いたり喉の痛いときに気分を落ち着かせる目的に、また、化粧水にも使われた。産褥《さんじょく》のときはカモミールのお茶を入れた大きな水差しがすぐ温められるよういつも用意されていた。ニガハッカは喉の痛いときや風邪で胸が痛いときの薬で、ハチミツを入れて飲んだ。ペパーミントのお茶は薬用というよりは贅沢品として、特別のときにワイングラスで飲んだ。ペニーロイヤルは避妊によいとされていたが、村の女性を見る限り、その効果はわからない。

自家製の飲み物

庭植えのハーブの他に、年寄りの女性たちは季節ごとに野生のハーブを集めて乾燥させ、日常的に使っていた。しかしほとんどの人はもう庭のハーブで満足するようになっていたので、野生のハーブについての知識は消えていきつつあった。そんな中でヤロー(ノコギリソウ)やミルフルール(百花香)だけは例外で、誰もが山のように採集して発酵飲料のハーブビールを作った。自家製ビールは何ガロン(一ガロン=四・五リットル)も造られ、男たちが仕事に行くとき空き缶に入れていって飲んだり、母親や子供も喉が渇いたらいつでも飲めるよう、物置に置かれていた。街道の道標の辺りのヤローで造ったのが一番おいしいのだが、天候が乾燥しているとその辺りは真っ白に土ぼこりをかぶるため、できあがったビールも白っぽかった。子供がそれを言うと、大人は「人間は死ぬまでには埃《ほこり》を何キロも吸うんだ。おいしい飲み物に混ざった埃など何でもないよ」と言うのだった。

ローラとエドモンドは母があれほどきれい好きなのに、自分たちが何キロも埃を吸い込むとは思えなかった。レタスやクレソンを洗うとき、よそでは一回水に漬けて振って水切りをして終わりなのに、母は最低三度は水を代えた。とくにクレソンを洗うときは、クレソンが流れていってしまうのではないかと思うほど丁寧に洗っていたが、それはおたまじゃくしをクレソンと一緒に飲み込んでしまった男の話を聞いたからだ。「お腹のなかでおたまじゃくしが成長してカエルになってしまったんですってよ」本当だろうか？　春になると柔らかなクレソンがたくさん採れた。堅くなりおいしくなくなるまでの間、食べ飽きるほど山のように食べた。みんなが健康だったのはこういう食事のおかげだったのだろう。

極端な貧乏でないかぎり、自家製の果実酒もどこの家でも造られていた。リンボクやブラックベリー、エルダーベリーなどの実は生垣から、タンポポやカントウ、クリンザクラなどは野原から、庭にはルバーブ、スグリ、グズベリー、パースニップがある。ジャムも生垣から採る実と、庭で採れる果物で作った。ジャムは外で火を焚き、注意深く念を入れて作らなければならなかった。そうしてできあがったジャムは本当においしくて、あっという間になくなるのが困り物と言い合ったものだ。ジェリー作りの名人もいたが、ローラの家ではクラブアップルのジェリーがご馳走だった。生垣の周辺にクラブアップルの木がたくさんあり、ローラたちは赤いクラブアップル、黄色やスジ入りのアップル、緑のアップルと、どこに行けばどんな実が採れるかをすっかり知っていた。

ローラは籠一杯の果実が、お砂糖と水を足すだけで、ルビー色の美しいジェリーになるのが奇跡のように思えた。長いこと鍋で煮詰め、飽きるほど時間をかけて漉《こ》し、正確に量を量ったらまた煮立て、滓《かす》が沈んで澄むまでゆっくり待ち、ようやく最後に何本かの瓶に詰められるまでの行程を、ローラは待っていられなかった。最後にようやく物置の棚に並んだ瓶が、光を透かして後ろの白壁に赤い影を落としているのはうっとりするほど美しいのだった。

あっというまにできるのはキバナノクリンザクラのお茶だ。一掴《つか》みほどのキバナノクリンザクラを採ってきて花をはずしたらポットに入れ熱湯を注ぐ。二、三分待って香りがしてきたらお茶のできあがりだ。お砂糖は好み次第で、入れても入れなくてもよい。

このキバナノクリンザクラで子供に花のボールを作ってあげることもあった。手のひらに乗る大きさのこのお花のボールは素晴らしい香りがする。茎をしっかり束ねたら花を垂れ下げて縛った茎を被うというだけの簡単な作り方で、美しい真ん丸な花束が出来上がるのだ。

蜂を飼っている年配の人たちはミードと呼ばれるハチミツ酒を造っていたが、その辺りではメセグリンと呼ばれていた。素晴らしい飲み物で、もし勧められたら最高のもてなしを受けたと思っていい。みんな自分だけの作り方の秘密があり他人には教えなかったが、基本は簡単だ。一ガロンあたりの水に三ポンドのハチミツというのが材料だが、水は必ず早春の雪解けの川の水でなくてはならない。小川の流れが渦巻いている地点が水を汲み上げる場所で、井戸水を使ってはいけない。その水とハチミツを一緒に煮立て、アクをすくってさらに漉し、イーストを少し混ぜ込む。

それを六ヵ月間樽で寝かせたら出来あがりで、あとは瓶に詰めるだけだ。

オールド・サリーは、レモンや月桂樹の葉っぱなどを入れる人もいるが、それは邪道で、人間の仕事はミツバチの仕事には絶対にかなわないのだと言っていた。

年代物のメセグリンは世界でもっとも人を酔わせる飲み物とされていたが、たしかにそうなのだろう。ある小さな少女の家に、エジプトに赴任していた軍曹の叔父さんが帰国して遊びに来た。遅くまで起きていたとき、その叔父さんがグラスの飲み物を一口飲ませてくれた。

その夜、その少女は「はい、ルーベン叔父さん」「どうぞ、叔父さん」「ええ、ありがとう、叔父さん」とずっとお行儀がよかったのに、二階の寝室に上がるとき、みんなをびっくりさせてしまった。何と「ルーベンの馬鹿アホマヌケ」と言ったのだ。それはハチミツ酒が言わせたのであって、少女本人が言ったのではなかった。みんなが目を丸くして呆気に取られているとき、その場を救ってくれたのは当のルーベン叔父さんの一言だった。グラスの酒を一気に流し込み、口を拭いながら、「いやあ、いろんな酒を飲んだが何といってもこれが最高だ」と言いながら、開けたばかりのボトルからまたグラスに酒を注ぎ足した。少女はふらつきながらやっとベッドにたどりつくと、白い糊の利いたよそゆきのドレスのままで眠ってしまったのだった。

ラークライズ式もてなし

村では互いに食事に招き合うことはなかったが、外から来た客や遠くから訪ねてくれた友人にお茶を出すことはあった。女たちはそのための予備はいつも用意していたが、たまたまバターが切れていたりすると（それはよくあることだったが）、子供がインの店にお使いにやられる。そんなときは給料日まではお金を使わずにいようと思っていても、「ツケでお願いします」と、上等の新しいバターを四分の一買うことになる。お皿には薄く切った食パンとバターが、こういうときのために残しておいた自家製ジャムの瓶と一緒に出された。そして庭から摘んだばかりのレタスを盛ったお皿に小さな赤いラディッシュが添えられると誰でも喜ぶ軽い一皿になるのだった。

冬ならトーストに塩味の利いたバターとセロリが添えられるだろう。トーストは普段でもみんなの好物だった。「今日は膝まで届くくらいのトーストを焼いたよ」冬の日曜日の午後、お腹を空かせて教会から帰ってくる子供たちのために、母親は何枚も何枚もトーストを焼く。トーストに薄切りの冷たいベーコン乗せたものは人気があり、どこの家でも自慢の一皿だった。

よそから村を訪れた客もこういう簡素な食事とお茶のもてなしを喜んだ。帰り際には自家製の果実酒も勧められることだろう。村の女たちは客をもてなすのが大好きだったが、それはそのときには相手と対等になれるからだった。「貧乏は嫌《いや》だけれど、貧乏そうな顔になるのはもっと嫌。私たちにも誇りはあるのよ。誇りをなくしたらおしまい」村の女たちはよくそう言っていたものだ。

第七章　外からの訪問者

ジェリー爺さん

外から村にやって来る人たちは、女たちの単調な生活のいい気晴らしになっていた。自分たちが思っている以上にその効果は大きかった。週の初日の月曜日にやって来るのはジェリー・ペリッシュ爺さんだ。魚と果物を荷車に積んで売りに来る。大きなお屋敷のおとくいが何軒もあるので、かなりの量の商品を扱っていたが、ラークライズで売るのはいつもニシンの燻製一箱と小粒ですっぱいオレンジ一籠だ。ニシンは一切れ一ペニー、オレンジは三個一ペニーで、その値段でさえどちらも村では贅沢品だったが、まだ月曜日だから、財布に小銭が残っている女たち数人が荷車を囲んで、買う気があってもなくても品定めを楽しむのだった。

昼食にニシンを食べたくなる人も必ず二、三人はいたが、そんなとき、ニシンは数の子ではなくシラコを持ったオスでないといけない。どこの家にも学校前の小さな子供たちがいるので、ニシンを分けるときパンにシラコを塗ってあげたいのだ。

「そんなことを言われてもなぁ」ジェリー爺さんはぶつぶつ言う。「こんなにあるのにどれが数の子かシラコかなんて分かるわけがないだろう。食べて見ないことには」そして太い指で一匹つまみあげ、首をかしげ、思案げな表情を作って、最後にこう言う。「ウン、こりゃ、絶対シラコだ。最高にやわらかいシラコに決まってる。見えないがとにかくそうだ。ほら、うまそうだろ。よだれが出そうだ。絶対これだ」彼が下に置いたニシンは本当においしそうに見えた。「でもこんなにたくさんあるんだ。一番を決めるのは難しいさ。とにかく全部うまいんだから。このでっかいのを三匹で二ペンス半にするが、どうだい？」

それだけでは効き目はない。二ペンス半で買う人はいない。一ペニーでさえ出す人はなかなかいない。自分のお昼にそんなに使ったら、一人だけいい思いをしたと後悔するだろう。でもやっと洗濯を終え、お腹も空いたところだ。いつもの変わり映《ば》えのしないお昼ではなく、ニシンくらい食べてもいいのではないかしら、と思う。

オレンジにもついつい気をそそられる。子供たちが大好きだ。冬に学校から帰って暖炉の棚に見つけたら大変、そんなご馳走はめったにない。酸っぱくて実もぱさついているかもしれないが、そんなことはどうでもいいほど贅沢で明るいきれいな色をしている。母親がナイフで四つに切り分けると異国の香りが部屋中に広がり、実を食べた後は皮を暖炉の上で乾かし、学校でチューイングガム代わりにしたり、とちの実や紐と取りかえっこもできるのだ。

ローラはジェリー爺さんの荷車が大好きだった。車輪の音がすると家から飛び出して、葡萄や梨や桃の色とりどりの果物を見に駆けて行く。魚を見るのも楽しかった。涼しげな色や変わった形を見るたび、その魚が海の中を泳いでいたときのようすや海草の間にじっと身を潜めているときの姿を想像してしまう。「それ、何て名前の魚?」ある日見た魚は、特別に変わった姿をしていた。

「ジョン・ドリー（マトウダイ）さ。黒い斑点を見てごらん。まるで指で痕《あと》をつけたようだろ。そうだ、本当に指の痕だっていう話だ。彼の指さ。その晩、みんなで魚釣りに行ったとき、彼が釣って痕をつけたんだ。それから料理して、みんなにふるまったんだ。だからそれ以来ジョン・ドリーには彼の指の痕があるってわけだ」

ローラはさっぱりわからなかった。ジェリー爺さんは誰の指の痕なのか言わなかったが、彼は酒が好きで、何かと神さまのことを言う年寄りだ。神聖な言い伝えの話なのかしら。

「それ、もしかしてイエスさまのガリラヤの湖でのお話?」ローラはおずおずと聞いてみた。

「そうともさ。本当かどうかはわからんよ。でもそういう話だ。わしにはわからん。でもたしかに指の痕だ。わしに売った奴がそう言った」

村の人が初めてトマトを見たのもジェリー爺さんの荷車だ。イギリスにトマトが入って来て間もない頃で、少しずつみんなが味に慣れ始めた頃だった。その頃のトマトは今よりも平べったくて、茎のあたりの溝は深くえぐれていて凸凹で、星のような形をしていた。赤いトマトの他に、黄色いトマトもたくさんあった。しかし二、三年すると黄色は姿を消し、赤いトマトだけになり、形も丸くなり表面のぼこぼこも消えて、今のようなトマトになってしまった。

最初、一目見た瞬間、きれいな色が大好きなローラの目は、籠の中の黄色と赤の果物に釘付けになった。「それなあに？」

「ラヴ・アップルというんだ。ラヴ・アップル。気取った人間はトメィトと呼んでるがな。でもそんなの欲しくないだろ。酸っぱくてまずい。お屋敷の人間しか食わん。あんたにはおいしいオレンジがあるぞ。一ペニーだ」でもローラはもうそのラヴ・アップルを食べようと心に決めていたので、どうしてもそれを売って欲しいと頑張った。

まわりで見ていた人たちがびっくりした。

「そんなの食べたらだめ。お腹を痛くするよ。ミニーのところで食べたら、ぞっとするくらいまずくて、こりごりしたんだから」。この『ぞっとするくらいまずい』という汚名は何年もトマトから消えなかった。(今日、ほとんどの人はトマトが好きだけれども、トマトそのものは、その頃の方がずっとトマトらしい味がした。今のトマトは大きくて表面もなめらかだが、なぜか水っぽい気がする。)

パン屋のウィルキンスさん

パン屋のウィルキンスさんは週に三回、村にやって来た。背が高くやせてひょろっとしているので、白いエプロンが今にも腰からずり落ちそうだ。いつも「はしっこの家」に立ち寄って、食器戸棚に寄りかかってお茶を一杯飲んでゆくので、ローラとエドモンドにもおなじみのおじさんだ。腰は下ろさない。忙しくて粉のついた服を着替える暇もなく、売りに出かけて来たのだといつも言っていた。

彼は普通のパン屋ではなかった。前は営繕《えいぜん》係の船員として船に乗っていたのだが、たまたま近くの村の親戚の家に遊びに来て、今、奥さんになっている女性と出会い結婚し、ここに錨を下ろすことに決めたのだ。年取った父親のパン屋を一人娘の彼女が手伝っていたので、恋と仕事の将来性をとって、陸へ上がることにしたのだった。でも彼は心の奥底では今も船乗りだった。

ローラの家の戸口に立って、波のように風にそよぐ麦や頭上を行く雲を眺めながら、彼はよく言った。

「美しい景色だね。でも僕には、海に比べると静かすぎて物足りないのさ」

嵐の海の波が渦巻く様子はまるで、家の壁が船に向かって上から崩れ落ちて来るようなのだ、とローラたちに教えてくれた。それでいて別のとき海の表情はうって変わり、鏡のようにすべらかに輝いているのだという。はるか向こうには椰子の木の茂った島影が小さく見えている。

「でも騙されちゃいけない。それは蜃気楼といってただの影なんだ。そして島の人間にも騙されないようにしないとね。背の低い、椰子の葉っぱの家に住んでる人間なんだよ。顔はそうだな、ローラのワンピースみたいにこげ茶色だ。一度船が難破してね、九日間ボートで漂流したんだ。最後の二日間は飲み水もなくなった。そうすると舌が上あごにへばりついてしまうのさ。救出されてから何週間も病院にいたよ。でも懲りないね。もう一度航海してみたい。でもそれを言うと女房の奴が目がつぶれるほど泣くんだ。仕事を放り出すわけにもいかないし。船のことは忘れるよ。そう、忘れなくちゃいけないのさ」

ウィルキンスさんはローラたちに生きた本物の海を教えてくれた。彼の話を聞かなければ、ローラたちにとっての海は、絵や写真からだけの想像だった。母は結婚前に乳母の仕事をしていたときに、そこの家族と一緒に海に行ったことがあったので、桟橋を歩いたり、砂を掘ったり、海藻を集めたり、小エビを網ですくったりした楽しい思い出話をたくさんしてくれた。しかしどんなに楽しくても、それは海辺でしかなく、遠い国まで続いている船が航海する海ではなかった。

二人が持っている「海」は、ブライトンで働いている村の娘が、思いつきで持ち帰った海水の入った薬瓶だった。ローラの同級生の妹がおみやげに貰い、ローラは一生懸命頼んで、ケーキ一切れに青いガラスのネックレスまでつけて、交換してもらったのだ。ローラにはその海水の瓶が何年もずっと宝物だった。

修繕屋とジプシー

よそからの通りすがり、村にちょっとだけ立ち寄って行く人も大勢いた。旅回りの修繕屋もそんな一人だ。手押しの二輪車に火鉢や回転式の砥石《といし》を積んで、こんな歌を歌いながら街道から村に入って来る。

剃刀や鋏《はさみ》を砥がんかね
何でも修繕屋が引き受けた
鍋ややかんも修理に持っておいで

彼はまず鍋の底を光に透かして見たり、剃刀や鋏の刃を手のひらでさすってみたりすると、道端にしゃがみ込んでおもむろに仕事にとりかかる。研磨器の旋盤がうなりをあげて回り始めると、子供たちはさあ始まるぞと、輪になってその仕事を見守るのだ。

キャベツをゆでるネットや洗濯ばさみを売りに来るジプシーの女たちはもっと頻繁に見かけ

た。ジプシーはいつも村から一マイルほどのところにキャンプしたので、その辺りからはラークライズが、来れば何かしら収穫のありそうな一番近い場所だったのだろう。戸口を開けた主婦がまだ四十歳前だと思うと、ジプシー女は作り声でこんなお世辞を言う。「お母さんはいらっしゃるかい？」そしてそれがその家の主婦だと知るといかにもびっくりした風を装って言う。「あんたがこの家のお母さんだって？　まさか、そんな。二十歳をちょっと越えたくらいにしか見えなかったんで、間違えたよ」

こういうお世辞は何度も聞いているはずなのに悪い気はせず、つい長いおしゃべりに付き合うことになる。抜け目のないジプシーはその家の家族のこと、隣近所のことを詳しく聞き出し、次に行った家で仕入れたばかりの情報を早速役に立てる。そしてひとしきりおしゃべりした後で、鍋を差し出して、「これにジャガイモと玉ねぎを一つか二つ貰えないかね」と始まる。たいていそのくらいのことは断られないので、次はこう言い出す。「別嬪《べっぴん》の奥さん、男物でも女物でもいいんだけど、もう着ないシャツとか、子供の古着とかはないかね？」村の家は貧しくて余裕があるわけではないが、着古しが少しはあって、ぼろ布を買い取る人に持って行って貰おうとまとめて結わえたものが、物置に置いてあったりするのだ。

ジプシーの人たちは未来を占ってあげようと言い出すこともある。が、これはだいたい断られた。占いを信じないからではなく、未来を知りたければ銀貨一枚が必要になるからだ。「けっこうよ。そんなことはいいわ。先のことはもうわかってるんだから」

「まあ、奥さん。自分のことをそう思うのは自由だが、子供の将来がどうしてわかるんだい。あんたはまだ死んでいないんだよ。これから絹のドレスを着たり馬車に乗る機会がないとは限らない。親孝行の息子が金持ちになるかもしれないじゃないか。そのときはきっと母親に孝行してくれるよ」

こんなただの予言を残して、彼女は次の家へと向かうのだ。ジプシーの女が立ち去った後には雌キツネのような強烈なにおいが残った。

浮浪者

ジプシーは物と引き換えに一時の気晴らしを残していってくれた。彼らがやって来た後は一日が何となく楽しかった。それにひきかえ、浮浪者が来た後は、ただ不愉快で気持ちが落ち込むのだった。

その頃、あちこちの街道にあふれている浮浪者は何百人といたに違いない。散歩に出かけたとき、薄汚れた髭《ひげ》も伸び放題の男がよれよれの帽子にぼろ服をまとい、道端で木ぎれを集めて火を燃やし空き缶にお湯を沸かしている光景をよく見かけた。そんな男の傍らにやはりボロボロのスカートを引きずった哀れな女が一緒にいることもあった。男がだらしなく草の上に寝転がっている横で女が火をおこしていることもあったし、男がどこかの家でめぐんでもらったらしい食べ物を袋から取り出しているのを見ることもあった。

それらの人たちの中には、マッチや靴紐、ラベンダーの小袋などのつまらない売物を持っている者もいた。ローラの母はそんなものでも同情して買うことがあったが、オレンジを売っていた男のものだけは絶対に買わなかった。散歩のときにその男がオレンジに唾をかけて汚いぼろ布で磨いているのを見てしまったのだ。こんなこともあった。朝早く、一人の女が戸口にやって来た。彼女はエプロンに小さな樹皮のかけらをたくさん持っていて、身なりも普通の浮浪者よりはこぎれいで服装も悪くなかった。樹皮からは強いラベンダーの香りがした。その辺の松の木の皮をナイフで削ぎとってきたようにしか見えないのだが、彼女の説明では、彼女の船乗りの息子が外国から持ち帰ったもので、その国では「ラベンダーの樹皮」として有名なのだという。洋服の間に一つ入れておけば、香りが永久的に保つだけでなく、虫もつかないという。「ほら、香りをかいでごらんなさいよ」彼女はかけらをいくつか母と戸口に出て来たローラたちに手渡した。たしかにラベンダーの香りだ。子供たちは遠い国から来たという素敵な香りのするかけらをいとおしそうにいじっていた。

女は最初一枚六ペンスだと言ったが、だんだん二ペンスまで値を下げた。母は三枚買い、きれいなボウルに入れてサイドテーブルに置いた。珍しいかけらから部屋中に香りが広がった。

でも、その物売りの嘘《うそ》が村中に知れ渡る頃には香りも消え、木の皮はただの木の皮に戻った。普通の松の樹皮にラベンダーオイルをふりかけただけのニセモノだったのだ。

しかし、そんなふうに頭を使う浮浪者は例外中の例外だった。ほとんどはただの物乞いで、「どうかパンを一切れめぐんで下さい。お腹が空いて死にそうです。昨日の朝から何も食べていないんです」と、戸口をノックしてお定まりのせりふを言うだけだ。たいていがそれほどひもじそうにも見えないのに戸口を動かない。しかたなく、厚切りのパンにラードを塗ってやり、炒めて自分で食べようと思っていたじゃがいもを新聞紙にくるんで渡してやる。村を立ち去るまでに、彼らは方々の家から貰った食べ物で、一週間は飢え死にしないですむようになっていたに違いない。施しへのお礼は、哀れっぽい声での「神さまのご加護がありますように」という繰り返しだったが、こういう人よりさらに可哀そうな人たちもいた。

浮浪者の人々が元々はどこからやって来たのか、どうしてそこまで社会からはじき出される状況になってしまったのかはわからない。彼ら自身によれば、「あんたたちと同じに」住む家もあった普通の労働者だったのが、家が火事で焼けたり、水害で流されたり、失業したり、病気で長く入院したりして、立ち直れなくなったというのだ。夫を亡くして、あるいは妻に先立たれて、子供を一人で世話しなければならなくて、仕事に出られなくなったせいでと、施しを求める人たちはそれぞれの理由を言うのだった。

時には一家全員がかばんを提げ、荷物を持ち、缶を手に、施しの食べ物を乞いながら、移動しているのを見かけることもあった。彼らは空き地や干草の中や時には道の側溝に野宿するのだった。ある夕暮れ、ローラの父が仕事から帰って来る途中に、道端の側溝で物音がしたので、のぞいてみると白い顔が一列に並んでこちらを見上げていた。母親、父親と子供が三、四人いた。薄明かりで顔しか見分けられなかったので、その光景は、まるでフローリング銀貨（二シリング）から三ペニーコインまでの白いコインが一列に並んでいるようだったという。夏の終わりの頃だったが、まだ夜はそれほど冷え込んでいなかった。「本当によかったわ」話を聞いた母が言った。もし寒かったら、父はその一家全員を家に連れて帰っていたかもしれなかった。前に浮浪者を何人も連れて帰り、妻が嫌な顔をしているのに、家族と同じ食卓につかせたことがあったのだ。母の考えでは彼には妙な親切心と博愛精神があるのだった。

セールスマン

訪問販売や、ジョニー・フォートナイトと呼ばれるいわゆるツケ売りのセールスマンはやって来なかった。しかし二、三ヵ月で終わった話だが、近くの町で小さな家具屋をしている男が、分割払いで品物を売ろうと考えて村にやって来たことがあった。最初に来たときは一つも注文を取ることができなかったのに、二度目に、小さな洗面台と亜鉛メッキの洗濯だらいを注文した物好きな主婦が一人いた。すると村中が洗面台とたらいに夢中になってしまったのだ。今までどうして寝室に洗面台を置かずにやってこれたのだろう。それまではバケツと洗面器を物置や暖炉のそばやドアの外において、間に合わせて来た。

「誰かが病気になってお医者さまに往診してもらったとき、部屋で手を洗ってすぐにテーブルのタオルで手をふけるじゃないの」「町から親戚が遊びに来たときにもすぐそばに洗面器と水を用意しておけるのよ」「洗面台が家にないなんて恥ずかしくて人にも言えやしない」「でも、たらいの方がもっと必要じゃないかしら？」母親の代から使っている木のたらいは「紐を巻きつけたへんちくりんな代物」に成り下がってしまった。光り輝いた金属製のたらいを見たとき、それまで背中が痛くなるのを我慢して重い木のたらいを持ち上げていたのが、馬鹿々々しく思えてしまったのだ。隣の家の軒には新しい金だらいが光り輝いて下がっているのに、自分だけが手をこまねいて見ているわけにはゆかないと、みんなが思い込んでしまった。

　またたくまに村中の家に洗面台と金だらいが行き渡り、小さな子供のいる家では暖炉のガードまで注文したところもあった。そしていよいよ二週間《フォートナイト》毎の支払いが始まった。新しい道具への一回の支払いは一シリング六ペンス（一八ペンス）だった。最初は支払われたが、毎回十八ペンスを用意するのは次第に大変になっていった。今週は何とか九ペンスを残せたが翌週は他に買うものがあったので全額を用意できなかった。次の週にもやっぱり急の出費があった。二週間に残せる支払額は一シリングになり、六ペンスになり、だんだんやりくりが面倒になって、支払わない者も現れた。

セールスマンは毎月村にやって来て、可能な限りのお金を回収していったが、新しい品物を勧めることはなかった。払ってもらえないことがわかったのだ。彼は優しい人だったので、主婦たちが困って愚痴るのを聞いて、意地悪もしなかったし裁判に持ち込むと脅したりもしなかった。買った人間には大変な出費だったけれど、彼にはさほどの金額でなかったのだろう。あるいは村の人たちに、経済力以上のものを勧めたことを悪いと思ったのかもしれない。彼はしばらく代金の回収には来ていたが、このくらいが精一杯と判断したところで、村に来るのを止めてしまった。

もっと面白かったのは樽ビールの一件だ。その頃その辺りには、行商の酒売りがいた。土地の言葉では「外回り」と呼ばれていた。インはもちろん、農場やお金のある家を回って、注文を取って酒を売る。今までの酒売りは小作人たちの家を相手にしなかった。ところがまったくの新人がやって来た。若くて何も知らない彼は、注文を取ることしか頭になく、ラークライズで注文を取るという、彼の中では素晴らしい、しかし実はとんでもないことを思いついてしまったのだ。

「おいしいビールが九ガロンも入った樽がクリスマスに自宅にあるなんて、実にうれしいことじゃないですか？」彼は主婦たちを前にして一席ぶった。「物置に行ってちょっと栓をひねるだけでご主人にも友達にもビールがご馳走できるんですよ。インで飲むより樽で買う方が安上がりなのは間違いありません。長い目で見たら絶対にお買い得です。友達に自宅で泡のたったビールを勧められるなんて、うれしいじゃないですか。四回の季節払いだから、お金を貯めるにも十分時間はありますし」

主婦たちは自宅にビールの樽があるのは素晴らしいことだと思ったし、夜になって話を聞いた男たちも、九ガロンものビールが割安で買えることに心が動いた。紙に計算してみると、たしかにクリスマスまでだと二、三シリングは安くつく。何しろ女房も最近パブのビール代に御機嫌斜めだったし、グラス一杯のビールが医者にかかる金より安いなら、働いている娘から郵便為替もくることだし、思い切って注文するか、となったのだった。

そこまでは計算していない人の方がほとんどだったが、とにかくみんなその話が気に入って、気軽に注文を決めた。酒売りはこう言った。「クリスマスは年に一度ですからね。楽しいクリスマスにして下さいよ」もちろん、中にはみんなの興に水をさす者もいた。ローラの父は皮肉たっぷりに言った。「支払いの日になって、やっと自分の馬鹿さ加減がわかるのさ」

樽が届くとビールが注がれみんなに振舞われた。支払いも始まらないうちに、樽はあっという間に空になった。皮のエプロンをした醸造所の男がその空樽を、馬の引く荷車に積み上げて運んでいった。みんな家のマスタードやココアの空き缶を探ったが、へそくりはせいぜいコインが数枚というところで、支払い金額には遠く及ばない。約束の日にお金を用意していたのはたった三人だった。「支払いを少し待ちましょう。来月には必ず払ってくださいよ」女たちは必死でお金を用意しようとしたが、もちろんできるはずがなかった。酒売りは何度も何度も集金にやって来て、催促はだんだん脅しに近いものになっていった。

とうとう何ヵ月か後、彼は裁判所に訴えた。裁判官は売ったときの状況と購買者の収入についての説明を聞くと、全員に今後毎週二ペンスずつ支払うよう判決を下した。これが蛇口をひねれば樽から安いビールが飲めるというおいしい話の結末だった。

行商人

昔はよく見かけた行商の物売りも、八〇年代の頃には珍しくなっていた。人々は衣類を、安くて流行のものが置いてある町の店で買うことが多くなっていた。しかしかつては大勢いた中でたった一人、忘れた頃にラークライズにやって来る最後の行商がいた。次にいつ現れるのかはまったくの風任せだった。

そのお爺さんはいつも街道の道標を曲がって村の道をやって来た。髪も髭も真っ白だが、かくしゃくとして血色もよかった。黒いキャンバス布でくるんだ重い荷物を肩に乗せ、体をほとんど二つに折り曲げて歩いてくるのだった。「品物を見たくないかね?」一軒ずつ声をかけて回り、ちょっとでも興味を示そうものなら、すばやく荷物をおろし、戸口に品物を広げる。彼はつい欲しくなるような、いろいろな品物を持ち歩いていた。ドレス用の着分、ブラウス用の着分、子供服用のはんぱ布、前掛けやエプロン。シンプルなデザインのものも飾りのついたものもいろいろだ。男物のコーデュロィや晴れ着用の色物のスカーフ、リボンもあった。

「これは物がいいよ、奥さん」ドレス地を見せながら言う。「これでドレスを作ったら長持ちするよ。飽きたら縫い直してペチコートにしたっていいし」村の主婦たちで彼から服地を買えるほどお金を持っている人はほとんどいなかった。たいていは木綿地やテープ、型紙用の紙などを買うだけだ。しかし彼の服地はドレス地も他の布も本当に良質で長持ちした。あまりにいつまでも着られるので、忙しく変わる流行に合わせたい人向きではなかったかもしれない。数年後、彼から買った白い水玉の浮いた柔らかで暖かいグレーのウール地で縫ったドレスに、胸にスノウドロップの白い花を止め、小さな黒サテンのエプロンをつけて、ローラは郵便局で働き始めることになったのだった。

旅芸人

毎年夏になるとドイツ人のブラスバンドの楽隊が村にやって来て、インの庭で演奏した。楽隊は父親と六人の息子という家族で、まるで大から小までの水差しのセットのようだった。緑色の揃いの制服で、コルネットを吹いている背の高い男の子から太鼓を叩いている頬の赤いぽっちゃ切手をおはりください。

郵便はがき

101－0065

東京都千代田区西神田
２－４－１東方学会本館
株式会社 朔 北 社
愛読者カード係　行

●小社の本はお近くの書店にてご購入いただけます。
●お急ぎの場合や直送をご希望の方は下記にご住所・お名前・電話番号・ご注文書籍名・冊数・本体価格を下記にご記入の上ポストにご投函下さい。通常一週間前後でお手元にお届けいたします。
●お支払いは郵便振替用紙を同送いたしますので商品が到着次第お振り込み下さい。国内は送料無料です。(配達日指定の場合は送料実費でいただくことがあります。)

注 文 書

ご 住 所（〒　　　　　）

お 名 前　　　　　　TEL

ご注文（書籍名）	冊　数	本体価格

朔北社　愛読者カード

ご意見・ご感想をおきかせ下さい。今後の出版の参考にさせていただきます。

ご住所	フリガナ 〒		
お名前	フリガナ	ご職業または学校名	年　月　生まれ 1. 男 2. 女（　　）才

この本の書名

お買上の書店名と市町村名		お買上の年月日 年　月　日

ご意見・ご感想

お買上げになった理由：　○でかこんで下さい

・おうちの方に選んで頂いた
・店頭で見て自分でえらんだ
・友人や知り合いにすすめられて
・その他の理由　（　　　　　　　）
・広告を見て　（　　　　　　　）
・書評を見て（　　　　　　　）

◆ご記入いただいた個人情報は社外に出すことはありません。
ご希望の方には小社イベントのご案内や目録をお送りいたします。【 希望する・希望しない 】

◆ご意見・ご感想を小社ホームページや販売促進に活用させていただいてもよろしいでしょうか？
【 いいえ　・　はい　→（本名でよい　・　イニシャルならよい）】

ご協力ありがとうございました。

りとした男の子まで、大きさの順に並んで、半円形に隊列を組み、それぞれの楽器を頬っぺたが破裂しそうな顔で吹いている。演奏する曲はほとんど村の人の知らないものばかりだった。もう少しメロディーのある歌を聴きたかった人々は、最後に国歌が始まると待ちかねたように、一斉に立ち上がって一緒に歌うのだった。

国歌の演奏を合図に、インの主人がシャツの袖をまくり、手にビールの大ジョッキを三つ持って進み出る。父親は渡されたジョッキの一つを水でも流し込むように飲み干し、残り二つのジョッキは行儀よく、息子たちに順に回されていった。演奏しているときにたまたま、農場主や商人の馬車が居合わせたりしていなければ、楽隊の演奏へのお礼はこのビールだけだった。彼らの方も村の女や子供たちに袋を回しても、ポケットにコインを用意している人は一人もいないことを知っていたので、口のビールの泡をぬぐって深々とお辞儀するとすぐに靴を鳴らして、次のフォードロウ村を目指して行進を始める。暑くて喉が渇いた彼らには、おいしいビールだけでも十分なご褒美《ほうび》だったに違いない。

旅芸人の余興とすれば、他には人形芝居があった。残念なのはそれが野外公演ではなくて、屋内で行われ一ペニーの入場料を払わないと見せてくれなかったことだ。芝居が開かれる家が清潔ではないという理由で、ローラは一度も見に行かせて貰えなかった。見た人の話では人形は針金で下げられていて、操っている人がせりふも言っていたというから、おそらくマリオネットのようなものだったのだろう。

小学校に入って間もない頃、ローラとエドモンドは熊に踊りの芸をさせる男と出会ったことがあった。彼は明らかに外国の人だった。二人がこわごわと通り過ぎてゆくのを見て、熊を踊らせるから見て行けと言ったのだ。熊は長い棒を前足で持って、主人のハミングに合わせて重々しくワルツを踊り、次にその棒を肩にかついで掛け声に合わせて体操をしてみせた。村の年寄りの話では、その熊は昔から何年おきかにひょっこり姿を見せるのだという。でもこのときが最後だった。かわいそうに、毛の色も褪せ、熱っぽく息を切らしていたブルインと呼ばれていたあの熊は、二度とラークライズに現れなかった。きっと年取って死んでしまったのだろう。

露天商

そんな中で村中があげて興奮し、後々まで話のたねになった出来事は、八五年頃、大道の露天商がやって来たときのことだろう。それは秋の夕暮れ時だった。その露天商は荷馬車を停めて、道端の草の上に陶磁器やブリキの食器を並べ、後ろには氷山を前にペンギンや北極熊が描かれた垂れ幕を下げた。ナフサランプを点すと、彼は洗面器をガンガン叩きながら、「さあ、いらっしゃい、見てらっしゃい」と呼び声をかけ始めた。

村に大道の物売りが来たのはこれが初めてだったので、みんな大騒ぎだ。男も女も子供も、村中の人が家から飛び出して明かりを囲み、売り物を誉めそやしたり、彼の早口の言葉に聞き入った。その口上の素晴らしかったこと。「さあ、みなさん、このピンクのバラの模様のお茶のセットを見てちょうだいよ。二十一ピース、完璧にそろって、傷物は一つもなし。あの女王陛下がバッキンガム宮殿に一揃い買ったのとまったく同じものだよ。ティーポットにトレイ、お皿にボウルだよ」彼が寝室用の陶器のセットの中から、馴染み深い例の道具を取り出してこぶしでコンコン叩いて見せたときにはみんなの顔が赤くなった。

「二ボブでどうだい、このきれいな水差しセットがたったの二ボブ（二シリング）。一つにはビールでもう一つには牛乳。おまけの一つはどちらかが割れたときのためだ。誰も欲しくはないって？　じゃあこれはどうだ。さあ、このトレイのセットは日本直輸入。きれいな牡丹は何と手書きだ。こっちにはボウルがたくさんあるよ。もったいなくも皇太子妃殿下がジョージ王子をご出産の折、産褥《さんじょく》のしとねで粥を召し上がったのがこのボウルと同じ模様だ。さあそこの奥さん。問屋は、私にこの値で売るなどとんでもないと言ったよ。あした隣の町のバンベリーでは倍で売るつもりだ。でも私はあんたたちにこれを持っていて欲しい。これは商売じゃあない。あんたたちの顔が気に入ったし、重いものは少しでも減らしたいからね。安くしとこうじゃないか。出血大サービスだ。さあ、寄ってらっしゃい、買ってらっしゃい」

でも買おうと言い出す者はほとんどいなかった。主婦たちはプディング用の大皿に三ペンスとか、ブリキの鍋に六ペンスを出すくらいがせいぜいだった。ローラたちの母は一ペニーでナツメグの卸し金と木のしゃもじの二本セットを買い、インのおかみさんはコップ一ダースとたこ糸を一巻き買った。でもそれに続く買い手が現れない。男が懸命に冗談やいわくを並べるのにみんなは面白がって笑うだけで、財布をあける者がいなかった。彼はこんな歌も歌った。

男が庭を歩いていたら
ふいに喉にチョークがつまった
女房はうっかり、
鍋ぶたのつまみを飲み込むし
別の男と若者は
傘を喉に刺すしまつ
ゆりかごの赤ん坊まで
柄杓《ひしゃく》で自分をぶっ叩いた
こんなひどい話ばかり聞いてるあんた
顔は真っ青、目玉は緑
ほらほら、ほらほら、ひどいもんだ

次々いろんな余興を披露して盛り上げるのに、全然お金が入らない。彼はだんだんラークライズに興味がなくなってきたらしかった。

「ここが世界一貧乏な村だなどと、みなさんだって言われたくはないだろう」彼は言った。「さあ何か買っておくれ。村の名誉がかかってるよ」彼はその辺にあった皿のセットをつかんだ。「さあ、一級品だ。サービスするよ。一枚買って、公爵さまや領主さまと同じ食事をすれば大満足間違いなし。一枚たったの三ペンス半。誰か買わんかね。さあ、誰か」

お皿に向かって人が集まった。みんな三ペンス半くらいなら何とかなった。でもそれ以上高い物が出てくるとまた座はシーンとなる。女たちの中にはだんだん落ち着かなくなる者もいた。「貧乏根性になったらだめ、貧乏そうな顔をしたらだめ」がモットーなのに、これではまさしく「貧乏そうな顔」になっていることにならないだろうか？　ポケットの小銭をいくら数えても足りるはずはなく、大安売りの機会も見逃すしかなかった。

そのときだった。思いがけず素晴らしいことが起きたのだ。男はピンクのバラの模様のティーセットをもう一度手に取り、カップを一つ、みんなに回して見せていた。「奥さん、明かりに透かしてごらん。きれいなカップじゃないか。卵の殻みたいに薄くて、透き通っているだろ。バラは全部手書きだよ。他の村の者に買われるのは悔しくないかい。ほらほら、欲しくてよだれが出てるじゃないか。家に走って帰りな。マットレスの下に靴下が隠してあることはお見通し。一番先に戻って来た人に十二ボブで売ってやろう」

女たちはみな、その美しいカップをいとおしそうにためつすがめつするのだが、最後には首を振りながら隣に回してしまう。家に戻ってもへそくりの靴下などどこにもない。しかし、男が戻って来たカップをがっかりしたように乱暴に受け取ったときだった。後ろから声がした。

「今いくらと言った？　十二ボブ（一二シリング）だったかな。十なら買ってもいいよ」ジョン・プライスだった。つい一昨夜、インドの兵役から帰ってきたところだ。真面目でお酒を飲まないので、他の帰還兵のようにインに飲みに行くこともない目立たない人物だった。でも今、彼はにわかに注目の的になった。みんながじっと彼を見守った。村の名誉が彼にかかっていた。

「十ボブでどうかね？」

「その値段では売れない。仕入れにもっとかかってるんだ。でも、じゃあ、こうしようじゃないか。十一ボブと六ペンスで、ティーセットにおまけしてこの銀の花瓶をつけようじゃないか。暖炉に飾ったら映えること間違いなしだ」

「よし、交渉成立」代金が支払われ、村の名誉は守られた。みんな喜んでそのティーセットをジョンの家に運ぶのを手伝った。ティーカップにラークライズの名誉がかかっていた。彼の婚約者はまだ仕事が明けておらず村には帰ってきていなかったので、この日、彼女を羨む大合唱が村にあがったことを知らなかった。こんな素敵な贈り物が彼女の帰りを待っているのだ。ひびも傷もない揃いの美しいティーセットだ。何て運のいい幸せなルーシー。でもちょっぴり羨ましい気持ちはあったにしても、みんなが幸せを分かち合っていた。何と言っても村全体の幸せだったのだから。その夜のこの珍しい機会に、みんなが買い物できたわけではない。でもあの大道商人も、村にお金がまったくないわけではないことと、村人の堅実さをよくわかったに違いない。

次に起きたことはこのクライマックスの後だったから、他の人にはどうでもよかったと思うが、ローラとエドモンドには同じくらい楽しいできごとだった。ジャムやバターや果物を乗せるのにちょうどよさそうな小皿のセットが売られていた。値段が半クラウン（一クラウン＝五シリング）から一シリングまで下がったのに、買い手がつかなかった。そのとき後ろから一声かかった。「ちょっと見せてくれないか。女房が喜ぶんじゃないかと思うのでね」何とそれはローラたちの父親が仕事帰り、明かりに人だかりがしているのを不思議に思って、やって来たのだった。

おそらくその夜、大道商人は村人から一ポンド（二〇シリング）は稼いだろう。そしてジョン・プライスとローラの父親のおかげで予想より十五シリングは余分にもうけたはずだ。でも彼はそれだけの稼ぎのために、この村にもう一度来る気にはなれなかったのか、二度と姿を見せなかった。というわけで、ラークライズでは、その年は、「あの露天商の来た年」として記憶されることになったのだった。

第八章　木箱

赤ん坊の準備

十歳から十三歳くらいの間の年齢の少女が、村にある二台の乳母車のうち一台に、黒い持ち手のついた小ぶりの樫の木箱を乗せて、村道を押してくるのに出会うことがある。それはラークライズではよく見る光景で、出会った人はこう言葉をかけるだろう。「お母さんはどう？」「お母さん」ではなく「お姉さん」だったり「叔母さん」だったりするかもしれないが、その質問をとうに予想していた少女は、お行儀よくこう答えるだろう。「どうもありがとうございます。おかげさまでとても順調です」

少女はフォードロウの牧師館に木箱を借りに行ってきたところだ。村に赤ん坊が生まれると、その家の年上の女の子がいつも一マイル半の道をそんなふうに、重い箱を乗せた乳母車を押して、息を切らしながら村に帰って来る。乳母車の荷台は狭いので、今にも箱がずり落ちそうになるのを押さえながら運んでくるのは、けっこう大変な仕事だった。でも家に着いて箱を開けたら、そんな苦労も吹き飛んでしまう。箱の中には生まれたばかりの赤ん坊に必要なもの全てが、六組ずつ入っていた。小さな肌着、オムツ、フランネルの長ベスト、寝巻き、よだれかけの一揃いがきれいに洗濯され、繕われて、牧師の娘ミス・エリスンから貸し出されているのだ。その他にベビードレス、お祝いの紅茶一包みとお砂糖、産褥《さんじょく》のお粥用に引いたカラス麦粉一缶も添えられているだろう。

この木箱はとても評判がよかった。農夫の妻たちは、教会に毎週行っているかどうかにかかわらず、誰でも必要なときは借してもらえた。そして村のほとんどの家が、一定期間ごとにこの箱を利用していた。子供たちにとっては、周期的に生まれる赤ん坊と家にやってくる木箱が、生活の一部になっていた。箱はだいたい、いつもどこかの家で使われていたので、中身の質が少し劣る「二番目」と呼ばれている予備の箱も用意されていた。妊娠に気づいてすぐに予約するのを忘れた人はこちらになる。

箱は出産から一ヵ月たったら中のものを洗濯してきれいにしてから返すきまりだった。しかしすぐに次の予定が入っていなければ延長できたので、ほとんどの母親は六週から七週過ぎまで、ベビードレスから丈の短い乳児服に移行するまでの間、借りていた。次に着せるものを用意するまで、少しでも倹約したかったのだ。乳児服さえ借りて済ます場合もあった。ローラの家にあるものも、「急に必要になったので」という言い訳で頼まれて貸してあげることが何度もあった。丁寧に洗濯した手作りの新生児用の衣類を大切にしまっている家もあったが、木箱なしで出産を済ますことのできる家は村にはほとんどなかった。そして理由はわからないが、この木箱は出産前ではなく後で貸し出すきまりだった。

中の用品はどれも品質がよく、きれいな刺繍で縁取られ、手縫いのピンタックまで入っていた。ミス・エリスンは洗礼式の美しい晴れ着も二枚、貸し出し用に用意していて、つなぎの新しい乳児服も一枚はお祝いとしてプレゼントしていた。夏冬用共に、男の子は水色、女の子には細かな花柄のプリントで、彼女自身の丁寧な手縫いによるものだった。それほどにしているのに彼女は評価されていなかった。母親たちは子供のように無邪気に、この無償の貸与やお祝いを神さまから届く当然の権利のように考えていて、感謝どころか文句を言うのだった。ある主婦は「うちの子にあんな古臭いごみみたいなレースのついた服を着せて、教会に連れて行きたくないわ」と言って、洗礼用の晴れ着の古い美しいバッキンガムレースをむしり取り、代わりに機械刺繍の安っぽいフリルを縫い付けさえした。縫い目から丁寧にほどくこともしなかったので、レースは破けて修理もできず、そのドレスは「二番目」に格下げになってしまった。一番美しいドレスは牧師館の人たちが今まで洗礼に使ってきた晴れ着で、繊細なローン地に細いピンタックが取られ、素晴らしいヴァラシェンヌレースがふんだんに使われているものだった。

村の子供たちは生まれたときから良質の衣服を着せてもらうだけでなく、「自然の恵み」の最高の食事も与えられていたと言ってよかった。出産直後の母親の食事はそれほど滋養に富んだものではなかった。それは当時の考えで、産褥《さんじょく》の最初の三日間は低カロリー食が良しとされていたからだったが、村の女性たちは何の抵抗もなくそれに従っていた。水で煮たお粥、堅パン、薄いお茶という献立の後、四日目からは少し栄養を取るべきとされていたので、ミス・エリスンは、椰子澱粉でこしらえた大きなプディングに子牛肉のブイヨンのスープを添えて産婦に届けてくれた。これが終わると普通食に戻り、さらにもし買えるなら半パイントの黒ビールを飲めばもっと良いとされていた。牛乳は飲まなかったが、それでも母乳はあふれるように出た。一度、哺乳瓶で育てられている赤ん坊が村に連れて来られたとき、村の人たちは初めて見る哺乳瓶が珍しくてたまらなかった。赤ん坊が口にくわえて吸っている、あの細いゴムのチューブの中を洗うのは、どう見ても不可能のように思えたのだった。

産婆さん

普通のお産なら、出費は村の産婆であるクィントン婆さんに払う半クラウン（二シリング六ペンス）ですむ。彼女は人の誕生と死に立ち会うのが仕事だった。資格のある助産婦だったわけではないが、いつも身ぎれいでお産の扱いも清潔で、賢く親切だった。半クラウンの料金に含まれる仕事は、もちろん出産の介助と、その後十日間毎朝の赤ん坊の入浴、母体への気配りだ。そして何とか母親を十日間、ベッドで安静に過ごさせようと最大限努力するのだが、これは守らせるのがとても難しかった。家族のために早く家事に戻りたい母親もいれば、自分ではすっかり快復していると思って寝ていることができない母親もいる。三日目にはもう起きている母親もいたが、見た目には当座それが悪影響を及ぼしているようではなかった。

難産や合併症は滅多になく、クィントン婆さんの長い産婆歴の間に、問題が起きたことは二、三回で、そのときもお婆さんが危険を見逃さず早目に医者に連絡をとったので、この十年間に、ラークライズでお産で亡くなった人はいない。

この時代の正規の訓練を受けていない村の年寄り産婆に対し、今の人は、ディケンズの『マーティン・チャズルウィット』に出てくるガンプ夫人のような、技術もないあくどい飲んだくれの鬼婆のようなイメージを抱いているのではないだろうか。しかし、産婆全員がそうだったわけではない。ほとんどの産婆は清潔で、知識もあり、仕事に誇りを持っている人たちだった。また、彼女たちはある程度の訓練も受けていた。当時の地方の医者たちは近村の産婆たちを大事にしていて、技術や知識を教育する手間ひまを惜しまなかったのだ。産婆が村に一人いるだけで、医者は夜に六マイルも八マイルもかけて田舎の悪路を往診しないですんだだけでなく、連絡があればそれは本当に緊急な場合で、駆けつけなければならないのがすぐにわかったのである。

数年たって専門の教育と訓練を受けた看護婦が各地方に置かれるようになったのは、田舎にとってはたしかにありがたいことだった。しかし昔からの「村のお産婆さん」にはそれなりに大きな利点があったのに、彼女たちは今日、それにふさわしい評価を受けていないように思う。村の女たちと同じ階層の産婆たちは、貧しい家に揃っていないものがあっても、その家の主婦にそのことで神経を使わせたり、問いただして恥をかかせたりはしなかった。村では、足りないものは別のもので間に合わせるかよそから借りてしのぐかなのを、地元の産婆はよく知っていた。どの家に何があり何がないかをよく知っていたクィントン婆さんは、いつも、自分の家のたらいや物干しを腕にぶら下げて、産婦の家に出かけていたものだ。

それぞれの時代に、その時代のやり方がある。より進んだ時点から振り返って、昔のやり方が旧式に見えたとしても、かつての産婆が何世代にもわたっていつも新しい生命を無事に送り届けてくれていたことはたしかな事実だ。そうでなければ、私たちも今この世にはいなかったはずだ。

村の衛生状態

村の人の健康状態は良かった。自然と密着した生活、素朴だが栄養価の高い豊富な食物がそれを可能にしていた。しかし一方で病気についての知識はあまりなかった。当時の人々は自分が病気になるとは思ってもいなかった。今のように多くの家庭薬も売られていなかったので、薬の広告から病気の初期症状に気づくということもなかった。新聞を読む人たちは新聞広告でビーチャム社やハロウェイ社の薬は知っていたはずだし、マザー・シーゲルズ・シロップのカタログも年に一度各家に郵便で届けられていた。しかしビーチャムの薬を買っている家は村に一軒、他の会社の薬を買っている家でも数軒あるだけだった。ほとんどの家はどこの具合が悪くてもエプソン社の塩を舐《な》めてすませていた。八十歳近い、ある年寄りは、日曜の朝ごとに、茶碗一杯の石けん水を飲むのを長年の習慣にしていたが、理由は「石けんで外がきれいになるなら内側もきれいになるはずだ」と思っていたからだ。その習慣は彼の健康に無害だったとは思うが、効果があったとも思えない。

お風呂に入るのは赤ん坊と子供だけだが、大人は大人のやり方で身体を清潔に保っていた。女たちは一週間の内、どの曜日かの午後、家を閉め切り、身体を洗う時間にしていた。まず上半身裸になって上から洗い、次は水を張ったたらいに足を入れ下半身を洗う。「上も下も全部きれいにしたわ。いい気持ち」と満足そうに言っている人に、「上でも下でもないところは?」とわざわざ聞く下品な人もいた。

歯ブラシはまだ贅沢品だったので買える人は少なく、あまり普及していなかった。でも女たちは丈夫で真っ白な自慢の歯を、湿らせた布に塩をつけてきれいに磨き、男の中には煤《すす》を歯磨きに使う人もいた。

お産の床上げの後、上の娘がまだ小さくて助けにはならず、近くに頼れる親戚もいないときは、隣近所が家事や料理、洗濯を手伝った。自分がいつ助けてもらう側になるのかわからないのだから、お互いさまだった。

小さな赤ん坊は両親の愛情を独り占めにして、次が生まれるまでは家中から可愛がられ大事にされる。「お鼻が顔からとび出しそうに高くなってるよ」と言われることもしばしばだ。家中の関心が新しい赤ん坊に移っているとき、ちょっと上の幼い子供たちは大きなお姉さんにかまってもらうことになる。

当時の親は家族が増えることに無頓着だった。村で一つだけ知られている避妊法は旧約聖書以来の古い方法だったが、それを実践している村の夫婦はたった一組で、その家ではずっと四人家族のままだった。その女性は純粋に善意からその方法を別の主婦に教えてあげたのだが、すさまじい非難を浴びることになった。「とんでもない。子供に食べさせるのがもったいないの？ 何てけちで自分勝手な女！」というのがほとんどの反応だった。みんな建前では避妊に反感を示し、出産をあたりまえのようにすませ、新しい命の到来を喜んで迎えていた。しかし、そのくせ一方で、打ち解けて心を許しているときにはつい本音が出て、愚痴を言ったりもするのだ。「子どもは母親にまず一人、父親にもう一人生んだら、あとは要らないねえ」と。

このことは、国の状況にも表われている。ローラの母がまだ生きている内に出生率の低下は始まっていた。一九三〇年代の初め、ローラと一緒の時にこのことが話題になると、彼女はある学識者の解説に触れてこう言った。「もしあの人たちが自分で出産や育児の大変さを知っていたら、女が最初の子供の後すぐに二番目三番目が欲しがらないのを、さも大事《おおごと》みたいには言わないんじゃないかと思うわ。生ませたいのなら、見方を変えて、まずお金の心配を減らしてくれることを考えたらどうなのかしら。女にとって出産は一回一回が命がけなのよ。そして結果は子供が増えて生活が大変になるだけ。不公平じゃない？　大変なだけなのに、もっと生みたいなんて誰も思わないのは当然でしょう？」そう言って母はおかしそうに笑ったのだった。

未婚の母

八〇年代のラークライズで、結婚式の前に子供が生まれてしまった例はなかったが、それ以前はたくさんあったようだ。それがわかったのは、就学手続きのときに第一子の姓が弟妹の姓と違っている例がいくつもあったからだ。つまり両親は子供が生まれてから婚姻届を出したということだ。その頃それはよくあることで別に誰も気に止めなかったのだろう。

八〇年代、三十歳くらいの若い女性が村の姉の家で私生児を生んだことがあった。また子供が三人いる寡婦が、再婚する前に二人子供を生んだことがあった。この二人については村の人たちは何も言わなかったが、畑の向こうに住む十六歳の少女が子供を産んだときにはちょっとした騒ぎになった。

ある夕方、その少女、エミリーが父親に連れられ村の中を通り過ぎて行った。彼女が名前をあげた若者のところに、話し合いに行くところだった。それは悲しい光景だった。ついこの間まで一緒に遊んでいたエミリーが真っ赤に目を泣きはらして、のろのろと歩いていく。母親のショールでくるんではいたけれど、何があったのかは、臨月の膨らんだお腹の線からあまりに明らかだった。皆に尊敬されている父親は一張羅のよそゆきを着込み、早くこの嫌な用事をすませてしまいたいとでもいうように、「早く、早く」と娘を急き立てていた。村の女たちは門口に立ち、子供たちも遊ぶのを中断して、二人を見送った。みな二人の用事を察して、エミリーの若すぎる年齢と誰からも尊敬されている両親のことを思い、同情せずにはいられなかった。

そして、その話し合いは父親の予想に反し、恥ずかしい最悪の結果に終わった。エミリーは自分が働いていた家の息子が相手だと言ったのだが、彼は否定したばかりか、彼女が妊娠した時期には家にいなかったこともわかったのだ。ところがそれにもかかわらず村の人々はエミリーの肩をもち、彼女を悲劇のヒロインのように扱い、大目に見た。みんなが好意的で甘かったせいだろう。その出来事は一回で済まず、その後も繰り返されることになった。一度も結婚しないまま、エミリーの家族はかなりの人数に膨らんでいった。

村の女たちの未婚の母親への態度には矛盾があった。そういう女性が子供をつれて村にやって来ると、みんなで見に行き、可愛がって大騒ぎする。「可愛いわねえ、見なさいよ。こんな子に生まれて来るなとは、誰も言えないわよね。器量もいいし、体格もいいわ。よく言うじゃない、こういう子が良い子に育つって。世間の陰口なんか気にするんじゃないわよ。あんたがいい娘だからいい子が授かったのよ。狡《ずる》い娘にこんないい子はできないもの」

と言いつつ、もちろん自分の娘には結婚前に子供を産んだりして欲しくないのだった。「娘にはいつも言っているの」一人がこっそり耳打ちする。「問題を起こしたらすぐ施設に入って貰うよって。家に置くわけにはいかないからねって」言われた方もこう相槌《あいづち》を打つ。「うちも同じよ。厳しく言ってるからうちは大丈夫」

そういう娘を知っている人たちにとって悲しいのは、母親たちの純潔についての考え方が一方的で狭量だったことだ。しかし彼女たちに別の見方をする余裕はなかったのだろう。母親たちの頑固さ、関心、理解は娘の身体についてのことだけで、娘の考えや気持は二の次だった。それでいて彼女たちは、いったん問題が現実になれば、前言を翻して、家に引き取り世話することも厭わないのだった。村には孫を自分の末の子として、「おばあちゃん」ではなく「母さん」と呼ばせている人の家が一軒ならずあった。

娘が結婚を急ぐ必要が生じたときは、それに対しては、みな何とも思っていなかった。そういうことは時々起きたが、うまく男をその気にさせて「なるようになっただけ」のこととして、何の問題にもならないのだった。

不倫

しかし村の人はうっかりした間違い、それもよその家の間違いならなおのこと、あっさりと許し大目に見たが、「だらしない関係」には厳しかった。村の歴史に残る有名な不倫事件があった。十年か十二年も前のことなのに、八〇年代になってもまだときどき話題になった。事件の起きたとき罪を犯した当事者たちは、村中から轟々《ごうごう》たる非難と手ひどい仕打ちを受けた。二人をかたどった人形を取り付けた長い棒が、たいまつで照らされながら女の家に運ばれた。村人たちは手に持った鍋や釜、スコップを打ち鳴らし、笛やハーモニカを吹き、口笛を鳴らして野次や奇声をあげて行進した。女の家に下宿していた男は、翌朝夜が明ける前に村から姿を消し、不倫した女と彼女の夫もじきにいなくなった。

八五年ごろ、十年前のその「歴史的夜」を彷彿させる大事件が起きた。父親のわからない四人の子供を連れた未婚女性が、村の空家に引っ越してきたのである。村の人々は彼女の存在が許せなかった。ローラは教会で、聖書が読まれているときにすら発せられた罵言を耳にしたが、一番穏やかな言葉でも「売女《ばいた》」だった。道徳に厳しい人たちは石を投げ、野次ったりこずいたりして、教会に近づけまいとした。すこし穏当な人たちでさえ家主に家を貸さないようにと言いに行ったりした。しかししばらくたって、彼女が過去の罪深い生活とはすっかり縁を切っていることがわかってくると、みんなも次第に昔のことは言わなくなり、会うと挨拶をし、同席も嫌がらなくなっていった。そして、彼らの価値観を満足させたことには、彼女は鉄道線路工事に来ていた男と結婚し、男の方も農場の小作になって村に落ち着いたのだ。鍋釜の伴奏の代わりにウェディングベルが響き、一家は村に受け入れられた。

そしてそれは村に新らしい文化をもたらすことにもなったのだった。

アルフのアコーディオン

その家の息子の一人アルフには音楽の才能があり、叔母に買ってもらった素晴らしいアコーディオンを持っていた。夏のまだ明るい夕暮れ、彼はパブの前の広場に集まっている若者たちの中で、何時間もアコーディオンを弾いてくれた。

彼の来る前、ラークライズには楽器が一つもなかった。もちろん蓄音機もラジオもない。音楽の好きな人は教会で古い荘重な賛美歌を聞くしかなかったのに、今では、大好きな昔の歌、「埴生の宿《ホーム・スイート・ホーム》」「アニー・ローリー」「バーバラ・アレン」「金髪も白くなり」などが、彼に頼めば弾いてもらえた。アルフの演奏は素晴らしかった。音楽的な耳も良かったので、パン屋や物売りが口ずさんでいる流行歌を、アルフはその日の夜にはもう弾いてくれるのだった。

女たちは門口に出て、男たちはインの窓から身を乗り出して、子供たちは遊ぶのをやめて、彼の演奏に聞き入った。彼はよくダンス音楽も弾いてくれた。若者たちは、年頃の少女は働きに行っていて村にいないし、幼い少女では相手にならないので、男同士で組んで踊ったものだ。少女たちも同じように自分たちで組んで踊った。昔はきれいだったという噂のどっしりしたお婆さんが家から出て来て、少女たちに踊り方を教えてくれることもあった。彼女が長いスカートに足元を隠し、滑るようにステップを踏みターンする姿は優雅だった。

ダンス音楽に合わせて誰かが歌を歌い出すと、みんながそれに加わった。

私のボンネットは水色の縁取り
あら、かぶりなさいよ？　ええ、もちろんよ
いつかぶるの？
彼と出かけるときはいつもよ
彼は船で海に出て行く
膝には銀のバックルを飾って

紺のコートに黄色の靴下
そしてポルカが響く

こういう歌もあった。

あの娘をダンスに誘おう　あの娘をダンスに誘おう
可愛いあの娘を
からかうんじゃないよ　幸せにしてあげるのさ
あの娘をダンスに誘おう　あの娘をダンスに誘おう

長い夏の夕暮れどき、いつまでもみんなで踊り、歌った。ようやく夜のとばりが降り、星が空にまたたき始める頃、人々は笑い声をたて、息を切らしながら家に帰ってゆく。一人の少年のたった一つのアコーディオンで、村中が幸せになれるほど、その頃の人々の生活は素朴だった。

第九章　田舎の遊び

少女たちの遊戯

「今日の夕方はダンス？　それとも遊戯？」アルフが村に来てから、女の子たちの間ではこの会話が増えた。ダンスが村の新しい楽しみになってからも、遊ぶ回数は減っても遊戯が少女たちの遊びの中心であることに変わりはなかった。おとなしい女の子たちは遊戯が好きだったし、アルフは頼まれて近くの村にもアコーディオンを弾きに行くようになっていたので、彼が村に留守のときは必ず遊戯になるのだった。

夏の長い夕暮れ、少女たちは近くの空き地に集まって、草の上でお辞儀をしたり会釈をしたり、くるぶしまで届くワンピースのすそを前に後ろにと引きながら、母親や祖母が昔したように、歌を歌いながら遊戯をして遊んだ。

遊戯がどのくらい昔からあったのか、どんなふうに始まったのかはわからない。思い出せないほど遠い昔から、何世代にもわたり、子供のときには必ずする遊びとして伝わってきていた。歌詞をきちんと覚えていなくても、体を動かすと自然に歌が口から出てきた。歌詞の意味をいちいち考えてみる人はいなかった。伝えられてきた歌は、地方で違い、歌詞も断片しか残っていないものもあったが、だいたいは昔の優しい伝承文化の原型をとどめていた。

遊戯は世代から世代へと続いてきた遊びだったが、八〇年代の子供たちが最後の世代ではなかったろうか。その時代、子供たちは二本の足を、学校と野原の両方について立っていた。後の時代になると、想像力を必要としない新しい遊びや娯楽が増え、野原で遊ぶことはなくなっていった。わずか十年で遊戯をする子供の姿はほとんど消え、二十年後には覚えている人さえいなくなった。しかし八〇年代にはまだ遊戯が、前の時代と同じくらいに子供の遊びの大きな部分を占めており、それが変ってゆくだろうとは誰も予想していなかった。

ラークライズの子供たちの遊戯はたくさんあった。今も子供のパーティでよくする「オレンジとレモン」、「ロンドン橋」、「マルベリーブッシュに行くところ」はもちろん、オクスフォード地方独自のものもあった。円を作るもの、向き合って列を作るものがあり、どちらも、節をつけたかけ合いのような歌を歌いながら遊ぶ。

男の子たちは遊戯に入らなかった。形の決まったおとなしい遊びは好きでなかったからだ。活発な女の子にも参加しない子はいた。動作やルールが型どおりなのが面白くなかったのだろう。遊戯によっては歌詞の最後がふざけた調子になり、めちゃくちゃな大騒ぎで終わるものもあったが、だいたいは優しいゆったりした調子で、動作もゆっくりなものが多かった。もったいぶって体を動かし、歌う声も優しくなる。ときには役に合わせて「立派な公爵夫人」を演じなくてはならない。動作と声音と歌詞は一体なのだった。

三人の鋳掛《いか》け屋

昔からの遊戯で人気があったのはまず、「三人の鋳掛け屋がやって来る」というものだ。小さな子と大きな子の二人をそれぞれ「娘」と「貴婦人」に選んだら、残り全員が手をつないで横一列に並ぶ。貴婦人役の少女はそこから十二歩くらい前に立ち、「娘」はその後ろの草の上に横になって寝ているふりをする。並んだ列から三人（鋳掛け屋）が手をつなぎ、歌いながらスキップで前に出る。

鋳掛け屋が三人やって来る、三人三人
あなたのきれいな娘をもらいにやって来る
ねえ、お宿をお願いできますか？

ねえ、お宿をお願いできますか？

それを受けて貴婦人は、後ろの寝ている娘に言う。

そのままお眠り、娘や娘、決して起きてはいけません
鋳掛《いか》け屋など相手にしてはいけません

そして今度は重々しく鋳掛け屋に言う。

おまえを泊める部屋はここにはない、ここにはない
おまえはここには泊まれない

鋳掛け屋たちは列に戻り、別の三人が同じように前に出るが、今度は仕立て屋、兵隊、船乗りというふうに変わってゆく。園丁、レンガ職人、お巡りさんと考えられる限り仕事を変え、三人ずつが歌いながら前に出て、遊戯は盛り上がってゆく。そして最後の三人で歌の調子が急に変わる。最後の三人が前に出て来るときの歌はこうだ。

王子が三人やって来る、三人三人
あなたのきれいな娘をもらいにやって来る
ねえ、お宿をお願いできますか？
ねえ、お宿をお願いできますか？

王子が登場した瞬間に場面は急展開する。貴婦人はよしよしとうなずき、にっこりと微笑み、寝たふりをしている娘の体を起こして、こう歌うのだ。

さあ娘、お起きなさい、お起きなさい
三人の王子さまがお待ちだよ

そして王子に向き直り、

どうぞ、どうぞ、お泊まりなさい、お宿はここ
あなたのお宿はここにございます

そして娘を前につれて来て、王子に差し出しながら歌うのだ。

さあ、これが娘です。体は丈夫、傷もアザもございません
ポケットには五千ポンドの持参金
指にはきれいな金の指輪
お妃さまにぴったりでございます

イザベラ

「イザベラ」という遊戯もあった。一人を真ん中に置き、みんなで円を作って囲んだら、その円が少しずつ横に回り始める。

イザベラ、イザベラ、イザベラ、さようなら
夕べ私と別れたとき
おまえはとても悲しそうだった
今、別の若者がもう一人、緑の砂利道に立っているね

イザベラ、イザベラ、イザベラ、さようなら
おまえはどっちを選ぶの？
さあ恋人を選びなさい、そしてさようなら

円の中の少女は誰か一人をつかまえて中に引き入れる。その間、周りの人たちが歌うのはこういう歌だ。

結婚を知らせよう、知らせよう
結婚を知らせたら、さようなら
教会に行こう、教会に行こう、そしてさようなら

指輪をはめよう、指輪をはめよう
指輪をはめたら、さようなら

食事をしよう、食事をしよう
食事をしたら、さようなら

床に入ろう、床に入ろう
床に入ったら、さようなら

別のやり方もあった。円の中には最初から二人いて、動きや歌の調子はゆっくりと哀しげに進むが、真ん中の二人が結婚し床に入った時点で、明るい調子に一転する。ゆっくりと重々しい進行が突然、羽目をはずし陽気になり、少女たちは手をつないだまま飛んだりはねたりしながら、二人に向かって大声で叫ぶ。

さあ、二人の結婚のお祝いだ
まず花嫁に、次は花婿に
六ペンスしかない若者が七ペンスの持参金の娘をもらった
二人にキスの雨を降らせよう

イザベラが恋人との別れを悲しむ、情感あふれるもの哀しい歌は、田舎に伝わる恋の歌と結婚の歌のそれぞれの元歌が、二つ一緒になってできたようだ。

仕立て屋の針に糸を

「仕立て屋の針に糸を通そう」は見た目にも楽しく可愛らしかった。二人の少女が向き合い手をつないで上にあげ、アーチを作ると、他の人たちは二列に並んで、互いに相手のスカートを持ち、歌いながら下をくぐってゆく。

仕立て屋の針に糸を通そう
仕立て屋の針に糸を通そう
仕立て屋は目が悪くて何も見えない
だから仕立て屋の針に糸を通してあげよう

列が最後まで通り抜けたら、最後の二人が最初の二人の隣に並んで同じように手をつなぎアーチを作る。アーチは次第に長くなりトンネルになり、通り抜ける列の方が短くなるにつれて、歌は速くなり、最後はものすごいスピードで歌いながら一気に盛り上がってゆく。

小さな子の遊戯

「お父さん」というのは小さな子供たちのおとなしい遊戯だ。みんなで円を作り、一人がその外にいる。その子がこっそり音をたてないように円の外側を回り、じっとしている少女たちの中から一人の肩をたたく。肩をたたかれた子は急いで円の外に出ると肩をたたいた女の子を追いかける。その間、みんなは次のような歌を歌ってはやし立てるのだ。

回って、王さまを追いかけ、つかまえろ
回って、王さまを追いかけ、つかまえろ
回って、王さまを追いかけ、つかまえろ

そしてうまくその女の子をつかまえたら、手のひらの横で首を軽くたたき、

父さん、そこに転がって

と叫ぶ。首を切られた女の子は芝生に転がって、遊戯は全員が芝生に並んで横になるまで続く。

「円」は何なのだろう？「王さま」は誰なのだろう？「父さん」は誰のことなのだろう？この遊戯が伝わってきた背景には何か「特定の出来事」があるのだろうか？　想像してみると面白いが、遊んでいる子供たちは何も考えてはいなかった。

「ハチミツの壷」という遊戯も小さな子供の遊戯だ。子供たちはしゃがんで、手はお尻の下に組んでおく。背の高い少女が二人歌いながら近寄ってゆく。

ミツの壷が並んでる
この壷を買うのは誰？

しゃがんで手を組んだ子の両側から、二人は両腕を持ってぶらさげ、前後に振ってその壷を試してみる。もししゃがんだ子が組んだ手を離してしまったら、壷は割れて捨てることになり、我慢して手を組んだまま持ちこたえられたら良い壷ということになる。

カンバーランドのお婆さん

「カンバーランドのお婆さん」は家庭的な雰囲気の遊戯だった。女の子たちはカンバーランドのお婆さん役の一番大きな子を真ん中に、手をつないで一列に横に並ぶ。もう一人の年上の少女がその列の前に向き合って少し離れて立つ。彼女が「女主人」だ。列の少女たちは歌いながらスキップで前に出る。

カンバーランドのお婆さんがやって来る
子供を全員引き連れて
今日、召使は要りませんか？

「あの子たちは何ができるの？」と女主人が目の前に並んだ列に向かって言う。そうするとお婆さんが列から離れて歩きながら、一人ずつ子供の頭に手をおいて言う。

この子は火をおこせる、この子はパンが焼ける
この子はウェディングケーキをこさえられる
この子には金の指輪がよく似合う
この子は納屋で歌を歌う
この子は王様とベッドへゆく

そしてこの子は何でもできる

「おやまあ、私はこの子を取ろう」と言って、女主人が「何でもできる子」を指差すと、その少女は列を出て「女主人」の側に移る。遊戯は少女たちの半分が女主人の側に移るまで続けられ、最後に二つのグループが綱引きをして勝ち負けを決める。「カンバーランドのお婆さん」の掛け合いははっきりとしていて、わかりやすかった。

可哀そうなメアリーが泣いている

さまざまな遊戯の歌にはもの哀しいものがあり、その中でも一番悲しいのが「かわいそうなメアリーが泣いている」だった。

かわいそうなメアリーが泣いている、泣いている、泣いている
かわいそうなメアリーが泣いている、晴れた夏の日に
どうしてメアリーは泣いているの、泣いているの、泣いているの
どうしてメアリーは泣いているの、晴れた夏の日に

メアリーは失恋したの、失恋したの、失恋したの
メアリーは失恋したの、晴れた夏の日に
メアリーに新しい恋が見つかりますように、新しい恋が見つかりますように、新しい恋
が見つかりますように
メアリーに新しい恋が見つかりますように、晴れた夏の日に

「ああ、悲しいウォールフラワー（ニオイアラセイトウ）」は「かわいそうなメアリー」をやや明るい調子で始め、四番から後で歌詞が変わる。ラークライズ版はこうだった。

ああ、高く伸びた、悲しいウォールフラワー
私たち乙女もいつかは死ぬのね
でも〇〇は別（遊戯の参加者の誰かの名前を言う）
だってあの子は一番若い

そして調子は急に明るくなる。

あの子は飛んだり跳ねたりできるの
キャンドルスティックゲームもできるの
ハイ、ハイ、ハイ
さあもう一度壁を向いてちょうだい

全員が手をたたき、飛んだりはねたりしながら、次のように歌う。

この町の若者は
みんな幸せ
でも△△は別（村の男の子の名前を誰かいう、実際に今いなくても良い）
彼は奥さん募集中
彼は奥さんを大切にするわ
○○となら仲良く暮らすわ、だって大好きなんだもの

（動作）彼は彼女にキスして、抱きしめ、膝に乗せて、「大好きな誰かさん、幸せだね」とささやく。そしてまずフライパンを、次にゆりかごを買う。それからナイフとフォークを買い、テーブルにおく。

○○がプディングを作った、とてもおいしいプディングを
△△が夜帰るまで食べるのはお預け
さあ頂きましょう、もう食べても大丈夫
来週の月曜日は結婚式
猫にも歌わせ、鐘も鳴らしましょう
私たちも一緒に手をたたきましょう

この「ああ、悲しいウォールフラワー」は何世紀もの間に他の遊戯と吸収合体して、すっかり別のものになってしまったのだろう。元々は二番の、少女が「キャンドルスティックゲームができる」という歌詞はなかったと思うし、恋人も出て来たりはしなかったに違いない。彼女の運命ももっと別のものだったろう。同じ系列の別のヴァージョンと思われる「緑の砂利道」はこうだ。

緑の砂利道、草も緑
そこに佇《たたず》んでいる美しい乙女
大好きな○○、大好きな○○、大好きな○○、恋人は今いないの？
僕の方を向いておくれ、手紙を書くから

そして名前が順番に呼ばれ、呼ばれた人は外向きになる。円になった少女たちはそのまま手を放さずにぐるぐると回り始める。全員が呼ばれ回り終わると、手を上下に動かして、こう叫ぶ。

ぼろきれを束ねろ、ぼろきれを束ねろ

最後は全員が倒れて終わりになる。

クイーン・アン

他には、「鍋に水をかけろ」と歌いながらする「サリー、早く水を持ってきて」や、「クイーン・アンがひなたぼっこをしている」などがある。この「クイーン・アン」の一番目の歌詞、ラークライズ版はこうだ。

クイーン・アン、クイーン・アン、座ってひなたぼっこ
巻き毛を両側に垂らして
顔を横に振ったら、振ったら、振ったら
巻き毛が、スコットランドまで飛んでった

このクイーン・アンはジェームズ一世の王妃であるアン・オブ・デンマークで、普通言われているスチュアート朝最後のアン女王とは違うようだ。スコットランドのジェームズ一世がイングランドの国王として即位してスチュアート王朝が始まったときにアン王妃はスコットランドの物しか気に入らなかったという歴史上の噂に基づいているようだ。

あまり品がいいとは言えない「クイーン・カロライン」はわりと新しい遊戯だ。向かい合った列の間を、一列になった少女たちが走って通り抜けて行くのに向かって、両側に立った少女たちが歌いながら手や、ハンカチや、スカートで煽《あお》り、はやしたてる。

王妃さま、カロライン王妃さま
頭をテレピン油で固めて

きれいに見えるのは
クリノリンのせいなのね

この遊戯はジョージ四世の戴冠式が背景にあるのではないだろうか。

同じように新しい遊戯に「羊小屋」というのがあったが、その歌はこんなふうに始まった。

私の羊小屋の回りをうろついているのは誰?
そんなことをするのは貧しいディックだけ
みんなが寝てる間に羊を盗んだりしないでね

でもこの遊戯はあまり人気がなかったし、歌を最後まで知っている人もいなかった。その他にも「バンベリーの町まで何マイル」とか「めくら男のバッファロー」とか、たくさんの遊戯があって、順に遊んでいると何時間でも過ごすことができた。

遊びのいろいろ

遊戯の他にも、村の子供たちの遊びは昔からのものが多かった。ビー玉やコマまわし、季節のいいときは縄跳びもした。誰かがボールを持っていれば「ティップイット」というクリケットのような遊びもしたが、一番小さなゴムボールでも一ペニーだったから、おこづかいを持っていない子供たちは、めったにできなかった。二十個一ペニーのビー玉も簡単には買えなかったが、輪になってビー玉をしている光景はよく見かけた。村の男の子たちはとても上手《うま》かったので、日曜日になると五マイルも六マイルも先の村まで遠征して、その村の子を負かして自分の玉を増やしてくる。珍しいマーブル模様のガラスの玉を勲章のように持っている子もいた。アレィと呼ばれていたそのビー玉は、透明なガラスの中にきれいな色の糸が波打っていて、ほとんどがくすんだ単色の陶玉の中では、ひときわ光っていてきれいなので、とても目立った。女の子たちは母親から貰った古い洗濯ロープを使って縄跳び遊びもした。

石蹴りもした。土の上に長方形を描き、内側に三本線か、足を踏む場所を描く。精巧に作られた石蹴りの長方形はまるで星座のようだった。西部地方の路上に残る、チョークで描かれた精巧な天体図を思わせる石蹴りの長方形跡は、オクスフォード地方にはない。

ディブズというのは女の子の遊びだ。表面がつるつるの小石を五個手のひらにのせて、一度空に浮かせたら、手の甲に受けて乗せるというものだ。不器用なローラは一度も成功したことがない。ビー玉もコマ回しもキャッチボールも石蹴りも、ローラが上手にできるものは一つもなかった。無器用で運動音痴の彼女にできるのはスキップとかけっこだけだった。

夏にはピンサイト（のぞき絵）という遊びが流行した。みんな気に入ったピンサイトが完成するまでやめられなくなる。必要なのは、小さなガラス板二枚と茶色の紙と、いろいろな花をできるだけたくさんだ。花から花びらをはずしてガラスの一枚の方に並べ、もう一枚を上にのせる。つまりガラス板で花びらのサンドイッチを作ったら、それに小さな四角を切り抜いて窓を開けた茶色の紙をかぶせる。窓の部分は片側を切り離さないで垂れ幕のようにしておくともっといい。それをめくるとさまざまな花びらでできた美しい絵、つまりピンサイトが現れるという趣向だ。もともときれいな花びらをできるだけたくさん見せることが目的なので、デザインを考える必要はなかった。しかしローラは一人で遊ぶときには、花びらで自分なりの小さな絵を作るのが好きで、ゼラニウムやバラの花を作ったり、小さな家をかたどりその背景に緑の葉っぱを入れてみたりと、一人で工夫していた。

少女たちはふつうは子供同士でピンサイトを見せ合うだけだったが、時々、近くにいる大人の女性に見せたり、家まで押しかけて行ってこんな歌を歌いながら見せることもあった。

ピンのように細い女の子が、ピンサイトをお見せしましょう
白いドレスの貴婦人は

後ろにもピン、前にもピン

ピンのような女の子が貴婦人のドアをノックしています

垂れ幕をあげて窓を開け、中のピンサイトを見せるとごほうびにピン（待ち針）をもらえるかも知れない。その家の女性が子供の遊びに協力的でピンをくれたら、それはエプロンに止めつけておいて、後でピンの列の長さを競うのだ。

小鳥の巣探し

小学校に入ったら、男の子と女の子とはもう一緒には遊ばなかった。それぞれのグループがビー玉やコマ回しや空き缶のフットボールをしているのを遠くから見ているだけだ。少年たちは二、三人ずつのグループで、生垣にひそんでいる小鳥をパチンコで撃ちに出かけたり、木に登ったり、小鳥の巣や、きのこやくるみなど、そのときの季節で採れるものを探し歩いた。

小鳥の巣探しは残酷な遊びだった。巣を見つけたら中の卵を全部採るだけでなく、巣を壊して、親鳥が巣づくりに使った苔や羽根を草むらや藪に撒《ま》き散らしてしまう。

「まあ、ひどい。お母さん鳥が巣に帰ってきて、どう思うかしら。かわいそう」ローラは初めて見たときには、思わず泣き出してしまった。「こんなかわいそうなこと、どうしてできるの」

一度、思い切って、巣探しをしている男の子たちに注意したことがあったが、彼らは、ふんと鼻で笑ってローラを押しのけただけだった。少年たちはあんなちっぽけな小鳥の母鳥に感情があるとは想像もできなかったのだ。彼らの頭にあるのは美しい卵の殻を紐でつないだ自分の宝物のことだけだった。家にある青や斑や真珠色の卵のコレクションに、新しいものを増やしたいのだ。卵の黄身と白身は中から吸い出して、母親がコップに泡立てておやつに飲ませてくれたが、母親も息子同様、小鳥の気持ちなど考えたこともなく、おみやげを持って帰った息子をいい子だと誉めて、終わりだった。

偉い人たちでさえ、この巣を丸ごと壊す行為を、野蛮とは思っていなかった。エリスン牧師も同じで、村の家を訪問した折には、その家の卵のコレクションを誉め、珍しい種類のものを分けてもらったりしたら大喜びだった。当時の村の人々は動物を手荒に扱うことはしなかったが、自分たちの行為が動物の気持を傷つけるかも知れないなどとは想像もしていなかった。「考える頭がないのだから感情もないさ」うっかりあるいは事故で動物を傷つけたときでも、こう言い訳した。分別のある人でさえ、それが人間の動物への正しい態度と信じて疑わなかった。

ただ、神聖視されている例外の小鳥がいた。少年たちはコマドリやミソサザエの巣には決して手を出さなかったし、ツバメの巣も荒らさなかった。こんな詩があったからだ。

コマドリやミソサザイは
全能なる神さまの友だち
そしてイワツバメとツバメは
全能なる神さまのお使い

だからこの四種類だけは無事だった。

小鳥や動物たちへの少年たちの残酷な行為は、悪意ではなく想像力の乏しさによるものだった。少し時代を経てからは、学校で動物、特に小鳥に対する愛護精神が教えられるようになり、巣から取っていい卵は一個だけというルールが決められた。ボーイスカウト運動が始まり、そのおかげで動物愛護の教育も普及したが、それはある意味では、巣の丸ごと採取を禁じた野鳥保護法よりも大きな効果があったのではないかと思う。

密猟

その頃村の少年や若者は、冬になると、暗くなってからスズメ獲りに出かけた。やり方は、まず四本の棒に網を張ったものが用意され、生垣をはさんで二人は向こう側、もう二人がこちら側をそれぞれ棒を持って進んで行く。ねらいをつけておいたスズメや小鳥がねぐらにしている場所に着いたら、生垣にすっぽり網をかぶせて両方からしっかりと締め、ランタンで照らしながら、網の中の鳥を殺してしまう。一人で二十羽ものスズメを持って帰ることも珍しくなかった。その家の母親はスズメの羽をむしってプディングの材料にする。数が少なかったり一羽しかないときは、火であぶって食べた。子供や母親が、庭に小鳥を捕るわなをしかけている家は多かった。パンくずやトウモロコシをまき、上にざるや平べったい箱をしかけておく。かごや箱の上には長い撚《よ》り糸を結んでおき、はしを持ってドアの後ろとか生垣や塀の陰で待ち構えていて、獲物がいい場所に入ったときを見計らって糸を引けば、かごや箱がかぶさるしかけだ。このわなで小鳥をつかまえるのがとても上手なお婆さんがいた。雪の日でもそのお婆さんは納屋の入り口に座って、糸を手にじっと座っていた。これを見た心の優しいよその人が、何時間も雪の中に座って小鳥を捕まえなければ食物がないのかと思い、同情したことがあったが、それは必要なかった。そのお婆さんは村の水準より裕福な暮らしをしていて、捕った小鳥は料理もせず逃がしてやることもあったのだから。彼女には暇つぶしの遊びだったのだ。

「鳥」は、一羽でも数羽でも、形を変えながら定期的に村の食卓に載った。それはただ暗示的に「鳥」といわれるだけで、決して名前は語られない。「そろそろ『鳥』が食いたいか？」と夫が妻や子供に聞き、「食べたい」という答えが返ってくれば、やがて「鳥」が現れる。スズメやツグミやヒバリではない。丸い大きな鳥だ。鳥を捕まえたことが知れないよう、むしった羽も人目に触れない内に、残らず処分しなければならない。密猟はいつも行われていたわけではない。村の男たちは密猟は馬鹿のすることだと言い、「監獄と外を一ヵ月おきに行ったり来たりだ」と、常習の人を笑っていた。しかし欲しいときには、どこでどう捕えられればいいのかは、みんなよく知っていた。

エドモンドとローラは一度、電光石火の早業で行われた、鮮やかな密猟現場を見たことがある。二人は、運び残りの干草の山に、その辺にあったはしごを立てかけて遊んでいた。一時間ほど干草に頭を入れたり出したり、てっぺんでにらめっこをしたりと楽しく遊んで、下からは見えないよう干草の山の上に寝そべって休んでいたときだ。仕事を終えて帰って来る男たちが、干草の山の下の細道を通り過ぎた。

もう夕暮れに近く、太陽は西に傾き、西日が真横から細道や刈り株や二番刈りの藁の山の影をくっきりと際立たせていた。男たちは二人、三人とかたまり、タバコをふかし談笑しながら、一組また一組と、緑の草の向こうのスタイルを越えて去っていった。最後のグループがスタイルに届き、ローラたちも見つかる心配がなくなってほっと息をついたときだ。野ウサギが生垣から飛び出し、はねるように草を横切って通り慣れたケモノ道を駆けて行った。あっという間にスタイル付近の最後のグループに近づいたが、人の気配に危険を感じたのか、身を引いて数フィート離れて背後のクローバーの草むらにうずくまった。そのときだった。男の一人が靴紐を結び直すかのように身をかがめた。他のみんなはスタイルを越えるところだった。みんながスタイルの向こうに見えなくなろうというとき、わざと遅れたその男は立ち上がると振り向きざま、野ウサギが隠れているクローバーの草むらに飛びかかった。闘いはあっという間だった。土ぼこりが少し舞って、ぐったりした獲物が弁当のかごに押し込まれるのが見えた。そして辺りを見回し誰も見ていなかったことを確かめると、その男は何食わぬ顔で連れを追いかけていったのだった。

第十章　村の娘たち

メイド勤め

ラークライズで、日よけのボンネットをかぶって熊手を手にした、初々しい農村の娘に会えると思ったら、期待は裏切られる。村で見かける十代の娘はみな、都会的なドレスを着て帽子や手袋さえしているだろう。彼女たちは仕事先から二週間の休暇をもらって村に帰省しているところだ。母親たちは娘を見せびらかしたいので、外に出るときは一番いい服を着るように言いつけていた。

十二、三歳になった少女たちはもう家にはいなかった。十一歳で働きに出る者さえいた。そんな年齢で家を出なければならないのは、傍《はた》から見ればひどいことに思えるかもしれない。学校の卒業が近づいてくると母親は、娘本人にははっきりと「卒業したら自分の分は自分で働いておくれ」と言うし、隣近所には「早く娘もよそで食べてくれるようになって欲しいものだわ。今朝だって、食パンを五枚も食べたんだから」と言ったりもする。そういう言葉をいつも聞かされていれば、娘たちは当然のように家を出て働くつもりになっていくだろう。ところが息子たちの方は学校を卒業すると、週数シリングの新しい稼ぎ手として、親は大事に手元におきたがった。本人が家を出たいなどと言い出したら、自分の食費分位しか家には入れないとしてもその稼ぎをあてにしている両親の強い反対にあうことになる。僅かでもお金を持って来てくれる人が大切だった。娘たちは家にいても一銭にもならないのだった。

寝場所の問題もあった。どの家も寝室はせいぜい二つだ。十代の子どもが男女共にいると、寝る場所の割り当て方が難しくなる。十二歳の少女が一人いなくなるだけで残った家族にはかなりの余裕が生まれるのだ。

息子たちが大きくなってくると、寝室の一つは息子たち専用に割り当てられる。年長から下まで全員が一部屋を使い、娘たちは両親の寝室に寝ることになる。一応それなりの配慮はされていて、中央に間仕切りが置かれたりカーテンが吊られたりして、親と子供のプライバシーを守る工夫はされたが、そんな程度の間に合わせでは、窮屈で、不便で、互いの存在が気になるのはどうしようもなかった。もし一番上だけが息子で、下はみな娘というようなときは、彼が階下で折りたたみベッドに寝て、娘たちで寝室を一つ使う場合もある。働きに出た娘たちが帰省したときは、父親が階下で寝て、娘が母親と一つのベッドを使った。今の人はよく村の小さな家を見て、「ここで十人もの子供を育てたなんて、一体どんなふうに寝ていたのだろう?」と不思議がるが、十人の子供が全員同時に一緒に家にいたわけではない。末っ子が生まれる頃には一番上は二十歳位になっていて外で働いていたし、その下の子供たちもある年齢に達すれば順に家を出ていたのだ。狭い家に大勢の家族が暮らしていたが、考えられているほどひどかったわけではない。

そして話を戻せば、子供が大きくなるにつれ食費も増えてゆく。やりくりだけではどうしても間に合わなくなってくれば、母親が子供たちに早く独立して欲しいと思い始めても無理はなかった。母親たちがそれをあからさまに口に出すのは心無いことだったかもしれない。貧しい、感じやすい年頃の娘たちはその言葉に傷ついたこともあったろう。しかしその母親たちは、一方では、自分の皿の食べ物を子供たちの皿に移してやり、「もう私はお腹いっぱい。育ち盛りのおまえがお食べ」と言う人たちでもあったのだ。

仕事探し

女の子は十歳か十一歳で学校を卒業すると、最初の一年は小さな弟や妹の世話をして家で過ごした。そしてその間に、商家、校長、馬丁、農場管理人などの家のメイドの仕事を探した。施設の仕事は村の母親たちからは毛嫌いされており、農場の召使も敬遠されていた。「農場の召使になったら一生、農場の召使止まりになる」というのがその理由だった。母親たちは出世を望んでいたのだ。

最初の仕事先は「二流」と呼ばれて、もっと良い場所に移るまでの腰かけと見なされていた。「二流」に一年以上いるのは賢くないと思われていたが、気に入っても入らなくても最初の一年は同じところにいるのが慣習だった。仕事先での食事は十分で内容も良かった。もし十三歳で働き始めれば、その年頃の少女は一年の間に見違えるほど背が伸び、もっと上の階層の家で働きたい希望がかなうかもしれないほどに大人びる。そしてその最初の一年の給料で少しは着る物を買い、経験を積むだろう。

雇い主はたいてい、まだ幼さの残るメイドの少女たちに親切だった。家族同様に扱ってくれる家もあった。制服の帽子とエプロンをつけ、家によっては台所で、あるいはその家の子供たちと一緒に食事をとる。あまり年が違わないのだ。給料は安くて、週に一シリングという場合もあった。しかし支給されるのはお金だけではなく、下着用の布地、クリスマス用のよそゆき、冬の外套《がいとう》なども含まれる。帽子やエプロン、朝仕事用の小花プリントのワンピースなども与えられ、着られなくなれば新しいものを補充してくれる。「ここにいる間は不自由させませんよ」商家のおかみさんたちは女の子を雇うときはこう請合ったものだが、実際、言葉以上の良い待遇が受けられた。おかみさんたちは最初は一緒に働きながら仕事を教え、覚えてしまえばあとは任せてくれる。

母親たちが、最初の勤め先である「二流」の雇い主にとる態度は矛盾していた。若いときに働いたことのある母親でも、自分の経験は置いて、「召使が良いところは主人が悪い」という昔からの言葉をバカの一つ覚えのように繰り返した。仕事をろくに知らない娘に家事を任せるのは「恩を売って、縛りつけようとする、人気取りのためだ」というのだ。娘がその家で重宝がられ大事にされるのが気に入らず、いつでも難癖をつけてやろうと待ち構えていた。まだ小さな娘がそこの家の主婦や家族を好きになり、「二流」の場所に一年が過ぎてもいたいと言い出されるのが心配だったのだ。十一歳でお手伝いに行って、そこの初老の夫婦に気に入られ、二十歳までずっと働いて欲しいと言わている少女がいた。母親はそれが面白くなくて、いつも「かわいそうなエミー」と言っていた。「みんなが出世していくのに、かわいそうに、うちのエミーはあんな『二流』のところで青春を台無しにしてるんだよ。私は座って、犬みたいに吠えているしかないのさ」母親はこう言っていたが、エミーはその夫婦に気に入られ、最後にはとうとう養女になってしまった。

マーサの面接

誰が見てもおかしな場所やひどい場所もあったが、そういうところはむしろ例外的だし、すぐにみんなに知れ渡ってしまうので、誰も行かなくなる。ローラは一度、クラスメートのマーサ・ビーミッシュがメイドの面接を受けるとき、一緒について行ったことがある。普通は母親が行くのだが、マーサの母親はお産が近く遠出が無理だったので、マーサと十歳になる弟に、ローラがついて、三人で出かけたのだった。マーサは母親の一番上等のコートの袖を肘までまくり上げ、三つ編みの髪を頭上に巻き上げて黒のヘアピンを何本も突き刺していた。ローラは筒型の帽子をかぶり、茶色のショートケープをはおり、膝まである編み上げのブーツを履いていた。マーサの弟はつんつるてんの灰色のアストラカンのコートに、手編みの真っ赤な大きなマフラーを首に巻いていたが、鼻を拭くハンカチは持っていなかった。

それは穏やかな薄曇りの十一月の日だった。かすかな霧が土起こしの終わった畑の上にかかり、生垣の小枝や棘の先には雫が光っていた。目的の屋敷はラークライズから四マイルも離れて、たった一軒ぽつんと建っているという話だった。あまりに遠くて、歩き出したときには四十マイルも先に思われた。その辺りの見知った土地は全部通り過ぎたような気がする。野原の小道をどこまでも歩き、数え切れないほどスタイルを越え、林を抜け、村をいくつも通り過ぎた。行き逢った人や畑で働いている人に道を聞き、教えてもらった近道を行ったはずなのに同じ場所に戻ってしまったりしているうちに、約束の時間はとっくに過ぎていた。マーサのせっかく結い上げた髪はほどけて、ローラはヘアピンを全部抜いて最初からやりなおしてあげなければならなかった。

弟の靴に小石が入ればとってやり、泥道に靴をとられながら歩くので、三人とも疲れ切っていた。母に断らずに一番いいブーツを履いてきていたローラは、泥が気になってたまらなかった。帰ったら叱られるに違いなかった。

でも、そんなことを心配しながらも、靄《もや》がかった初冬の日に、名前も知らない初めての野原や林や村を通り抜けて、遠くまで出かけるのが楽しくて、ローラは浮き浮きしていた。

三人が、はるか向こうまで続く細い小道までやって来たのは、もう午後も遅くになってからだった。小道の真ん中に水が集まりちょろちょろと流れていた。灰色の石造りの大きな建物と正面玄関前の芝生の大きな日時計が見えた。マーサとローラは建物の大きさに圧倒されていた。貴族か何か地位の高い人が住んでいるのに違いない。どこのドアから入ればいいのだろう。何と挨拶すればいいのだろう。

砂利敷きの中庭で馬を洗っている男がいた。馬の高いいななきで、彼は最初おずおずした子供の声を聞き逃したらしかった。もう一度大きな声を出すと顔を上げてにっこりした。「やあやあ、そうか、ご主人様は家の中だ。たしかに中にいるとも」

「その方がメイドを必要だと聞いたんです」

「たしかに必要だろうよ。いつだって必要だ。でもメイドになってくれるのはどの子だ？　三人一緒にかい？　あそこの馬具のある部屋を回って、大きな梨の木の植わった芝生を横切ったところに裏口がある。まっすぐ行ってごらん。怖いことはないよ。彼女は別におまえたちを取って食ったりはせんよ」

弱々しいノックの音に、ドアを開けてくれたのはまだ若い女性だった。彼女はローラが今までに見たどんな人とも違っていた。極端にやせていて、村の人が「ガリガリ」と言っている種類の人間だった。死人のように青白く、眉毛だけが真っ黒で、黒い髪は額からまっすぐ後ろに梳《す》いてまとめられていた。白黒の色彩が対照的な顔に、真っ赤な短い上着がとても目立った。ローラは後で母親に、「イタリアを統一したガリバルディが着ていた上着みたいだったのよ」と語った。その女性は子供たちを歓迎してくれたが、用事を聞いて、マーサのまだ幼い体格を見たときにはちょっと不安そうだった。

「あなたが仕事を探しているの?」台所へみんなを案内しながら彼女は聞いた。その台所はだだっ広く、まるで教会の礼拝堂のようだったが、石敷きの床と真ん中の太い柱が教会とは違っていた。たしかに、彼女にはメイドが必要そうだった。「働きたいのはマーサなのね。大丈夫かもしれないわ。でも一体何歳? そう十二歳なの。どんな仕事ができるのかしら? 言いつけられたことは何でもしてくれる? そう、してくれるのね。それなら大丈夫だわ。仕事はそんなに大変じゃないわ。部屋は十六あるけれど、使っているのは三つか四つだけだし。でも朝六時に一人で起きられるかしら? 台所のかまどに火を起こして、換気扇を一週間に一度きれいにするのよ。食堂を掃除してほこりを払ったら、朝食前に暖炉に火を入れておいてちょうだいね。朝食の用意は私が自分でしますから、あなたが料理しなくていいわ。でも野菜の下ごしらえはしておいて。朝食が済んだらベッドをきれいにするのを手伝ってもらうわ。それから部屋をそれぞれ片付けたら、じゃがいもの皮をむいておいてね。昼食の後の仕事もいろいろあるわ」皿洗いにナイフ磨き、ブーツ磨き、銀食器磨き。そして彼女はさらに延々とマーサの仕事を細かくあげて、夜九時に自分の寝室にお湯を用意してくれたら後は自由よ、と言った。

マーサがどうしようか迷っているのがローラにはわかった。彼女はじっと立ったまま、スカーフを指でねじっていたが、お辞儀をして言った。「はい、奥さま」

「それから、お給料のことだけど、一年に二ポンド十シリングですからね。多いとは言えないけど、あなたはまだ小さいし、仕事も楽だし、居心地のいい場所でしょ。台所も気に入ってもらえたかしら？」

マーサの視線が広すぎる台所の宙に迷った。でもまた「はい、奥さま」と言った。

「とても素敵でしょ。火のそばで食事するといいわ。淋しいことはないわよね」

マーサはこのときもこう答えた。「はい、奥さま」

「あなたのお母さんに言って、着替えをたくさん用意してもらってね、帽子とエプロンが要るわ。家のメイドにはさっぱりした格好でいて欲しいの。一枚じゃなくたくさん替えも必要よ。お洗濯は六週間おきですからね。お洗濯は専門の女性が一人いるから大丈夫よ」マーサは母親に着る物を買うお金など何もないことがよくわかっていた。それに彼女は母親から出がけに、大事なこととして、もし雇って貰えるなら最初の一か月分の給料を前払いしてくれるよう頼みなさいと念押しされていたのだ。母親はそのお金で必要な準備を整えるつもりだった。でもマーサは今度も「はい、奥さま」と答えた。

「じゃあ、来週の月曜日から来てちょうだい。ところで、みなさん、お腹が空いてない？」この質問に初めてマーサは、本来の声で、心から「はい、奥さま」と答えた。

まもなくテーブルに、巨大なサーロインの冷肉のかたまりが持って来られた。三人は切り分けてもらった後、お代わりも自由にどうぞと言われた。それは大修道院にかかっている昔の絵でしか見たことのないような、牛肉のかたまりだった。大きくて素晴らしい香りがして、口の中でとろけそうに柔らかかった。三人の皿はあっという間に空になった。

「お代わりはいかが？」

ローラは、自分はもともと付き添って来ただけの部外者であることを考えて、お相伴《しょうばん》に与かっただけで満足するべきだと思い、丁寧にきっぱりと遠慮した。マーサは「せっかくですから、もう少しいただきます」とほんの少しお代わりした。でも弟は黙ってお代わりのお皿を突き出した。三度目のお代わりを、マーサはさすがにお行儀よく断ったが、気遣いのない弟はがつがつと三度目、四度目のお代わりをした。その間この家の女主人は楽しそうな笑みを浮かべながら、そばで見ていた。彼女はあの驚くほどの食欲を見せた小さな少年のことを一生忘れないだろう。

家に帰り着く頃には、日はとっぷりと暮れていた。ローラは一番いいブーツを泥だらけにしたことだけでなく、嘘《うそ》をついたことでも叱られた。実は町に買い物に行くと言って出かけていたのだ。おしおきに夕飯はお預けになったけれども、ベッドに横になってからも、その日のできごとが楽しく思い出されて、後悔はなかった。初めての道を歩き、見たこともない大きなお屋敷に行って、赤いガリバルディの上着を来た婦人に会い、おいしいビーフをご馳走になり、トミー・ビーミッシュが四皿もお代わりするのを見たのだ。

結局マーサはそこに働きに行くのを止めた。母親がこの話に不満だったのと、父親も翌日あの屋敷は呪われているという噂を聞いてきたからだ。「家に食べるものがある限り、おまえをそんなところにやるものか」父親は彼女にそう言ったそうだ。「幽霊がいるなんて俺は信じちゃいないさ。そんなのは馬鹿々々しい話だからな。でもマーサはまだ子供だ。そんな馬鹿でかい隙間風《すきまかぜ》の入ってくる台所で、勝手に何か見たと思い込んでびっくりして、風邪をこじらせて、死んじまわないとも限らないからな」

結局マーサは、町で粉屋をやっている姉妹がメイドを探しているのがわかるまで、ずっと家にいて良い話を待った。働き始めると、身体も健康に頬もバラ色になり、あの時の「はい、奥さま」

以外にもたくさん言えるようになった。マーサに難があるとすれば、元気が良すぎて生意気な口をきくことと、仕事中でも大きな声で歌っているので、お客さんにもすぐ彼女の居場所がしれてしまうことだと、雇い主は言っていたそうだ。

旅立ち

少女たちが「二流」の場所で最初の一年を終える頃、母親たちは「そろそろ上を目指さないと」と言い始め、ミス・エリスンに相談に行く。もしかしたら、この辺りのお屋敷で皿洗いか子守りのメイドを探しているという情報が耳に入っているかもしれないからだ。彼女は、心当たりがないときは、名前を書きとめておき、希望者が何人かまとまったところでモーニング・ポスト紙やチャーチ・タイムズ紙などの新聞に求職広告を載せてくれる。大きな家に働きに行っている姉や友人の紹介で仕事が見つかることもあった。

仕事先が決まると娘たちは一人で汽車に乗り、村から旅立って行った。たいていの場合それが彼女にとっての初めての汽車の旅だった。太い紐で結わえた黄色いブリキのトランクを持ち、花束と茶色の包み紙に破けそうなほどに包んでもらった食べ物を、胸に抱えているのですぐにそれとわかった。

トランクはあらかじめ人に頼んで駅まで運んでもらい、娘は見送りの母親と一緒に駅までの三マイルを歩いて行く。だいたい、冬の朝早く、やっと薄明るくなった時間に二人は家を出る。娘は精一杯お洒落に見えるように一張羅のよそゆきを着て、母親は赤ん坊をショールにくるんで身体に縛りつける。近所の人たちは門口まで出て、「旅行、気をつけてね。いい場所だといいね」と口々に見送ってくれる。「言いつけをよく聞いて、利巧にふるまうんだよ」とか、「仕事に慣れる暇もないうちにすぐ休暇になって、帰って来れるんだからね。きっと村よりロンドンの方がよくなって、自慢するようになるよ」と慰めを言ってくれる人もいる。そして娘と母は何度も振り返りながら、元気に手を振って出発して行くのだ。

ローラも一度そういう母娘を見かけたことがあった。母親は大きな手編みのショールに顔が出るように赤ん坊をくるんでいた。娘は町の古着店で買ったに違いない明るいブルーのポプリンのドレスを着ていた。そのドレスは三年位前に流行した形だったが、今ではもう誰も着なくなっていた。ローラの母には、そのドレスがロンドンに着いた時には周囲からどう見えるかが今から予想できて、頭を振ってちょっと舌打ちした。「どうせお金を使うのなら、どうして質のいい紺のサージにしなかったのかしら」でも何も知らない二人はそのドレスで十分満足そうだった。

そのときの二人は楽しそうで、むしろ誇らしげだった。しかし数時間後、ローラはその母親が一人で戻って来たところにまた出会った。彼女はのろのろと足をひきずって歩いていた。古いブーツの片方の靴底がはがれて、十八ヵ月になる赤ん坊も腕に重たげだった。「アギーは無事に出発した？」というローラの問いかけにうなずくのが精一杯で、声が出なかった。胸が詰まって何も言えなかったのだろう。幼い娘を見知らぬ他人の中に送り出した不安や心配で、胸が張り裂けそうになっている母親の姿がそこにあった。

今まで暮らした場所を離れ、見知らぬ土地の見知らぬ人の中で生きていくことになる娘たちが、汽車がプラットホームを後にして走り出したとき、何を思ったかは想像するしかない。最初の二、三日、幼さの残る丸顔が放心したようにうつろなのを、周囲の人は物覚えの悪いぼんやりした小娘としか思わなかったかもしれない。もしもそのときの娘の気持ちを思いやって気づいていたなら、きっと同情したことだろう。

仕事

台所で働く少女はまず洗い場の仕事をさせられる。皿や保温用の皿の蓋《ふた》洗い、鍋磨き、野菜の下ごしらえなどの他に、台所の磨き掃除やきつい力仕事もあった。一、二年の内に台所メイドの下で少しずつ仕事を覚え、最終的には料理人のすぐ下の地位まで上がる。そこまで来れば、上の指示に従いながら実際の料理にも携わることになる。ときには指示なしで、まったくの一人で料理を任されることもあった。聞いた話では、皿には触らない料理人もいて、メイドに仕事を教えたらあとは全部彼女に任せ、パーティに彼女がどんな新しい料理を作ってくれるのか楽しみにしていることもあったという。これはやる気のあるメイドには大歓迎だった。経験を積んで、自分自身が将来料理人の仕事につけるかも知れないし、その気になれば料理と家政の両方を仕切る地位も可能かもしれなかった。

台所仕事より家の仕事の方が好きな少女もいた。その場合はどこかの屋敷で、三番目か四番目のランクの家事メイドから始め、少しずつ上に上がってゆく。当時は男女とも召使の大集団が町やお屋敷には存在していた。

まだランクが下のメイドは主家の人たちに会う機会はめったになかった。たまに会うことがあれば、奥様ならやさしく仕事はどうかとか両親はどうしているかとか、聞いてくれるかもしれない。ご主人ならにっこりと笑いかけて、機嫌がよければ冗談の一つも言うだろう。だが彼女たちにとっての実際の主人とは目上の召使だった。彼らが新人を扱うやり方は、軍隊で軍曹が新兵を扱うやり方と同じで、叱責で仕事を仕込んでゆくのだった。しかし、きつい仕事も厭わず、厳しい叱責も気にせず、受け答えも賢くこなせる、意欲のある少女は、目上という理由だけで上司を恐れたりはしなかった。

大所帯でのメイドの食事は贅沢なものではなかったが、栄養のバランスがとれていて豊富だった。ビーフやマトンの冷肉を食べさせてくれるところもあったし、朝食から暖かいアイリッシュシチューを食べさせてくれるところもあったくらいだ。昼食もスエットのプディングに骨つき肉の薄切りがついていたり、たっぷりの量があった。寝室は今の水準で考えれば粗末かもしれないが、広い屋根裏部屋に自分のベッドと整理ダンス、洗面台も与えられていたのだから、二、三人の共同部屋だとしても、当時は悪い待遇とは考えられていなかった。メイド用の浴室はなかったが、まだ雇い主自身が自分の部屋に浴室など持っていないこともあった時代だ。浴室があったとしてもせいぜい家族全員での共用だった。だいたいは皆、寝室にたらいを持ち込んで体を洗う方を好んでいて、メイド部屋にもたらいが用意してあった。その家の子供と同じくメイドも夜の外出は、やむを得ない場合を除いて禁止されていて、急な場合は行く先を告げ、許可を貰うことになっていた。日曜に教会に行くことは、望む望まないにかかわらず義務だった。そして教会に行くときには、箱に入れてベッドの下に大事にしまってある、赤いバラやダチョウの羽飾りのついたよそゆきの帽子をかぶってはいけなかった。小さな平べったいボンネットをかぶって、目立たないようにしなくてはならない。皇太子妃、後のアレクサンドラ王妃が始めた、額にカールさせた前髪を垂らす髪型が世界中に流行していたのに、メイドは前髪を垂らすのが禁じられていて、髪はいつも後ろにひっつめにまとめなくてはならなかった。若い娘たちにとってはお洒落が制限されているのはとても辛いことだったろう。

今の若い主婦には、その頃の給料に興味があるかもしれないのでちょっと書いておこう。

「二流」のところの給料は週一シリングから二シリングが普通だった。商家の成人男子の雇人の給料が一年間に七ポンド（一ポンド＝二〇シリング）で、農場の召使もほぼ同額だった。牧師のところの料理人は年に十六ポンド、同じく牧師の家の家事メイドは十二ポンドだったが、どちらもベテランの優秀な使用人の場合だ。お屋敷の下働きは年七ポンドから始まり、地位が上がるごとに金額も上がっていった。一番上の家事メイドは年三十ポンドくらい貰っている人もいた。優秀な料理人は年五十ポンドも可能だったし、辞めるというのを引き止めるためにはさらに五ポンド増額したりしたらしい。馬丁や学校の校長、インや商店などのそれなりの家の妻たちはみなメイドを雇った。大工や石工の妻でも手伝いの女の子に、ナイフやブーツ磨き、土曜日に子供を教会連れて行ってもらう用事などを頼んで、手間賃として六ペンスを払った。（訳者註：ラークライズの農夫の年間収入は概算で、一〇シリング x 五二週＝五二〇シリング＝二六ポンド）

親孝行

娘が一人でも働きに出てくれると、母親はかなり楽になった。食べさせなければならない人間が一人減るだけでなく、一人分靴の心配もしなくてすむようになる。窮屈に寝ていた場所にも余裕ができ、それどころか娘たちは毎月の給料の中から一シリングかそれ以上を送ってくれる。給料が上がれば母親が受け取るお金も増えるのだ。しかも年齢の高い娘たちの中には両親の借金の肩代わりまでしてくれたり、石炭を送ってくれる娘もいた。どの娘もクリスマスや誕生日のプレゼントを欠かさないだけでなく、古着の小包みも必ず送ってくれた。

これら貧しい家の娘たちの親孝行は本当に健気《けなげ》だった。村では娘たちの何人かは帰省の後、休暇を終えて仕事に戻るときには、身ぐるみ置いてゆくとさえ言われていたが、ある少女など、文字どおりにそうだった。その娘は新しい素敵なドレスを着て休暇で村に帰ってきた。グレーのカシミアのドレスには白いレースの衿とカフスがついていて、みんなが誉めそやし、休暇中は自分でも嬉しそうに着ていた。それなのに「あのドレス本当に素敵ね、クレム」とローラが言うと、彼女はぶっきらぼうに、「お世辞は言わなくていいのよ。あれは妹のサリーに置いていくの。あの子は何にも持っていないでしょ。私が何を着て帰ろうがみんなには関係ないわ。見られて困る人もいないし。いいの」と答えたのだった。実際、クレムが休暇を終えて帰るとき着ていたのは二番目のよそゆきの紺サージのドレスで、次の日曜日には、サリーがあの素敵な灰青色《ペールグレー》のドレスで教会に現れたのだった。

彼女たちの大部分は、給料の半分かそれ以上も家への送金にあてていたのだから、自分ではいつもお金が足りなかったに違いない。ローラの母親はよく言っていた。「実家への送金で欲しいものも買えず、同僚にも肩身の狭い思いをしているとしたら、私が親ならいっそ飢え死にする方がましだけどね」と。しかし他の母親たちの貧しさはそんなことを言っていられないほど切迫していたのだろう。家族に食べさせ、借金を返してゆくには、子供の善意をあてにするか、無理にもそうしてもらうしかなかったのだろう。

おかしなのは、親はたしかに娘に感謝し可愛いと思っていたが、真っ先に大切にしているのは、家にいて、自分の費用分くらいしか渡さない息子たちの方だった。苦しい生活の責任の一端を息子に負わせることはなかったし、少ししかないものは、息子にまず取り分を与えた。息子たちのよそゆきはブラシをかけて大切にしまわれ、シャツには特別丁寧にアイロンがかけられていた。ごちそうの残りは必ず息子の野良仕事の弁当に入った。父親はそれが面白くなくて、ときには怒鳴りつけることさえあった。「家の女房ときたら、息子に首ったけで困ったもんだ」

婚約

村の若者と婚約している娘も何人かいた。娘が夏の休暇をもらって帰って来たときしか会えないので、交際はもっぱら手紙のやりとりだ。文通とたまの再会という数年の恋愛期間が過ぎると彼らは結婚し、ラークライズや近くの村で暮らし始める。離れた場所に落ち着くカップルももちろんいた。肉屋や牛乳屋は夫にするには最適の職業と思われていた。彼らは娘の働いている家にも出入りしているので知り合う可能性があったのだ。村の娘がロンドンや別の土地で外回りの牛乳屋や肉屋と結婚して、数年後には自分たちで商売を始め、それを成功させた例もある。執事と結婚し、アメリカの東海岸でアパートの経営を始めた村の娘もいる。スージーは店の経営者と結婚して、親に会いに村に帰って来たとき、乳母まで連れてきたが、これはちょっと失敗だった。みんな彼女の暮らしが知りたかったのでその乳母をしている少女はみんなからお茶に呼ばれたが、村の標準から外れたスージー本人の方は冷たい視線を浴びることになってしまった。村の娘たちは結婚してよそで暮らすようになっても、実家に帰れば村の習慣に合わせるのが普通だった。成功をいかにも自慢げにひけらかされているように感じて、農夫と結婚して変わり映《ば》えのしない暮らしをしている他の娘たちにとっては、彼女の生活ぶりが不愉快だったのだろう。

娘たちが遠くに行ってしまった村の若者の毎日は、もし近くで働らく娘たちがいなければ、どうしようもなく退屈だったに違いない。日曜日の午後になると、暇な彼らは一張羅でめかし込み、ぴかぴかのブーツを履いて、とっておきの帽子に花を挿し、農場の乳搾りの娘や近郊の屋敷で下働きをしている娘と連れ立って出かけた。決まった相手がいて、休日も一人で二階の部屋で恋人に手紙を書いている娘もいたかもしれない。そういう人影が窓に映っていることがよくあった。ペン軸をかじりながら、彼女には無意味な外の世界をぼんやりと淋しく眺めていたに違いない。

その頃はダンスも映画もなく、男女が気軽に知り合えるピクニックもなかった。それなのに婚約者がいながら、彼女が遠くにいるのをいいことに、別の少女と出歩いて顰蹙《ひんしゅく》をかう若者も時々はいた。「ネルを裏切っている」という非難に、彼はその少女はただの友だちでちょっと気晴らしにつき合っただけだと弁解した。しかしネルの母親と自分の母親の二人に責められて、彼は少なくとも表立って会うのは止めた。

ネルが休暇で帰って来たとき、みんなはそんなことはおくびにも出さなかった。ただ気にはなるので、毎日夕方になると窓のカーテンの陰からこっそり、二人がそれぞれの家から出て行くのを見ていたものだ。二人は偶然のように同じ方角に向かってぶらぶら歩いてゆくが、人目があるうちは一緒には歩かない。そんな図々しいことはできない。家が見えなくなったところで二人はようやく腕を組み、麦畑の中の小道をゆっくりと散歩する。スタイルで立ち止まったり、愛をささやいたり、キスしたり、お互いに触れたり、宵闇が深くなり娘の門限が近づくまで、二人だけの時を過ごすのだった。その頃ちゃんとした娘は十時過ぎには家に戻っていなければならなかった。しかしこんな幸せな夜もたった二週間で終わり、またつまらない空虚な夜が来年まで続くことになる。しかも一年ならまだしも、六年も七年も八年も続けているかわいそうな恋人たちもいた。

女主人たちは何年も同じ娘を置いているのに気づかない。「あの子たちはどうして休暇から帰ってくると、ああやっていつも二、三日はぼんやり暗い顔をしているのかしら?」娘たちは別れてきたばかりの懐かしい人々のことを思い出し、次にまた会えるまでの何ヵ月か先があまりにも遠く感じられているのだ。ホームシックを乗り切るのに周囲の忍耐と思いやりが必要なのは、今も昔も変わらない。新聞の人生相談ではない、周囲のほんの少しの心配りで、若者は思い出を希望へと変え、過去から未来へと踏み出していけるのだ。

チョーキーとベッシー

村の子供たちが恋愛の現場を目撃することはほとんどなかった。恋人たちの後をつけてみたいのだが、男の方に「殴られたいのか?」と脅される。でももし本気でそうしたいのなら、見るチャンスはあった。なぜなら村にはもう十年かそれ以上も連れ立って散歩する、チョーキーとベッシーという有名なカップルがいたのだから。二人はそのときでも若くはなかったが、結婚したのは更に五、六年たってからだった。その頃でもベッシーはすでに四十歳くらいだった。体が弱くメイドの仕事にもつけなかったので、母親の家事を手伝いながらずっと家にいた。母親は最後のレース編みだった人だ。チョーキーは農場の小作で、材木の伐り出しが仕事で、小麦の袋もやすやすと持ち上げるほどの力持ちだったが、「オツムはちょっと」と言われていた。彼は隣の村に住んでいて、日曜になるとラークライズにやって来た。

ベッシーの母親は一日中、レース編みの枕を膝に乗せて窓辺に座っていた。でもそれで稼げるお金は少なかったのだろう。夫は他の家族持ちの男たちと同じだけの給料を貰い、家族は夫婦の他にはベッシーがいるだけなのに、一家の暮らしはひどく貧しかった。父親が日中働きに行っている間、ベッシーと母親は昼食にはベーコンの薄切りを一枚だけ焼いて、一日交代で食べる。ベーコンなしの方は焼いて出た脂をパンに塗って食べる。それが二人の毎日のお昼だという噂だった。二人が一緒に出かけるときの服装も時代遅れだった。みんながもう外套《がいとう》を着て帽子をかぶるようになっていたのに、いまだにショールとボンネットだった。村中の女が黒いストッキングをはきスカートは床までの長さになった今も、二人は短いスカートに白いストッキングだった。土曜日に町に買い物に出かける二人の姿にみんなが思わずくすくす笑った。母親は時代物の古いグリーンの日傘を持ち、娘は腕にやはり古めかしい二重ぶたの籠をさげている。二人とも長ひょろい青白い顔をしていた。歩き方も独特で、母親は足を高くあげてはゆっくりと地面に下ろすたびに、傘を地面につく。そしてベッシーがそのちょっと後ろからショールをスカートのところまでぞろぞろ引きずりながらついて行く。口の悪い男に言わせると、「よぼよぼの白い雌馬が子馬を連れて行くよう」な光景なのだった。

日曜日の夕方になるとチョーキーとベッシーは外に出てくる。彼の方はとっておきのグレーのスーツにピンクのネクタイ、帽子にはゼラニウムを挿している。挿す花は季節によりバラかダリアかもしれない。彼女はいつものペーズリーのショールを引きずり、小さな黒いボンネットのべルベットのリボンを顎の下でしっかり結んでいる。二人とも恥ずかしがったりはしなかった。戸口を出るときから腕を組み、よその家の窓から見えるうちにもう、彼の手が図々しくペーズリーのショールの肩に回っていることもあったが、あまりに見慣れた光景なので、わざわざ見る人もいなかった。

二人はいつも道標に向いオクスフォード街道まで出て、ゆっくりと一定の距離を歩く。そして向きをかえるとベッシーの家に戻ってくる。二人の散歩にはいつも村の子供たちが少し後ろから、ぞろぞろとついて歩いていた。二人が立ち止まれば子供たちも止まり、歩き出せばまた歩いた。「チョーキーとベッシーの散歩につき合う」のは子供たちの日曜日の夕方の大好きな暇つぶしだった。その子供たちが大きくなり、ついて行くのを止めれば、次の子供たちが引き継いだ。二人の後をついて歩いて何が面白かったのかはわからない。恋人たちは一マイル程の距離を歩く間、ほとんど言葉も交わさないのだ。たまに口を開けば、「雨が降りそうだね」とか「暑いわね」とかそんなことだけだ。子供たちについて歩かれても気にせず、ときどき親しげに声をかけて来さえした。散歩に出かけるのに木の柵の門を閉めるときに、チョーキーが「今日は一緒に来るのかい?」と聞いてくることさえあった。

二人がやっとゴールインしたときも面白かった。ささやかな結婚式当日、ベッシーは相変わらずあのペーズリーのショールを巻き、父親と母親に付き添われて、徒歩で畑を抜けスタイルを越えて、教会に向かっていった。婚礼の朝食のご馳走はソーセージだった。そして小さな茅葺の家で、戸口の横の軒に柳の小枝で作ったかささぎの鳥かごを吊るして、二人のおかしな新婚生活は始まったのだった。

新婚家庭

もう少し時代の先を行く恋人たちは、チョーキーやベッシー程度の生活では満足しなかった。親の世代よりも希望水準は高かったと言ってよい。

その頃、村の人たちは「ラークライズでは誰も死なず、誰も出て行かない」と言っていたが、実際はそうではなかった。それが本当なら村で新しい家庭は生まれていなかったはずだ。たしかに何年も新しい家は建たず、村から移って行った家族もいなかったけれども、実際には、年寄りの中には亡くなる人もいた。しかしその空家がいつまでも空家でなかったのは、結婚する若者がいたからだ。貸家があるといううれしいニュースはすぐに婚約者の元に届けられた。娘は主人にできるだけ早く退職通知をして、帰る日を決めなくてはならない。

こういう新婚家庭が村の歴史の新しいページを彩ることになっていった。彼らの家に置かれる家具は祖父母の代のような頑丈さや端正さはないが、親の代のものよりは良質だった。

家具を買うのは花嫁の責任で、働いている間に貯めた貯金がそれにあてられた。一方で花婿は家の中を改装し、菜園を整え、豚小屋に豚を一匹か二匹準備しなければならない。花嫁は家具を選ぶとき、家の中をできるだけ自分が働いていた家の雰囲気に整えたがった。子供のとき実家にあった堅いウインザー型の椅子ではなく、背もたれが柔らかなアメリカンクロスで覆われた、馬毛を詰めた応接用の小さなチェアが置かれ、食卓用のテーブルには、食事や料理以外のときはきれいな色のウールの布をかけた。サイドボード代わりの整理ダンスの上には働いていたときの主人や仲間から貰ったお祝いが飾られている。上等なお茶のセットやシェードランプだ。ケースに入った銀のスプーンセットもふたを開け、立てかけて飾ってある。緑色の目をしたふくろうの小さな入れ物は上に小さな穴がたくさんあり、胡椒をふり出すことができる。部屋のどこかには必ず本や花瓶を置く場所が作られた。花瓶は一本か、あるいは二本セットかもしれない。暖炉の前の対の籐のアームチェアにはクッションが置かれ、背もたれや袖にはお手製のカバーがかけられている。

二、三の例外をのぞいて（そしてその例外はさらに少なくなっていったが）それまでは結婚式の後すぐに最初の子供が生まれていたものなのに、赤ん坊が生まれるのもそれほどすぐではなくなっていった。最初の子供が生まれるのが一年以上たってからということも珍しくなくなり、出産はある程度の期間をおきながら、子供の数も全部で四、五人というのが普通になっていった。一昔前は一ダースだった家族数が半分になった。

新しい世代の主婦は家事仕事にも要領がよかった。たいていの主婦が一つ以上、得意なものを持っていた。普段はごくあっさりとナイフやフォークを並べているだけの若い主婦が、ディナーパーティのときには人数に合わせてどの場所にどうナイフやフォーク、スプーン、グラスをセットすれば良いかを知っていた。村の定番のローリーポーリーから指をフーフーさましながら布巾をはずしている主婦は、かつて自分で料理した七種類のコース料理のことを考えているのかもしれなかった。日曜日にはオーブンがなくてもストーブの火であぶった肉のかたまりが出され、一週間に一度はアイリッシュシチューを食べるというように食卓にも変化が少しずつ起きていた。しかしそれでも、どこの家もほとんどの日は、昔からの村の食事だった。ベーコンがさいの目に切られ、ローリーポーリーが焼かれ、四時になると大きな黒い調理鍋にお湯が沸かされる生活は今までどおりだった。昔と同じ週十シリングの収入で暮らすには、今も、母親たちのようにしなければ夫と子供に十分食べさせてやれないことがすぐにわかってくるのだった。

しかし家の飾りつけや家事にはもう少し改善の余地があり、それまでにはなかった新しい工夫が持ち込まれた。古い箱を積み上げてその上に布をかけ、こぎれいな場所を作ったり、焼き網をピンクのウールや光沢のある布で被って状差しを作り、壁に掛けたりした。日本の扇子を額の上に飾ったり、カーテンを開けたときはリボンで結んで止めた。カーテンを結んだブルーやピンクのリボンが部屋のインテリアの大きなポイントになり、カーテンを結んだ同じ色のリボンはクッションの角にも、整理ダンスにかけた布にも写真の額にも飾られた。ある男の話では、若い妻がこの新しい飾りにすっかり夢中になり、寝室のブラシのセットにまでブルーのリボンが結んであったという。もう一つの冗談のたねは、彼女が食卓に飾った花のことだった。婿の父親が新居のお茶に呼ばれてこう言ったというのだ。「おやおや、花のごちそうは初めてだ」そして母親が花瓶を息子に押しやり、「ジョージー、ほらスイートピーをお食べ」と言ったというのだ。嫁は二人の馬鹿々々しい会話をただ笑って聞き流していたという。古くからの村のやり方にもいい点はたくさんあるのだから、その中から自分に合うものは取り入れてゆく。しかし外の世界で違うやり方も見てきた若い夫婦はそこからも取捨選択して、自分なりの暮らしを作り上げていきつつあった。

外の世界の価値観の変化は夫婦の関係にも影響を与えるようになった。結婚は以前に比べ、分業よりも責任を共有し合う、対等な二人の人間の共同生活という色合いが強くなった。夫は毎週給料を運ぶこと以外にも、家事や育児にも気を配ることが要求されるようになった。頼れる良き夫、良き父親は家計の管理にも責任を持つことを求められ、家賃や豚の餌代、家族の靴代などの心配は夫の責任になった。薪割りや家の前の通路の掃除、水汲みも彼の仕事になった。

最初は「おまえは女の仕事をやらされているのか？」と年上の男が若い男をからかい、年配の女たちも「最近の女ときたら、怠け者で何もできない、しょうもない人たちだね」と言っていた。しかし良いことは定着する。年配の男の中でも優しい夫が家の力仕事を手伝うようになると、最初は「邪魔だからあっちにいっててちょうだい。自分でやった方が半分の時間ですむから」と言っていた古妻も、次第に喜んでやってもらうだけではなく、むしろ心待ちにするようになっていく。

また、今まで自分の小遣いがまったくなかった経験をしたことのない若妻たちは、家計を切り詰めるだけでなく収入を増やす方法を考え始めた。ある女性は働いていたときの貯金を元にして鶏と鶏小屋を買って町の食料品店に卵を売る仕事を始め、また針仕事の得意な女性は近くの農場に働く人たちの制服を縫う仕事を請け負うようになった。また一人っ子を実家の母親に見てもらいながら、週二日、牧師館の雑用を手伝うようになった人もいる。

昔からの自給自足の生活が続けられる中で収入は少し増え、家族数は減った。にもかかわらず夫の給料の少なさに、若い妻たちは今もやっぱり「もう少しお金があればねえ」と嘆いている。いつでも風は向かい風だ。

九〇年代の初めに少し生活が楽になるできごとがあった。週給が十五シリングに賃上げされたのだ。しかし一方で物価も上がり、欲しいものも増え、僅かな増収はそれに消えることになった。

主婦たちがさらに自分の自由になるお金を手にできるようになるには、第一次世界大戦を待たなければならなかった。

第十一章　学校

学校への道

学校が始まるのは朝九時だったが、子供たちは七時に朝食をすませるとすぐに家を出た。子供は子供で一マイル半の道のりをゆっくりと道草を食いながら行きたかったし、母親の方も子供たちを追い出したら早く掃除を始めたかったのだ。

長い真っ直ぐの道を、三々五々、あるいはもう少し大勢のグループで、お弁当の入った平べったいかごを肩にかけ、腕にはゴムの雨がっぱを提げて、にぎやかに歩いて行く。寒い日にはオーブンやかまどの灰の中に一晩おいて焼いたじゃがいもを両手に一個ずつ持っている子もいる。それは学校に着いたときのおやつになるだろう。

大人の目が届かない場所に来ると、元気の有り余った子供たちは大声で怒鳴ったり、口喧嘩や取っ組み合いを始める。静かになるのは道端にしゃがんでビー玉をするときだけだ。かと思えば石の上に座って石あてゲームをしたり、小鳥の巣やブラックベリーの実を探しに生垣によじ登ったり、蔓《つる》を引き抜いて帽子に巻きつけたりと、大忙しだ。冬なら水たまりが凍った上をすべったり、雪を丸めて友だちにぶつけたりする。仲のいい子にはあたっても痛くない柔らかい雪玉だが、嫌いな相手には中に小石を入れたりすることもあった。

一マイルを過ぎる頃には、お弁当の取り合いや食べ物探しも始まる。柵をくぐり畑のカブを抜いて、歯で皮をしごきながらかぶりついたり、さやからエンドウ豆を取り出したり、穂から白い麦の実をしごいたりと、手の中は収穫したもので一杯になる。春のサンザシの若芽を村の少年たちは「チーズパン」と呼んでいた。道端のスカンポは「酸っぱい葉っぱ」だ。秋にはバラや、ブラックベリー、リンボクの実、リンゴなど、食べきれないほどにいろんなものが実った。食べるものが自然からなくなることはなかった。いつも空腹だった子供たちは食べられるものを見つければ、量が少しでも必ず口に入れるのが癖になっていた。自然のものをじかに食べるのが大好きだった。

朝のこんな早い時刻に馬車が通ることはほとんどなかったが、冬は狩猟に出かける人々の馬の蹄《ひづめ》の音がよく聞こえてきた。耳に毛布をかけ馬丁に引かれた馬の隊列がぼんやりと霧の向こうから現れたと思うと、あっというまに大音響を轟かせて野原の際《きわ》を過ぎて行った。雪を踏みしめてやって来る人の足音を聞くこともあった。すれ違う人々の中に誰かの父親がいれば子供に鞭《むち》をくれる真似をして、「まだこんなところでぐずぐずしてるのか」と怒鳴る。ついこの間まで上級生だった少年も偉そうに馬の上から「ほら、どけ」と言ったりするのだった。

帰りの時間には道はもう少しにぎやかになった。農夫の二輪馬車がほこりを立ててマーケットから帰って来るのに出会うこともあれば、毛むくじゃらの脚をした大きな馬が四頭、製粉所の馬車や醸造所の荷車を引いて来たりもする。地主のハリソン氏のお屋敷の馬車は、めったに見るチャンスはなかったが、出会うのは楽しみだった。女性たちがさまざまな色の明るい夏のドレスを着て、まるで大輪の花が咲いたように座席に座り、白い夏帽子のハリソン氏が真っ赤な顔で四頭の灰色の馬を操っている。子供たちが脇にどいてお辞儀をしながら馬車を先に通してやると、彼は重々しく、鞭で帽子の縁をちょっと上げて会釈し、婦人たちも座席から軽く顔をかしげてくれるのだ。

毎週月曜日と木曜日に必ず見かけるのは、いつも白い馬に乗って同じ道を同じ方角に向かう一人の女性だった。子供たちの噂では、彼女は遠くの農場の持主と婚約していて、二人はお互いの家のちょうど真ん中で会うのだという。それが本当なら、ローラが学校に通っている何年もの間、彼女は欠かさずそこを通り過ぎて行ったのだから、ずいぶんと長い婚約期間だった。その数年間に女性の青白い顔色はもっと青白くなって、身体には肉がつき、最初から若くはなかった白い馬もさらに年をとって、ぜい肉がついていった。

子供社会

今までの理論では子供は、誕生のときは無知で野蛮な状態にあり、成長と共に教化され文明に目覚めてゆくとされていたが、村の子供たちの中には文明化の跡《あと》を全く止《とど》めていない者もいた。家では親からしつけられ学校では教育されて、それぞれの文明を教化されているはずなのに、二つの場所を往復しどちらからも解放される時間と空間の中で、彼らはどちらの文明も忘れ、元の自然に戻ってしまうのだった。そんな子供たちにとって一番面白いのは、「体当たり」とか「ぶちかまし」と呼ぶゲームだった。ほとんどの場合、きれいなワンピースを着た年少のおとなしい女の子が狙われる。要するにその子を追いかけ回し、捕まえたら倒して馬乗りになり、服を破き、顔に泥をつけて髪をくしゃくしゃにするという乱暴なゲームだ。女の子が泣いて、「言いつけるわよ」と叫んでも効果はなく、飽きるまで止めないのだった。そして最後に歓声をあげて、泣いている子を放りだして行ってしまう。

被害者の子が本当に教師や親に言いつけることはなかった。教師はその子のひどい姿から何があったかに気づいていたはずだ。しかし下手に注意すると帰り道にはもっとひどい仕返しが待っているのがわかっていたので、黙っていたのだ。

嘘《うそ》つきっ子の
舌を切れ
子犬に切らせろ

相手の母親に言いつけても無駄だった。子供の喧嘩に大人は口出ししないというのが村のきまりだった。「子供には勝手に喧嘩させとけばいいんだよ」とその少年の母親は言うだろう。苛《いじ》められた子が抗議しても、「あんたが先に何かしたんじゃないの。何もないのにうちの子がそんなことするわけがないもの。勝手な話をでっちあげないでちょうだい」と言われるのが落ちだ。ずいぶんと荒っぽい躾《しつ》け方だが、それでもほとんどの子供はそれなりにちゃんと成長していった。おとなしい子供も頭を使って、早く家を出て他の子より先に学校に着くようにしたり、逆にぐずぐずとみんなに遅れて、藪にもぐったり原っぱの柵の陰に隠れたりしながら、悪童たちをやりすごす方法を身につけてゆく。

エドモンドが学校に入ったとき、ローラは弟が心配でしかたなかった。おとなしくて優しく体格も華奢《きゃしゃ》で小柄なエドモンド。いつも宙を見ながら自分の考えや空想の中に生きているような子なのだ。乱暴でうるさい子供たちに混じってやっていけるのだろうか？　彼が大きな少年に、路上に倒され泥まみれにされて、細い体の上に乗しかかられても、ローラは何にもしてやれないだろう。

最初、彼女は畑の中の道を一マイルかそれ以上も遠回りして、彼を学校に連れて行った。しかし天気が悪かったり作物が伸びて通れなくなってしまうと、じきに普通の道を他の子供たちと一緒に行かなければならなくなった。その最初の日、年長の少年たちは、彼の帽子をとって生垣に投げ込んだ以外は何もせずに行ってしまった。一方、年少の少年たちは最初からエドモンドに好意を示した。彼がセーラー服の首から提げた笛をみんなに「吹いてみる?」と順番に吹かせてやるとすっかり仲間に入れてくれて、ゲームに誘うだけでなく、横を通るときは「やあ、テッド」と声をかけてくれるようになった。

でもやっぱり衝突は起きた。言い争う声が聞こえてきて、ローラがふり向いたときにはエドモンドはもみ合いながら、他の子供たちに取り囲まれていた。彼が大声で乱暴に叫ぶのが聞こえた。「絶対にいやだからな。言ったろう。いい加減にしろよ」いつものおとなしいエドモンドの言い方ではなかった。助けることはできなくてもせめてそばにいてやらないと、そう思って駆け寄ったローラの目に、顔を真っ赤にして懸命にこぶしを震わせているエドモンドが見えた。年長の少年たちが、ほう、という表情を浮かべていた。

エドモンドはローラのような臆病者ではないことを証明したのだ。闘うことも辞さないエドモンド。いつのまにそんな勇気を身につけたのだろう。男にとっては自然なことなのだろうか。どんなときでも彼は敢然と闘い、しかも強かったので、同じ年頃の子で彼に喧嘩をしかける少年はいなかった。年長の少年たちもエドモンドには一目おいて、手を出さなかった。誰かと取っ組み合いになったときには、彼が負けるはずがないと思うのか、いつもエドモンドの味方についた。だからエドモンドは何の心配もなくみんなの中心になっていった。むしろローラの方が、いつまでもみんなに溶け込めないままだった。

フォードロウ小学校

子供たちはみな朝早く家を出ても、途中の道草が長いので、学校の直前四分の一マイル（約四〇〇メートル）はいつも全力疾走だった。鐘が鳴り終わるのとほぼ同時に全員が教室になだれ込むと、とっくに来ているフォードロウの子供たちは、母親に十分手をかけてもらったこざっぱりした格好で、「ほら、ラークライズのジプシーたちがやっと到着だぞ」と嘲るのだ。

フォードロウ小学校は小さな灰色の平屋の建物で、フォードロウ村への入り口の四つ角にあった。一つしかない広い教室は窓がたくさんあるので明るく、学校の授業以外にもいろいろなことに使われていた。後ろの大きな窓は道路に面していて、校舎の隣には二部屋ある小さな教師用住宅、その向こうが白樺の木が端に植えられた芝生の校庭になっていた。

そして敷地全体を、先のとがった白いペンキ塗りの杭がぐるりと取り囲んでいた。

学校から見える建物と言えば、羊番が住んでいる家と鍛冶屋や農場の地位の高い使用人たちの家が数軒あるだけだ。それらの建物はまだ新しく、学校の校舎と同じ頃、全部まとめて同じ地主が建てたものだった。今の時代の学校の建物に比べれば小さくて、まるで小屋のような校舎だったが、当時とすればモダンな造りだった。廊下にはコートかけがあり、男子用女子用トイレ、裏口には、水道は引かれていなかったが洗面台があり、校舎の掃除をしてくれる年配のおばさんがバケツに水を汲んで置いておいてくれる。でも子供たちが後先《あとさき》を考えずあっというまに使ってしまうので、「私が何度も汲まなきゃいけなくなるんだよ」とおばさんは毎朝のように文句を言うのだった。

生徒たち

生徒数はだいたいいつも四十五人くらいだった。学校のすぐ近所の家の子どもが十人から十二人、畑の中に点々とある家の子が数人、残りがラークライズからだ。よその人が見たら時代遅れの格好をした集団に見えたことだろう。女の子たちはくるぶしまであるワンピースに細長いエプロンをつけ、髪は額から後ろにまとめて、リボンや黒の布テープ、靴紐などで結んでいる。年長の少年はコーデュロィの上着とズボン、鋲《びょう》つきの靴だ。六、七歳以下の年少の男の子は母親の手作りのセーラー服の上下か短い上着に半ズボンだ。

洗礼名は親や祖父母の時代と大して変わらなかったが、普通の名前には流行があった。その頃生まれた赤ん坊にはメイベルやグラディス、ドリーン、パーシー、スタンレーなどが人気だった。そういう名前の変化は少し上の子供から始まっている。当時人気だったのはメアリー・アン、セーラ・アン、イライザ、マーサ、アニー、ジェーン、エイミー、ローズなどだった。どこの家にもメアリー・アンやイライザがいた。でも名前のとおりに呼ばれている子は一人もおらず、メアリー・アンやセーラ・アンはマーアン、サーアン、ときにはアンがとれてメアリーだけになり、さらにすっかり変ってモリーに、そこからポリー、ポルにまで変わってしまうこともあった。イライザはリザになりティザになり、さらにティズにもなる。マーサはマット、パット、ジェーンはジン、たくさんいるエイミーのうち最低一人は一生、エイムと呼ばれることになる。ありふれていない名前でさえそうだった。ベアトリスとアグネス姉妹は一生ビートとアッグだったし、ローラはローかロゥ、エドモンドはネッドかテッドだった。

ローラの母は名前をそんなふうにニックネームにして短かくするのを、名前が安っぽくなるととても嫌っていて、三番目の娘にはメィという名前をつけた。それ以上短くはできないだろうと思いそう名づけたのに、生まれてまだ揺り籠も出ないうちに、隣近所ではメイィーというニックネームで呼ばれることになってしまった。

ヴィクトリアという名前の子は学校にはいなかった。農場や牧師館やお屋敷にもヴィクトリアお嬢さんはいなかった。ローラはヴィクトリアという名前の女性にはその後も会ったことがない。その頃は女王の名前は恐れ多くて、今のようには誰も使わなかったのだろう。

授業

八〇年代の教師としては、まずホームズ先生がフォードロウ小学校でもう十五年も、ほとんど校舎と一体化して、長いことずっと一人で教えていた。でもホームズ先生はお屋敷の園丁の婚約者でもあったので、長い教師生活にいつか終わりの日が来るのはわかっていた。

先生はその頃、四十歳くらいで、ほっそりと小柄で、色白の顔には少しそばかすが浮いていた。立てロールにカールさせた黒い髪を肩まで下ろし、いつも眉根を寄せていた。学校ではいつも糊のきいた胸あてつきのエプロンを、赤糸刺繍と青糸刺繍のものを一週間おきに交互につけ、小さな花束のコサージュを胸と髪に止めていた。

毎朝、朝礼になるとぱりっとしたエプロンをつけた先生が、ロールの髪を揺らしながら教室の戸口に姿を現す。ガラガラいう音や、かがんだり会釈したり椅子を引いたりの音がひとしきり響いた後、「みなさん、おはようございます」「先生、おはようございます」の形どおりの朝の挨拶が交わされて、先生の合図でお祈りを唱え、その日の授業が始まることになる。

読み書き算数の主要科目の他、午前中は聖書、午後は女の子には毎日裁縫の授業があった。補助教員はおらず、先生がたった一人でどのクラスも教えていたが、卒業したばかりの十二歳位の少女が二人、一週間一シリングで先生の手伝いをしていた。

毎朝十時になるとエリスン牧師が上級学年の生徒のための聖書の授業をしにやってきた。彼は旧制度で各学校に置かれていた専任牧師だった。堂々として、背が高くがっちりしていて、白髪の赤ら顔だった。貴族的な高い鼻をした威厳のある風貌で、生まれ、育ち、受けた教育、すべての点において、田舎の子羊の群れとは違う世界の人だった。彼の授業では、精神的にも頭脳的にも、声がはるか頭上の高みから響いてきた。教理問答集の「より良きものを敬い、自分自身を低いものにしなさい」という一節が彼のもっとも強調する個所で、神に選ばれて牧師の職につき、貧しく小さな者たちを導くように命ぜられた以上、この教えを彼らの心に刻みつけることがもっとも大切な責任と考えていたに違いない。一人の人間としての彼はとても慈悲深く、毎年毛布と石炭を寄付してくれるだけでなく、病人にはスープとミルクプディングを差し入れてくれた。

エリスン牧師の聖書の授業は、順番にひたすらイスラエルの王の名と教理を暗記し暗唱する時間だった。それが終わると、道徳と行いについての短い説教で締めくくられる。「あなた方は決して嘘《うそ》をついてはいけません。盗んでもいけないし、不平を言ったり、人を妬んだりしてもなりません。神は人をもっともふさわしい場におき、なすべき仕事をお与えになったのだから、他人をうらやんだり、与えられた運命に抗って居場所を変えようとすることは罪になります。私はみなが罪に堕ちないことを望んでいます」彼の口から、神は真であり、美と愛である、というような言葉が語られたことはなかった。子供たちが教わったのは、権威ある言葉を繰り返し暗唱して大切な教えとして心に刻み付けることだった。退屈で無味乾燥なものだったが、それなりにまったく価値がないわけではなかった。

聖書の授業が終わりエリスン牧師が会釈して立ち去った後は、また普通の授業になる。学科の中では算数が一番大切だと思われていた。計算がよくできる生徒はクラスの中でも成績優秀と思われていた。ただ、一番よくできる生徒でも教わるのは、「小包みの送料」計算で知られる、お金を使った簡単な加減乗除程度だった。

書き方の練習では、銅板に刷られた格言を写すというものがあった。「愚か者には金が付かない」「無駄遣いをしない、欲しがらない」「口を開く前に十数えよう」等々だ。一週間に一度は作文の授業があり、だいたいの場合は、誰かにあてて最近のできごとを手紙に書く、というものだ。これはスペルのテストもかねていた。

正規科目としての歴史はなかったが、歴史の教科書はあり、面白いできごとが読み物風に書かれていた。身をやつしたアルフレッド大王がケーキを焦がして叱られるエピソード、クヌート王が波を静めた話、消えた白い帆船、エリザベス女王のためにマントを脱いで広げたローリー卿の話などだ。

地理は専用の教科書がなく、一般の読本教科書に世界各地についての記述が抜粋して集めてあるだけで、独立した教科ではなかった。しかし、教室には世界地図やヨーロッパ地図、南北アメリカ地図、イングランド、アイルランド、スコットランドの各地図など、さまざまな地図が貼ってあった。読み方の順番が回って来るまでの長い待ち時間、あるいは作文や縫い物を先生が点検している間、これらの地図を眺めるのがローラの楽しみだった。彼女はいつのまにか、それぞれの国の形や島や入り江の曲線をすっかり覚えてしまっていた。一番好きな形は、北極圏に近いグリーンランドとバフィン湾だった。

時間は決まっていなかったが、一日に一度、ホームズ先生は疲れるとクラス全員を、床に白いチョークで書いた半円の線の上に立たせ、朗読の授業をした。教科書の内容は面白かったのだからもっと楽しくてもよかったのに、ローラには退屈で仕方のない時間だった。みんなの読み方があまりにたどたどしくゆっくりなので、もともとあまり辛抱強くないローラは、代わって読んであげたくなるのだった。自分の番が永久に来ないように思えるほど遅い進み方に、彼女は見つからないよう教科書を鼻先にくっつけて、いかにも一生懸命に聞いている風を装いながら、こっそりとページをめくって先の方をどんどん読み進んでいることがよくあった。

『オオカミに追いかけられたスケーターの話』やスコットの『アイヴァンホー』の中の「トル

キスタンの包囲」、フェニモア・クーパーの『燃える大草原』、ワシントン・アーヴィングの『荒馬の捕獲』など、子供を夢中にさせる読み物がたくさんあった。

また遠いグリーンランドやアマゾンについての描写にもローラの心は躍った。夢のような島々と珊瑚礁の太平洋や、雪に覆われたハドソン湾沿岸や草も生えないアンデスの高地についての記述などだ。そんな中でローラが一番うっとりしたのは、ヒマラヤについて書かれた個所だ。こういう始まりだった。「インドの北方の広大な平原の北にそれと同じ広がりをもつヒマラヤの壮大な山地が続いている。山々は次第に高く険しくなり、永遠に消えない雪に覆われた山脈となって連なっている」

教科書には散文の間に、詩が挿入されていた。『奴隷の夢』、『若きロッホインバール』、『ダグラスの別れ』、テニスンの『せせらぎ』や『響け、ワイルドベル』、バイロンの『難破船』、ホッグズの『ひばり』など、たくさんの詩があった。エドモンドの一番のお気に入りは『ロッヘルの警告』で、夜になるとベッドで大声で、「ロッヘル、ロッヘル、目覚めよ」と叫んでいたものだ。ローラが大好きなのは何と言っても、ヘンリー・グラスフォード・ベルの詩で、『昔を思い起こせば』は、人前では勿論、自分一人でもいつも暗唱していたものだ。スコットランドのメアリー・スチュアート女王を讃える感動的なシーンの対句になった最期の場面が特に好きで、精一杯の感情を込めたくなるのだった。

愛犬のみ裳裾《もすそ》に従えた姿に、思えよ、その沈黙と孤独を
そして砂上に散った王冠の重さを

卒業するまでに二人は本で読んだ文章や詩はすべて暗記し、互いに暗唱し合うのを何よりの楽しみにしていた。エドモンドはスコットが大好きで、彼の詩なら何百行も空《そら》で言えた。中でも戦士たちの一騎打ちのシーンが彼を夢中にさせていた。ロイヤルリーダーズという教科書に載っている文章は、興味ある生徒には教育的配慮の行き届いたものが選ばれていたと思うが、ほとんどの子供たちには古臭くて退屈な散文と大嫌いな詩でしかなかった。

少数のすらすら読める子でも、感情のこもらない一方調子の朗読しかしなかったから、内容には全然興味をもっていなかったのだろう。しかしそういう子供たちでもほとんどがその後の人生を順調に歩んだことを思えば、学校の生徒で本当に頭の悪いという子はいなかったと思う。また大多数の子供たちが授業には興味がなかったとしても、ほとんど全員、対象が違えば大きな知的関心を示した。少年たちが畑仕事や作物、家畜、農業機械などについて持っている知識は舌を巻くほどだったし、少女たちもドレスや恋愛、家事については大きな興味を持っていた。

ホームズ先生

その頃のイギリスが教育をどう捉えていたかを想像するのはたやすい。一言で要約すれば、彼らの考えていた教育とはこうだった。「読み方さえ教えれば、それを基《もと》に、後は自力で知識を獲得していくだろう」。しかし、この計画は図式どおりにはうまくゆかなかった。たしかに子供たちは学校を卒業するまでに新聞や娯楽本を読めるだけの能力を身につけ、手紙も書けるようになっていた。しかし、問題は、その先の進歩への意欲は育たなかったということだ。彼らの興味の対象は本や机の上の勉強ではなく、実生活、すぐにも始まろうとしている目前に控えた仕事だった。義務でいやいや勉強している彼らを学校で教えるのは、教師にも容易ではなかったろう。

ホームズ先生は授業のときはいつも鞭《むち》を持って歩き、自分の前の机に置いた。使う必要がなくてもその存在を生徒に示すためだった。年長の少年たちは教師の言葉に従う気はなかった。罰を与えるとき、彼女は鞭でピシッと手を叩く。「手を出しなさい」と言われると、中には鞭が飛んで来る前に両手にペッと唾を吐いて待ちかまえる子もいたし、ぶつぶつと「父さんに言いつけるからな」と脅す子もいた。しかしそんなときでもホームズ先生は冷静に落ち着いて罰を与え、少なくともしばらくの間は悪童もおとなしくなるのだった。

当時の十一歳の少年のことを考えるとき、私たちは彼らがじき学業を終える年齢だということを思い出さなければならない。卒業したらすぐに働き始める彼らは、意識では一人前の大人だったので、スカートをはいた女教師を目上の存在とは思っていなかった。しかも彼らは野育ちで荒っぽく、身長も教師と同じ位あった。卒業試験をパスできなくて一年余分に学校に残らなくてはならないとき、彼らにとってのその一年は学校から与えられた罰のように感じられ、その恨みが教師への態度に出た。両親も稼ぎ手になるはずだった息子を留年させられたことが面白くないので、親の気持ちにも後押しされて少年はさらに反抗的になるのだった。「アルフにまだ教科書を使って勉強しろって？　読み書きはできるし、自分の稼ぐ金額は十分計算できるよ。これ以上何を覚えろというんだい？」と言う親に、少し先見の明のある人が「これからは何と言っても教育だよ。教育がなければ世の中に出てから損をするよ」と言った。そういう人たちは新聞を読んで、新しい考えが広まり始めていることに気づいていた。しかし大多数が教育の大切さに気づくようになるのは、義務教育が始まった第一世代の次の世代からだ。当時はまだ教育の大切さについての一般的な理解は得られていなかった。

だからホームズ先生は鞭《むち》に頼らざるを得なかったのだ。今日の教育思想からすれば、規則を守らせるためだけの貧しい手段に見えるかもしれないが、少なくともその時代には有効だった。ホームズ先生を初めとするその頃の教師たちは、次の時代のために、土を起こし地ならしをしていたのだ。児童心理を学び、新しい理論を身につけた教師たちがやってきて種を播くのは、その後のことだ。

ホームズ先生は女の子に鞭を使うことは滅多になかった。小さな子供たちにはさらに少なかった。女の子や年少の子たちへの罰は、頭に手を乗せ教室の隅に立たせることだった。先生から励ましのご褒美《ほうび》や賞などはなかったし、生徒たちは先生を陰ではスージーと呼び捨てにしていたが、みんな先生が好きでそれなりの敬意も払っていた。卒業生は村に帰省したときには先生に会いに行った。休暇で帰っている美しいドレスの少女や、緋色の軍服と軍帽に身を包んだ長身の若者が、「先生に挨拶に来ました」と訪れることもたびたびあった。

入学した頃のローラ

学校に入ったときローラは字をとうに知っていたが、誰もそのことには気づいていなかった。最初の日、「ABCは言えますか？　さあ、言ってみましょうね」と先生に言われ、「A、B、C、」と始めたローラは、Fで止まってしまった。彼女はアルファベットを順番には学んでいなかったのだ。彼女はクラスの「赤ちゃん組」に入れられ、そこでアルファベットを順番に言う練習から始めなければならなかった。他の子が逆から言っているのを聞いたローラは頭の中ですぐに覚えた。

Z、Y、X、にW、V
U、T、S、次はR、Q、P
O、N、M、そしてL、K、J
I、H、G、とF、E、D
最後はCとBとA

一度覚えるとそれはまるで時計のねじ巻きと同じで、機械的に何時間でも唱えていることができた。一人で全クラスを教えなければならない先生は、横を通りながらにっこり笑いかけてくれるだけで、「赤ちゃん組」にかまっている暇はなかったけれど、みんなのA、B、Cの声が乱れたり止まったりするとすぐに飛んで来た。お手伝いの少女たちが少し進んだ生徒に書き取りの練習をさせたり、聞き取りやスペルの勉強を手伝うこともあった。午後はその内の一人、だいたいは裁縫が不得意な方の子（何年か後ではこれはいつもローラの役目だった）が何か指示したり、壁に貼ってあるアルファベットの表を読んで聞かせてくれて、小さな生徒たちはそれについて繰り返し練習する。それから筆記体のペンさばきや、アルファベットの書き方を石盤で教わったりもする。（大人になってからローラはそのお手伝いの仕事を何年もしたような気がしていたが、実はたった一年間だけだったのだ。）

最初の基本勉強が終わると試験があり、アルファベットを覚え、書けるようになった生徒は、「赤ちゃん組」から「幼児組」に進む。家ではもう『老いた聖パウロ』というような本を読んでいるローラにとって、この進級は何でもないことだったが、試験の成績が良かったわけではない。アルファベットの暗唱を彼女はあまりに早口でした上に、いつもの癖で口ごもったし、字もきれいではなかったからだ。

しかしローラにとって大変だったのは、本当の一年生が始まったときだった。組み分けは算数の成績で決められていたが、ローラには計算がさっぱりわからなかったのだ。先生の説明はおおざっぱすぎて、並んだ数字のどこをどうすればいいのかわからず、ローラの算数の成績はクラスでもしばらくビリだった。午後の裁縫も同じだった。クラスの他の少女たちが細かなきれいな針目で自分のエプロンを縫い、まるで大人の女性がするように糸を歯で噛み切っているときに、ローラはまだ最初の裾《すそ》まつりの練習をしているありさまだった。しかも彼女の練習布はその基本縫いが終わらないうちに手あかで汚れ、指を針でついたときの血の染みまでつき、懸命に引っ張って伸ばさないといけない位にしわくちゃになっているのだった。

「まあ、ローラ、あなたって本当にお馬鹿さん」ホームズ先生はローラの裁縫を点検するたびに言った。この二教科についてはローラはたしかに学校一のお馬鹿さんに違いなかった。けれども時が経つにつれ、彼女も少しずつ進歩し、毎年確実に各学年を修了し、最終の五年生になった。

それ以上、上の学年はなかったが、一緒に勉強してきた他の生徒たちがみな卒業した後、ローラはエミリー・ローズと一緒にさらに一年学校に残った。エミリー・ローズは麦畑の向こうの一軒家の一人娘だった。二人は二年間、五年生に在籍した。最後の年は授業はほとんど受けなくてもよくて、本を読みながら自分で勉強し、初級の組に教えたり、先生のお手伝いをしたりする時間がほとんどだった。

ヒッグズ先生

先生はホームズ先生ではなくなっていた。ホームズ先生はローラがまだ「幼児組」にいる間に長年の婚約者だった園丁と結婚して、マルヴァーン・ヴィラと名づけた古い可愛らしいコテージに住むようになっていた。彼女の後にやって来たのは、若い、師範学校を出たばかりの先生だった。最近の新しい思想を身につけた、明るくさわやかな女性だった。改革に熱心で、教師であるだけでなく生徒の友達になりたいと願っていた。

彼女はちょっと時代を先取りしすぎていた。生徒の側に、彼女が学んできた理論を実践できるような準備が整っていなかったのである。最初の朝、彼女は短い挨拶をして、子供たちと親しくなりたかったのか、こんなふうに言った。「おはようございます、みなさん。私の名前はマチルダ・アニー・ヒッグズです。お友達になりましょうね」クスクスという声が教室中に広がった。

「マチルダ・アニーですって。マチルダ・アニー何て言った？　ヒッグズだった？　ピッグズだった？」名前が最初からもう子供たちのやんちゃないたずら心をくすぐったのに加えて、「お友達になりましょうね」の言葉が子供たちを図に乗らせた。恐くない、与《くみ》しやすい人と思わせてしまったのだ。それからというもの、ヒッグズ先生は、聞こえよがしに子供たちの歌う「ヒッグズ先生が豚連れて《ピッグズ》」という歌を聞かされることになった。彼女は生徒たちを操縦することも指導することもできなくなった。生徒は先生の鞭《むち》を隠し、インク瓶に水を入れ、机の引出しにカエルを隠し、課題について馬鹿々々しい質問を繰り返した。先生がその質問に答えようとすればクラス中が咳払いを始める。

女の子も男の子に負けずにひどかった。ある午後の裁縫の時間のときなど、次々と手を挙げては、「先生、裁縫箱から○○を取って来ていいですか？」と聞く。教室の別の端で生徒に教えていた先生はかわいそうに、その度にやって来ては戸棚の鍵を開け、箱を出して中をかき回す。みんながそれを取り出して隠していることにも気づかずに。そんないたずらを一回の授業中に二十回もやられたのだ。

先生は何度も、もう少し思慮深い行動をして欲しいと訴えた。あるときは全生徒の前で泣き出してしまった。彼女は掃除のおばさんにこんな子供たちがいるなんて考えたこともないと訴えた。まるで野蛮人だわ、と。

ある午後、教室で年長の少年の間に激しい喧嘩が起こり、先生がお願いだから止めて、と叫んでいるときだった。教室の入り口にエリスン牧師が現れた。

「静粛に！」彼の大声が轟《とどろ》いた。

さっと水を打ったように静かになった。生徒たちは彼を侮《あなど》ったりはできないことをよく承知していた。小人の国に踏み入ったガリバーのように、彼は生徒たちの真ん中につかつかとやってきた。怒りで真っ赤になった顔に、目が青い火花を放っていた。「この大騒ぎは何だ？ 恥ずかしいと思わないのか？」

小さな生徒の中には泣き出す者もいた。しかし牧師の鋭い一瞥《いちべつ》にすくみあがり、目を見開いたままおとなしく席についた。それから彼はクラス全員を校庭に出すと、喧嘩には加わっていなかった子も含めて、男子全員に鞭《むち》打ちの罰を与えた。そして激しい口調で、感謝と尊敬の必要を説き、目下の者が目上の者を敬わなければ学校の秩序は成り立たないと叱った。みんな震える手で外套《がいとう》とお弁当のカゴをつかむと、次々と校門を駆け出して行った。しかしこの騒動を引き起こした当事者である大きな少年たちの態度は違った。「気にするもんか。あんな奴のどこが恐い」と呟いていた。「あんな奴。ただの年寄り牧師じゃないか。」そして校庭を出て安全な場所まで来ると大声でこんな歌を歌い始めた。

おいぼれチャーリー、おいぼれチャーリー
プディング食ったら、次は鞄をかじれ

真っ青になった子もいた。また雷が落ちるぞ。エリスン牧師は名前がチャールズなのだ。歌は昔からある歌だけれども彼へのあてつけで、彼への悪態だった。でもさいわい牧師本人は気づいていなかった。学校の中にはたくさんのチャールズがいたから、まさか自分の名前が言われているとは思わなかったのだろう。何事も起きず、ちょっとシーンとなった後、悪童たちは帰途についた。家に着いたらその日のできごとを真っ先に報告したことだろう。

しばらくたち、駅の運搬車が校門にやって来た。そしてヒッグズ先生のトランクと荷物をまとめてくくりつけると、一番上に肘掛けいすを乗せて運んで行った。結婚してミス・ホームズからミセス・テンビーに変わったホームズ先生がまた学校にやって来た。女の子たちはまたおとなしく腰をかがめて挨拶し、男の子たちも髪をきちんと梳《す》かすようになった。「はい、先生」「いいえ、先生」「先生、もう一度お願いします」がまた始まった。しかし先生自身も今度は長く教える気はなかったし、役所も結婚した女性を教師に雇うつもりはなかったので、それは新しい先生が来るまでの数週間の中継ぎだった。

シェパード先生

次の先生はシェパード先生という、か細い、白髪の年配女性だった。彼女は名前どおり、優しい羊飼い《シェパード》だった。しかし難点があるとすれば、彼女は非常に頭が固くて融通がきかず、細かなことにこだわり、物事が思い通りに進まないと混乱してしまうことだった。教室の中は相変わらずざわついていて、馬鹿々々しいどうでもいい質問がなされ、先生の指示に生徒はグズグズといつまでも従わなかった。でも彼女がヒッグズ先生と違っていたのは、仕事を放り出さなかったことだ。もう若くはなくそして障害のある妹もいたので、辞めたくても辞められない事情があったのだろう。彼女には愛情と忍耐があった。必要なときは妥協もし、何とかして生徒を自分の意志に最終的には従わせようとした。次第に、子羊たちも、一番手強《てご》わかった者も含めて、そのことに気づいて、最低限の規律は守るようになっていった。学校も悪い評判が立たない程度の落ち着きを取り戻し、彼女の緩やかな手綱の元で、平和な五、六年が過ぎた。

おそらくこのような紆余曲折は、激動する時代には必要なのだろう。ホームズ先生の時には、放し飼いのような生活に慣れていた子供たちがともかく毎日学校に行き、机に座って授業を受けるようになった。勉強の量は多くはなかったが、彼らは学校で勉強するということを学んだ。しかしホームズ先生の古い価値観はどんどん進んでゆく時代には追いつかなかった。彼女にとっては今ある社会秩序は絶対で、生まれの違いは変えようがないものだったので、生徒たちにもより高いものを目指すのではなく、限られた運命を受け入れる謙遜を教えようとして最善を尽くした。彼女は旧時代に属する人だった。しかし子供たちの人生は未来に属していた。彼らには少なくとも変化しつつある時代精神に、触れるか近づくかする指標が必要だったのだ。その後にやって来た二人の先生はそれに応えた。理解も感謝もされないまま去っていったヒッグズ先生だったが、作文の授業にこんな課題を出した。「ミス・エリスンにあなたがどんなクリスマスを過ごしたか、手紙を書きなさい」ある女生徒の肩越しに、当時は当たり前だった「親愛なるお嬢さまへ」という書き出しを読んだ彼女は思わず声を出した。「まあ。そんな書き方、古すぎるわ。『こんにちは、エリスンさん』でいいじゃないの」と。それは大きな革新に違いなかった。

シェパード先生はもっと先まで進んで、男女に関係なく、平等な人間として何が大切なのかを教えてくれた。貧しい人間の魂も裕福な人と同じく価値があることや、善良な心も与えられた能力も可能性も同じであることを教えてくれた。また彼女は、物質的に貧しくてもずっとその状態に留まる必要はないということも教えてくれた。貧しい両親の元に生まれても、努力して立派な人物になった人もいる。そういう人たちは自分の実力で人に尊敬されるようになったのだと話してくれた。彼女はそういう人たちの、不屈の努力と成功の物語を読んで聞かせてくれた。（しかし、なぜかみな男性であることにローラは気づいていた。）子供たちの置かれた現実がそういう人々の環境とは違うものであったとしても、子供たちの希望に火をつけたいと思ったのだろう。そしてたしかに子供たちの目をより広い世界に向かわせるきっかけになったのだった。

もちろん一方で、今までどおりの普通の授業も続けられた。読み方、書き方、算数のどの教科の内容も達成度も、フォードロウ小学校は標準より低かった。裁縫の成績の低下も著しかった。シェパード先生自身が裁縫が苦手だったので、裁縫の時間を他の勉強に当てたくなるのだった。細かな美しい縫い目を、素晴らしいわね、と誉めるかわりに、「まあ、そんなことしてたら目が悪くなるわ」と言ってしまうような先生だった。昔の卒業生はみなその地方の賞を貰うほどの腕前だったのに、作品の質は下がる一方で、シェパード先生の時代のフォードロウ小学校の裁縫は、その地方でビリから二番目として有名になってしまったのだった。

第十二章　試験

学科試験

学校には一年に一度、視学官による試験の日があった。試験当日の朝、学校に向かう子供たちからは、いつもの歌ったり喧嘩したりの声は聞こえてこない。きれいなエプロンをつけ、靴墨で磨き上げたブーツを履き、難しい真面目な顔をしているだろう。手に書き取り表や参考書を持っている子供は、今まで怠けた分を最後の一時間で取り戻そうとしているのだ。

試験日は前もって知らされていたが、始まる時間についてはわからなかった。フォードロウ小学校に視学官の人たちがやって来るのがここ数年は午前中だったとしても、年によっては他の学校が先になり、フォードロウは午後になることもある。

だから朝礼のお祈りが終わって練習問題のプリントが配られた後、生徒たちは長いこと待たなければならなかった。あまり緊張していない子供は、舌を噛んで机に向かい、「ペン先が上に向かうときは力を抜いて軽く、下に向かうときには力を入れる」ペン習字の練習をしているかも知れない。でもほとんどの子供たちは勉強も手に付かないくらい緊張しているので、教師もうっかり声をかけられなかった。実は教師自身が生徒に練習問題のプリントを持って来られても、緊張のあまり、丁寧に教えてやる余裕がないのだ。

十時、十一時と時計の針が進み、四十人の生徒の心臓の鼓動が破裂しそうに大きくなった頃、砂利道をきしませる車輪の音が聞こえてくる。そして大きな教室の窓の端に二つの山高帽と鞭《むち》の先が見えてくる。

視学官は年配の牧師で、小柄なくせに巨大な太鼓腹で、小さな目が刺すように鋭く光っていた。彼は「とても厳しい」と言われていたが、そんな生易しい言葉では彼の本当の恐ろしさは伝わらない。彼の横柄な態度と皮肉にはみんながすくみ上がった。いらいらした大声で、学識と皮肉な性格の両方からくる嫌みたっぷりの批判を、情け容赦なく浴びせるのだ。幸か不幸か、フォードロウ小学校の子供の九割は、学識ではなく皮肉な性格の方の槍玉だった。彼はまるで憎んでいるかのような眼差しで生徒の列を一瞥《いちべつ》し、次には軽蔑しきったように教師の方を見る。助手も牧師だが少し若く、視学官よりは人間味があった。黒い瞳と赤い唇が、ヒゲだらけの顔からのぞいていた。彼に試験される低学年の子供たちは運がよかった。

この頃はまだ教師の参観授業は行われていなかった。教師の役目は必要な本を用意したり、生徒の紙やペンが整っているかどうかに気を配るだけだったので、シェパード先生は試験中はほとんど、視学官の後からうろうろとついて歩き、彼の嫌みな言葉におどおどと答え、緊張で口元を引きつらせながらも、生徒と視線が合うと大丈夫だから頑張って、というように微笑んでくれるのだった。

さて視学官の人となりを一言で説明するのは難しい。彼は立派な学者で尊敬されている牧師だったかも知れない。友人や同じ階層の人からは好かれていたかも知れない。しかし一つ確かなのは、彼は子供のことを全然わかっていなかったし、愛情も感じていなかったということだ。少なくとも村の公立小学校の生徒たちに対してはそうだった。要するに彼はこの仕事には全然向いていなかった。勉強のできない子は彼の声を聞いただけで、ほんの少し覚えていたことも頭から抜け落ちてしまったし、実力がある生徒でも、彼を見ると緊張で手が震え、考えをまとめることができなくなるのだった。

しかし、ともかくゆっくりと時計の針は進み、午後の時間が過ぎていった。生徒たちは白線の上に立って朗読したり、計算問題に取り組んだり、夏休みの出来事を祖母宛の手紙に綴った。立派な視学官が難しい言葉をいっぱいちりばめた書き取りもある。ある年の書き取り問題は、句読点まで読み上げるという、あまりに新式の方式だったので、生徒たちの頭はすっかり混乱してしまった。

「水鳥《みずどり》や海鳥《うみどり》は水辺《みずべ》に生息《せいそく》していますマル一方水面《いっぽうすいめん》には鬼蓮《おにばす》が大《おお》きく葉《は》を広《ひろ》げテン他《ほか》の蓮《はす》や水草《みずくさ》もそこにありますテン」

生徒たちはもちろん、言われたとおりに句読点の名前もそこに書いた。それなりに面白い内容の読み物だったのに、書き上げられた文章は意味不明なものになっていた。

手紙の課題を与えられた生徒たちも悲惨だった。最低一ページは書くように指示されている。できるだけ大きな文字で、行間をいっぱい空けて書くことにしよう。でも何を書けばいいのだろう。ある年、彼は年少の少年が座席から自分にまっすぐ視線を向けたままなのに気づき、怒った。

「どうして書かない？　そこの後ろの席のおまえ。ペンも紙もあるだろう。ないのか？」

「あります、先生」

「じゃあ、どうしてぼんやりしているんだ？」

「すみません、先生。僕、何を書こうか考えていたんです」

それに対して彼は「フン」と言っただけだった。ペンやインクや紙があっても、考えをまとめてからでなくては書き出せないということすら、わかっていないのだった。

彼が一度、ローラたちのグループに、コールリッジの「老水夫行」という詩の二連を、問題に使ったことがあった。一度最後まで朗読してから、次は行を区切ってゆっくり読み上げて書き取りをさせるというものだった。相変わらずの尊大な態度で試験が始まったが、読み進むにつれ彼はその詩に感動し始めたらしかった。

「熱い赤銅色の空に、」と大きな声が響いた後、ふいに声が低くなったのだ。だから彼に人間らしい面がないわけではなかったのだろう。

そうこうして試験は終わる。結果の発表は二週間後だ。でも子供たちにはそんなことはもうどうでもいい。ネズミのようにスルスルと教室から外に出て、歓声をあげスキップして互いに体をぶつけ合いながら、土ぼこりを上げて駆け出してゆく姿も声も、あっという間に遠ざかっていってしまう。

答案が戻ってきて試験の結果が読み上げられると、意外にもほとんどが受かっていることに、子供の方がびっくりした。試験には教わっていないものもいっぱい出ていたから、点数が良かったはずはないのだ。しかも緊張して、やっと覚えていることすら、十分には力を出せなかったのだから。

聖書の試験

聖書だけの試験もあったが、試験官はやはり牧師だった。これはさっきの試験とは管轄も雰囲気も全く別だった。この日は学校で聖書を教えているエリスン牧師も来校した。教師はきれいなドレスを着て賛美歌の斉唱を指導していればよかった。試験には聖書についての口頭試問もあったが、これは全クラスに対して行われ、質問に答えられる生徒が手を上げて答えるやり方だった。教理問答の試験はクラス全員が順に覚えたことを答える形式で行われ、他には聖書からテーマをとった作文もあった。聖書試験官の牧師はにこやかで、作文の不得意な子供には、言葉を教えてくれるほど優しかったから、この試験の日は誰も緊張しなかった。そして彼は子供が作文に取り組んでいる間、ふだん授業をしているエリスン牧師と小声で話しながら、昔の作文について声を立てて笑ったりしていた。その間に教師はそっと席をはずして自分の家に戻り、二人にお茶を入れお盆に乗せて運んでくるのだ。

聖書は丁寧に教えられていたので、子供たちにとっては得意な科目だった。もっとも勉強の不得意な生徒でも教理問答は全部空《そら》で言えた。作文は他の生徒には苦手な科目だったが、ローラとエドモンドは得意で、二人ともそれぞれ別の年に賞を貰い、子牛の革で装丁され金で縁取られた大きな祈祷書をご褒美《ほうび》にもらった。それは二人が学校にいたときに貰った唯一の賞だ。

ローラが賞を貰うことができたのは、ちょっとした奇跡のおかげだった。その日、ローラは生涯で後にも先にもたった一度、天啓を受けたように体中から言葉が溢れ出てきたのだ。作文の題は「モーゼの生涯」だった。それまでにローラは、この偉大な律法家について興味を持ったことなど一度もなかったのに、突然彼に対する崇拝の念が潮のように彼女の内に溢れてきたのだ。他の子供たちが眉をしかめペンを噛んで紙をにらんでいる間に、ローラはあっという間にイグサの陰で赤ん坊が泣いている場面まで書き進んでいた。彼女のペンは紙の上を踊るように走り、次から次とページが埋まっていった。イスラエルの子らは紅海を渡り、砂漠を越えて、終了のベルが鳴ったときにはちょうどピスガ山の頂《いただき》にいるところだった。

彼女の様子をじっと見ていた試験官は、その文章力に驚き、答案は後で読むことになっていたにも関わらず、その場で読み始めていた。そして三ページか四ページ読み進んだところでうれしそうに笑い、「砂漠の場面を読んでいたら喉が渇きました」と先生にお茶のお代わりを頼んだ。

しかしその力は二度とローラに訪れなかった。その後の作文は、書いても書いても相変わらず直されたり消されたり、祖母宛の手紙程度にぱっとしないものばかりで、彼女はいつもの平凡な生徒に戻ってしまったのだった。

親の感情

学科試験の結果や聖書試験の賞は、親の間に嫉妬や悪口を引き起こした。試験の結果が悪かった子供の母親は、他の子供の好成績を実力とは認めず、うまくいったのは先生の贔屓《ひいき》のおかげで、自分の子供は先生に嫌われたから失敗したと言うのだった。「あそこの息子がうちのジミーより勉強ができるとは思えない。あの子ができるならジミーだってできるはずだよ。だいたいジミーの方が何でも上手《うま》いんだ。試験なんかあてにならないよ」試験に受かった子供の親の方が小さくなって弁解しなければならない。「うちは運が良かっただけなのよ。ティズが今回賞をもらったのはただの偶然。来年はきっとあんたのとこのアリスね」彼らは子供がいい成績をとっても手放しで喜んだりはしなかった。実際のところ、成績はどうでもよかったのかもしれない。彼らが素直に喜ぶのは、息子が試験に受かって卒業が決まり、仕事に就けることがわかったときだ。親も子も標準であることを望んでいた。彼らには、人より優れ過ぎていることは人より劣っていることとあまり変わらなかったのだ。

少年たちの進路

学校の後半、憂鬱そうに反抗的に過ごしていた少年も、仕事が始まって馬に乗ったり畑で荷車を引くようになると、見違えるほど生き生きした。生まれて初めて、自分の存在の重さを確認できたからだ。大人の男とも対等にやり合い、弟妹の目から見ても大人っぽい雰囲気を漂わすようになる。時々そんな少年が仕事で二、三人一緒になったりしたら、あまりに騒々しくて、仕事にならなくなるのだった。田舎には「若い野郎は一人いれば一人前、二人いれば半人前、三人いたら誰もいないのと同じ」という言葉がある。あまりの騒々しさに大人たちは困惑すれば「ちび悪魔」と呼び、機嫌のいいときは「犬ころ」と呼んだ。「いい犬ころだねえ」仕事を始めたばかりの息子が帽子をちょっと斜《はす》にかぶり、トネリコの小枝を切って杖にし、一人前の大人を気取っているのを見て、甘い母親は目を細めるのだった。

実際、彼らは愛すべき若者だった。まだ堅い新しいコーデュロイの上下に鋲《びょう》つきのブーツを履き、幼さを残す丸顔にはそばかすが浮いている。その顔が何かの拍子に破顔一笑して、深いエクボを窪ませる。これからの数年間、彼らはただただ仕事が楽しくて仕方がない。貧乏を身に染みて感じることもなく、幸せが満たしているだけだ。しかし不運なのは、彼らが天職として選んだ仕事は賃金も社会的評価もあまりに低いことだった。「人生は一生が労働なのだから、仕事の中身に文句は言うまい、見下すような態度の人間は逆に軽蔑して笑い返してやろう」と思うものの、農夫の低賃金と社会的地位の低さを嫌う少年の中には、学校を卒業すると別の道に進む者もいた。

その頃、将来の定まらない少年たちが、身を固める前に広い世界を見たければ、とりあえず行けるところは軍隊だった。村のどこの家でも家族の誰か一人は軍隊に入っていた。どこかの家の息子、叔父、従兄弟が、赤い軍服で村の道をやって来るのはよく見かける光景だった。兵役を退けばまた土を耕す暮らしに戻るのが普通だったが、中にはよその土地に落ち着く者もいた。バーミンガムで警官になったり、パブの経営者におさまった者もいたし、スタッフォード州の醸造所で現場監督になった者もいる。ラークライズの少年でイングランド北部の農場の使用人になった者も数人いる。そういう仕事は、バンベリーフェアの市《マーケット》で斡旋業者に紹介してもらって見つけた。だいたいは一年契約で、部屋と食事を支給されるが、最初の一年は給料はまったくなしか、あっても雀の涙だ。しかし、辞めるときには少しまとまったお金が貰えた。待遇はまずまずで、食事も良かった。しかし年季が明けて何よりうれしいのは、言葉もわからない外国のような土地から、慣れた村に帰って来れることだった。

農場労働者にはさまざまな職種があった。どの職種で人を雇おうとしているかは、市に立っている人たちの格好でわかる。羊番が欲しければ牧杖を持って、馬車引きが欲しければ鞭《むち》を手に馬毛をつけた帽子を被って、若い娘の召使いが欲しい場合は女性だとわかる格好で、斡旋屋が立っている。彼らの方から見れば、専門の技術を持たない少年は、自信のなさそうな表情と世間知らずな顔ですぐにわかるのだった。市に農場の仕事を探しに来る女は、すでに別の農場で働いていて、そこの仕事がきついため少し楽なところに移りたい人がほとんどで、ラークライズの少女たちが最初から農場の仕事探しをすることはまずなかった。

地主一家

領主館《マナーハウス》に住む地主は、「わしらの旦那さま」と呼ばれていたが、愛称や敬称の意味でそう呼ばれていたわけではない。もっと裕福でもっと有力なよその地主と区別するのに、「わしらの」と言っていたにすぎない。当時、地主はもう中年に差しかかる年齢なのにまだ独身で、「大奥さま」と呼ばれていた彼の母親が実権を握っていた。大奥さまは一年に二、三度、学校に裁縫の授業を参観しにやって来た。背の高い堂々とした老婦人で、いつも、ひらひらした長い灰青色《ペールグレー》の絹のドレスに、小ぶりな黒いぴっちりのボンネットをかぶり、小さなスパニエル犬を二匹従えていた。

二十世紀に生まれた人々にはこの時代に、田舎の上流の人々がどんなに誇り高く、重い地位を占めていたか、想像できないだろう。みんなの知る限り、このブレイスウェル家の人々は貴族ではなかった。彼らは僅かばかりの地所を所有していて財産もあったが、「カラスみたいに貧乏」だという噂だった。しかしともかく彼ら自身は、特別な階層に生まれ大きな屋敷に住んでいるというだけの理由で、村に君臨し、貧乏人からは尊敬されるのがあたりまえだと思っていた。敬意を表し、虚栄心をくすぐってくれる人には愛想がよかったが、そうしない人間には冷たかった。

村のだいたいの人々は彼らに調子を合わせていた。馬車が通れば女たちは地面すれすれに腰をかがめてお辞儀し、顔を合わせれば、うやうやしい口調で挨拶した。しかし独立心にあふれデモクラシー思想の影響を受けている男たちの中には、彼らの土地で働いているわけでも彼らの家を借りているわけでもないと、その気取った態度を笑う者もいた。当時デモクラシーの波はラークライズのような田舎にも押し寄せていた。「あいつらから何か貰おうなんて思ってやしないさ。くれると言ったって貰いたくもない。年寄りは出歩かないで家にいればいいんだ。自分のお茶の缶には鍵をかけているくせに。わしらがお茶の葉っぱをスプーンに何杯使おうが自分の勝手だろうが」

ブレイスウェル夫人は自分がそんなふうに言われていることを知らなかった。知っていたなら、世界（彼女の世界ということだが）の終わりが近いと思ったに違いない。そしてそのとおりだった。摂政時代（一八一一〜二〇）に少女だった彼女は、「村人への義務」という観念を教育で骨の随まで染み込ませていて、その義務の中には村人の浪費を戒めるという責任も含まれていたし、「慈善」もまた義務の一つだった。だから自分の僅かなお金を善行にも使っていた。身寄りのない年寄りの女性二人を住まわせたり、「貧しい人々への施し」のスープを配ったり、学校の生徒たちをお茶に招いたり、クリスマスには毎年影絵を見せたりしてくれた。

一方、屋敷の召使いは、年を取って死んだり辞めたりしても代わりを雇わなかったので、八〇年代半ばには料理人と家政婦がたった二人いるだけだった。かつては大勢の召使いが一緒に食事した広い食堂には、今はたった二人の人間が向き合っているだけだ。厩《うまや》のある中庭の敷石の隙間には雑草が茂り、昔は年配から若年までさまざまな年代の御者や馬丁が、狩猟に出かける人馬の間で忙しく立ち働いていたのに、今、厩にいるのは彼女の馬車を引く老いた雌馬一頭だけだった。しかもその馬は馬車だけでなく、芝刈り機も耕作具も引かなければならないのだった。

夫人は貧しくなればなるほど、口調も態度も尊大になっていった。大奥さまが学校にやってくると女の子たちはみんなすくみ上がった。特に裁縫の不得意なローラは自分の縫い物が、彼女の鷲のように鋭い目から逃れられるはずがないことをよく知っていた。夫人はゆっくりと時間をかけて生徒一人一人の作品を見ていく。丁寧に細かく吟味しながら、下手なものは容赦なく批判する。「まあ、こんな縫い方、見たこともありませんよ。本当に国の将来が思いやられるわね。縫い目がこんなに大きくてどうするつもりなのかしら。裏側も表と同じくらい気を使ってきれいに仕上げないといけないのよ。このボタンホールのひどいこと。このテープも曲がってるし。このフェザーステッチは一体何？　蜘蛛が這った跡《あと》みたいだわ」しかし賞をもらうような人の作品には一瞬にして顔が輝いた。「まあ、きれい。素晴らしい針目だわ」そしてその作品はお手本としてクラス中に回覧されるのだ。

ホームズ先生は、その老婦人にまるで子供のようにへりくだって、ご機嫌をそこねないよう細心の注意を払って、おそるおそる付き従っていた。先生は彼女のことを「奥さま」と呼び、ドアを開けるときも腰を軽くかがめて会釈をしていたが、その後のヒッグズ先生とシェパード先生は二人とも、「ブレイスウェル夫人」としか呼ばなかった。しかもなるべく名前を呼ばないようにしていて、呼ばなければならないときにはわざと口ごもって、はっきりしない言い方をするのだった。

教師の社会的地位

その頃の村の教師の社会的立場は非常に曖昧だった。(おそらく今でも地方によってはそうかもしれない。なぜなら半世紀たった最近でさえ、婦人協会の会長が次のような文章を書いている位なのだ。「私たちの組織は非常に民主的に運営されている。委員会の構成メンバーは上流婦人三名、一般婦人三名、地方教師三名である」つまり教師は上流でもなく、一般でもないということだ。)一八八〇年代、学校教師は社会的には新しい存在だったので、その身分をどこに位置付けたらいいのかまだ定まっていなかった。その頃の牧師夫人の言葉にもよくそれが表れている。「学校の先生をお茶にお呼びしたいのですけれど、台所で差し上げてかまわないのかしら、それとも食堂にお通しすべきなのかしら?」

ホームズ先生はお屋敷の園丁と結婚することで、自分の社会的地位に自分で答えを出したが、シェパード先生はもう少し野心的だった。彼女は思想的には民主的だったが、実際にはまだ俗物性が残っていた。身分のある人がそれにふさわしい敬意を払われるのは、その人間の本質も高貴であるときだけだと、生徒には教えていたのに、実際には本質抜きの身分だけにも、敬意を払っていた。牧師館でのお茶に招かれたときは有頂天で吹聴していたし、近くの困窮した田舎貴族の令嬢の音楽教師を頼まれたときは、すぐにヴァイオリンの練習を始めた。

ローラは一度、先生のこの弱点について、ちょっと滑稽で楽しいできごとを目撃したことがある。お屋敷に学校中が招待される恒例の行事の日だった。子供たちはみな学校に集合し、二列に並んでお屋敷の庭を抜け、庭木の間を通って裏口の玄関に向かった。生徒たちは召使い用の食堂でもてなされることになっていたのだ。一方、牧師補やお医者さまの未亡人、農場主の娘など、他の招待客は正面玄関から通され、応接間でお茶を頂くことになっていた。

ホームズ先生はいつも生徒と一緒に行動していたから、一緒に裏口から入り、一緒に召使いの食堂でお茶を飲みケーキを食べた。ところがシェパード先生はもう少し野心的だった。生徒の列が屋敷内の道を表玄関と裏玄関に別れる地点までやって来たとき、立ち止まるとちょっと思案気《しあんげ》な面持ちで、言った。「みなさん、私は表の玄関に回ります。先生がついていかなくてもお行儀よくするんですよ」先生はその日、茶色のドレスで精一杯めかしこんでいた。体にぴっちりした小さめの腰までの上着を着て、長い毛皮を首に巻き付けた先生は、後ろ姿を見送っているローラのちょっと皮肉な眼差しには気づいていなかった。

先生は首尾よく玄関のベルを鳴らし、応接間に通されてお茶を出された。しかしその幸せな満足感も長くは続かなかった。数分して彼女は、自分のパンとバターを手に、生徒たちのいる召使いの食堂に現れた。そしてそのとき教務補助をしていたローラにこう囁いたのだった。「ブレイスウェル夫人は私が生徒たちのことが気がかりでしょうからって、気をきかして先にお茶を入れて下さったの」

音楽会

地主の「わしらの旦那さま」も一年に一度、学校にやって来た。しかし彼の陽気な赤ら顔を見ると生徒は緊張よりも、むしろ来訪の目的にうれしさで顔がほころんだ。彼は学校で音楽会を開きたいので、生徒の中からも歌を歌って協力して欲しいという相談に来たのだ。彼は母親ほど義務を重大には考えていなかった。毎日、何時間も、地所の畑や林を、銃を手に、スパニエル犬を連れて歩き回っているだけで、家や庭や財産管理に関わるさまざまな雑用や屋敷の将来の問題は、母親に任せきりだった。家にいるときの唯一の活動はバンジョーを弾きながら黒人霊歌を歌うことで、村の若者を数人、ニグロ楽団という自分のバンドのメンバーにしていた。そのバンドが毎年開かれる音楽会の主役で、それに彼や母親の友人たちが何か演奏して花を添え、足りない分を学校の生徒たちが補うことになっていた。

だから彼が学校に来ると、急に校内が活気づいた。何の歌を誰が歌うのか話し合いが始まるが、最終的には全員で何かを歌うことに落ち着く。声が悪く音痴のローラでさえ、合唱に加わらなければならないのだった。

生徒たちはいつも学校の唱歌集から選んだ春や自然をテーマにした曲を歌ったが、歌は下手だった。しかも去年も一昨年も歌った同じ歌が何度も登場する。シェパード先生はある年、お屋敷の旦那さまを喜ばせようと思って、保守党の政治団体であるプリムローズリーグを讃える歌を歌うことを思いついた。歌詞にはこういう箇所があった。

さあ、保守党、団結せよ
プリムローズのバッジを胸に、力を合わせ
希望を持って進めば
祈りに応えて、神が我らを守りたもう

ローラの父はこのことを聞くと、自由党員である自分がその歌を子供に歌わせるわけにはゆかないと、丁寧なしかしきっぱりとした手紙を先生に書いた。ローラは、自分があらかじめ全体のハーモニーを乱さないよう、歌うときには声を出さなくてもいいと言われていることは父に言わなかった。「あなたは口を動かしているだけでいいのよ」と先生に言われていた。ローラは音楽会で、他の少女たちがバックコーラスのために後ろに並んでいるときも、一人だけ舞台の飾りつけをすることになっていたのだ。ところがその年は、代わりに観客席から舞台の歌を楽しめただけでなく、客席の感想まで聞けることになって、入場料三ペンスの子供料金分をたっぷりと楽しんだのだった。
音楽会の夜になった。年に一度の楽しみだ。その周辺に住む人々は全員やって来た。旦那さまとニグロ楽団の演奏は素晴らしかった。全員が赤と青の衣装をつけ、顔や手には石炭かすを黒く塗り、体を揺すって洒落を飛ばし、歌を歌った。

ダーウインの友人がやって来て言ったよ
百万年前
おまえには尻尾が生えてて、二本足で立つこともできなかったじゃないか
俺は言ってやったのさ「それは昔のこと
今はこのとおりさ、教えてやろうじゃないか
おまえなんか、いっちまいやがれ」

客席にはダーウインの進化論を知っている人はほとんどいなかったが、「いっちまいやがれ」の意味は全員がわかった。旦那さまのブーツがトム・ビンズの背中を蹴って見せたからだ。教室中がどよめいた。「笑いすぎてお腹が痛くなった」終わった後、みんなが口々に言った。
拍手が止んだところで隣村の大柄な牧師補がベルを鳴らし次のプログラムを紹介した。ピアノ

演奏の独奏や連弾だった。演奏者の若い令嬢たちは胸元がVに開いた白いドレスに肘まで届く子羊の手袋をしている。「ご好意による特別出演です」のアナウンスに、最前列の席から彼女たちが立ち上がると、紳士が二人さっと前に駆け寄って、一人が自分の両脇に令嬢たちのそれぞれの手をとって壇上に導き、もう一人が壇上で二人の手を取るとピアノまでエスコートしてから手袋と扇子を預かり、譜面をめくる役になった。

ピアノの音が鳴り響き、歌声がそれに重なった。親切な演奏者たちはピアノの小曲の間に流行の歌もはさんでくれていた。一曲終わる度に立ち上がってお辞儀をし、拍手が止んでからまた次の曲に移るのは、生徒たちがその間に次の曲のために心の準備をし、聞いている人たちも退屈しないですむようにとの気配りからだ。しかし後ろの席に陣取った若者たちはこのプログラムに飽きて、野次ったり足を踏み鳴らしたりし始めた。それを注意されると彼らは不貞腐《ふてくさ》れ「六ペンスも払ってるんだから、文句くらい言ったっていいだろう」と毒づいた。

一度、スポーツマンのような牧師補が歌を歌ったことがある。それは「私がポルカを踊るのを見て」という歌だった。歌いながらあまりに大げさにポルカを踊った彼は壇を踏み外して下に落ちてしまったが、床の上で最後まで歌い続けた。その間、舞台の後ろに一段高くしつらえた板の上に二列に並んだ少女たちは、空中に取り残されたまま、歌ったのだった。

私がポルカを踊るのを見て
滑るように踊るのを見て
私が踊ると
上着のすそが尾のように風になびく

エドモンドとローラはその歌詞と踊りの振付けをすっかり覚えてしまって、その夜、音楽がないのに母の寝室で踊り続けた。眠っていた赤ん坊が起きてしまったせいでおしおきされ、楽しい一日は台無しになったのだった。

生徒たち全員が壇上で歌った歌にも拍手が送られた。しかし生徒の歌や令嬢のピアノは、たとえて言えばサラダの中のレタスのようなもので、全体を味付けしているのはユーモラスな出し物の方だった。

シェパード先生には詩の才能があり、普通の短い歌詞にどんどん書き足して替え歌を作るのが上手だった。ある年、先生は聖歌にこんな歌詞を書き足した。

村の学校はみな感謝しよう
ヴィクトリア女王陛下のなされる

教会や国家への正しい治世を
女王陛下万歳

旦那さまはこの歌がとても気に入り、新聞社に送るつもりだと言った。

ゆらゆらと揺れるランタンを手に暗い夜道を帰路につきながら、グループごとに話はその日の音楽会の感想で盛り上がった。ニグロ楽団の演奏、牧師補の歌は文句なしにみんなが楽しかった。令嬢たちの演奏もまあまあだった。でも一人くらいは必ず文句を言うだろう。すると「そんなことは言いっこなしさ。つまらないなんて言ってる奴はいなかったよ」という答えが返ってくる。生徒については、演奏よりも着ている衣装が話題になることが多かった。親たちに何か言われた子供は照れて顔を赤くし、クスクス笑ったり、急ぎ足になったりする。「メアリーアン・パリッシュはひどかったなあ」とか「ローズ・ミッチェルの太い足が見えてたぞ」とか「エム・タッフリーのあの格好は何だ。母親はもう少し何とかできなかったのか?」というような言葉が行き交うのだ。でもそんなこともこんなことも全部ひっくるめて、みんな音楽会を楽しみにしていた。今、彼らの孫の代では、映画がそれに当たるのかもしれない。

第十三章　メーデー

花飾り

演奏会の興奮がようやく落ち着いた後には、長い冬がやって来る。真っ白な雪でおおわれた畑の上に、吹雪がクリスマスプディングの砂糖ごろものアイシングのような線模様を描いた。そして雪が雨に変わるとその模様は消え、学校への道では子供たちの古い傘が強い風に引っくり返され、家々の煙突からは終日煙が立ち昇り、洗濯物が家の中に吊るされた。そしてその長い冬の日々の後には春がやって来る。子供たちが一年中待ち焦がれていたメーデーがやって来る。

昔は地方をあげて行われたメーポールダンスやゲームはもうすたれていたが、花飾りの行列は今も続いていた。大人たちは飾るための花をくれ、お祝いのやり方や思い出を話してくれるが、メーデーは子供だけのお祭りだった。

メーデーが近づくにつれて子供たちの心から、いやなことはすべて飛び去っていき、気がかりなのは当日のお天気だけだ。「晴れると思う?」と聞かれるたび、年寄りは空を見上げ風向きや雲の形から天気を読み取ろうとする。そして幸運なことに、ローラが子供だった八〇年代の十年間、その日はいつも晴れだった。にわか雨には出会ったが、一日中雨の降ったメーデーは一度もなく、花飾りを持って練り歩く行進が中止になったこともない。

花飾りは学校の教室で作った。以前は戸外の場所や、どこかの家や物置を借りたこともあったらしい。しかし作る場所は変わっても作り方だけは今も昔と同じだ。

高さ四フィートほどの釣鐘形の土台を軽い木枠で組み、たがを段々に回す。そしてそれにリースと同じ要領ですきまなく花を飾りつけてゆくのだ。

前日の四月三十日の朝、子供たちは、かごやエプロンに、畑や生垣で摘んだり家や近所の花壇からもらって集めた草花を一杯持って、学校にやってくる。年長の少年たちは直前の日曜日に、六マイルも八マイルも離れた森まで行ってプリムローズを集めてきていた。生垣のスミレ、原っぱの黄色いキバナノクリンザクラ、アラセイトウやセイタカサクラソウ、庭の赤スグリの房などがほとんどだが、先生が庭から摘んできたスイートブライア（野茨の一種）の葉っぱの緑が鮮やかな彩りを添えている。

机もテーブルも床も埋め尽くすほどにいっぱい集めてきた花は、十分に間に合うように思われたのに、大きな木枠に飾り付けていくうち、どんどんとどこかに消えていってしまう。子供たちの中からまた「花を集める特別班」が作られて、教会、お屋敷、周辺の農家へ貰いに出かけて行くと、どこでもみんなが気前よく自慢の庭の草花を好きなだけ、持ち切れないほどにたくさん、持たせてくれた。そしてそれらの花々のおかげでようやく木枠の表は一面に花で埋め尽くされるのだ。見えない裏側は緑の葉っぱだけだが、最後に黄色と茶色の王冠をかたどった飾りをてっぺんに付け、水をたっぷりかけて、一晩その水滴をきらきらと光らせたまま花飾りは翌日の晴れの舞台を待つのだった。

メークイーン

みんなが花飾りの仕上げに忙しいころ、教室の隅では、五月の女王《メークイーン》に選ばれた女の子が自分の王冠作りに一生懸命だ。この冠《かんむり》はいつもヒナギクで作ることになっていたが、野原のピンクの花だけではつまらないので、庭植えの白や赤のヒナギクも混ぜながら、常緑の濃い緑の葉っぱと一緒に作り上げてゆく。

女王が決まったのはつい数週間前だ。一番可愛いらしい少女か一番人気のある少女が選ばれるのだろうと思うかもしれないが、実際は、なりたい子が順番になるのが普通だった。「今年私を選んでくれたら、来年はあなたを推薦してあげる」という具合に決まる。そして実際に選ばれた少女を見るとほとんどが似たり寄ったりなのだった。がっちりした体格で、ほっぺの赤い、いかにも健康そうな、十歳か十一歳の田舎の少女だ。褐色のふさふさした髪がしっかりと王冠を支えてくれるだろう。

メーデーの朝六時、子供たちが全員集まって、花飾りに最後の仕上げを施す。学校の裁縫道具の入っている引出しから、水色のドレスを着た大きな陶器の人形が取り出され、彼女を花飾りの真ん中に作った小さな台座に座らせると準備完了だ。この人形は「貴婦人」と呼ばれていて、花飾りには絶対に必要な存在だった。この辺りのメーデーの花飾りはだいたいがステッキの先に小さな花束をくっつけただけのものが多かったが、そういうものでも人形を形どったものが必ずつけてあった。子供たちは「貴婦人」に特別の感情を持っていた。花飾りは彼女のためのもので、彼女を称えてみんなで練り歩くのだと考えていた。だから「貴婦人」は決して粗末に扱ったりしてはならなかった。花飾りをうっかりひっくり返しでもしたら（そしてそれはその日の終わり近くなれば何度もあることだったが）、まず気になるのは「『貴婦人』は大丈夫？」ということだ。（この人形は元々は「聖母マリア」をかたどったものだったのが、カトリックが廃された後、「貴婦人」と呼ばれるようになったのではないだろうか？）

「貴婦人」が花飾りの中央に座ったら、全体にヴィクトリア風の白いモスリンのヴェールかスカートを垂れ幕兼雨よけとしてかぶせる。そして担ぎ棒のほうきの柄が木枠に通されて準備完了だ。
この行進には七歳から十一歳までの子供が全員参加した。女の子たちは気温に関係なく白かパステルカラーのワンピース、男女共に飾り結びのリボンとタイとサッシュを飾り、男の子はさらに肩からリボンを斜めがけにしている。クイーンの少女は白いヴェールの上にひなぎくの冠《かんむり》を載せ、他の少女たちも持っていれば白いヴェールをつけた。白の手袋をはめる習慣だったが全員の分がそろっていないので、左右そろったものはクイーンにまわし、サイズの合わないぶかぶかのものを何人かがした。破れて指が出ているものもあるが、後で行われるキスシーンのときに、恥ずかしくて指を噛むのにはかえって都合がいい。

行進

そしていよいよ行進の開始だ。隊列の組み方はこうだった。

旗を持った少年　　　　　　　寄付の箱を持った少女

二人の少年に担がれた花飾り

王　女王

二人の侍女

貴族と貴婦人
二人の侍女
従者と従者の妻
二列縦隊の兵士

「外套《がいとう》持ち」の少年

「母親」役の少女

隊列全体を監督する「母親」は年上の少女たちの中の一番しっかりした子が選ばれた。古い大きな二重蓋《ぶた》のかごを腕にさげ、その中には大事な役の子供たちのお弁当が入っていた。「外套持ち」というのはみんなの雨ガッパを持っている少年のことだ。しかし途中でにわか雨に遭っても、誰もみすぼらしいカッパを着たがらず、晴れ着のまま、お祭りの気分で歩くことの方が多かった。

行進はにぎやかに始まる。母親たちは「お行儀よくね」と声をかけ、小さな子は行進に入りたいと駄々をこね、泣き出すこともある。年寄りたちも門口に出て行列を見ながら「今年の行列は見栄えがいい」とか「悪い」とか、てんでに批評する。でも担ぎ役の少年たちはそんな言葉も気に止めず、「どしゃぶりでも歩き通すぞ」と勇んで道へと踏み出していく。もう後戻りはできない。

牧師館とお屋敷へ

最初に立ち寄るのは牧師館だ。玄関前に花飾りを下ろすと、細く高い声で歌い始める。最初は恥ずかしそうな小さな声が、だんだんと大きな声になってゆく。

花束を届け
ドアの前におきました
まだ若いつぼみですが
神さまの手にゆだねます

神さまの祝福がありますように
この家のご主人に
そして奥さまや子供たちにも
この家のテーブルを囲む皆さまに

ささやかな歌を歌います

短い時間ではありますが
神さまの祝福を皆さまに届けるため
このメーデーの美しい日の祝福を

最上階の窓辺に寄り、この歌を聞いているエリスン牧師の表情は穏やかだが、頬は白い石けんの泡だらけだ。まだ朝の七時、髭剃りの最中なのだ。彼は花飾りを見に下までは来ないが、ミス・エリスンが下りてきてドアを開けてくれる。彼女に見せるために花飾りのヴェールがあげられる。ミス・エリスンは手を触れて、花の香りをかぐと、銀貨を寄付箱に入れてくれた。さあ、次は地主のお屋敷だ。

大奥さまはみんなにもったいぶった会釈をすると、たまたまそのとき孫たちが遊びに来ていれば、その場を離れて子供部屋の窓に向かうだろう。旦那さまは、鼻をひくつかせているスパニエル犬の紐を引きながら馬小屋から姿を現す。

「何人、いるのかね？」と彼が聞く。「二十七人か？　少しだが五ボブ（五シリング）あげよう。喧嘩しちゃいけないよ。さあ、歌を歌っておくれ」

「『五月の花束』じゃなく別の歌にして」五シリングを貰って有頂天の「母親」役の女の子が小さな声で言った。「古くさいのはいや。新しい歌にしましょう」

最新の流行とまでもいかないまでも、まずまず新しい歌が選ばれた。

素晴らしい五月
日の光と雨のめぐみに
花のつぼみもほころぶ
明るい陽射しに森の若葉は芽ぶき
ミツバチも花に集まる
さあ、喜びに満ち進んでゆこう
妖精たちのように軽く
遠くまで

こんな歌もあった。

この新しい花飾りを見て下さい
喜びあふれる若葉の緑
これこそ春のしるし、五月の喜び

キバナクリンザクラにヒナギク、そして水色のヒヤシンス
キンポウゲもアネモネも明るく輝いている

この歌を歌うときには歌詞に合わせて、花飾りの花を順に指差す。サンザシだけはオクスフォード州では五月半ばまでは花が開いていないことが多かったので青いつぼみのままだったが、歌に出てくる花はだいたい全部、そこに飾られていた。

田舎道

牧師館とお屋敷という最初の大きな仕事が終わると、次は農場とその辺の家を順に回った。そしてその小さな行列は、サンザシのつぼみや新緑の芽が伸び始めた高い生垣の間の、細いくねった田舎道を七マイルも、ぐるりと一周してくるのだ。車も馬車もほとんど走っていなかった。出会うとすれば、農具を積んだ荷馬車や白い幌をかけたパン屋の馬車、大きなお屋敷の軽馬車が乳母と子供を乗せて郊外に遊びに来ているのを見かけるくらいだった。花飾りをかついだ少年たちはときどき道をはずれ、柵を越えて、キンポウゲの咲き乱れる牧場の中の小道に入り込んだりした。どこかの庭園に迷い込んだり、ぽつんと建った大きな家や農場に気の向くままに寄ってみたりもした。

ふだん、田舎の子供たちは自分の村の外の遠くまで自分だけで行くことはなかった。だからこの長い行進を機会に、行ったことのない場所に足を踏み入れて探検気分を味わったり、新しい近道を試してみたりするのだった。ある年は森を抜け、またある年は沼を通り、雄牛に追いかけられそうな牧草地を通り抜けたりした。白鳥が一羽、静かな姿を浮かべている池もあった。孔雀の大きく開いた羽に光があたって美しく輝いていたのはどこの屋敷の庭だったろう。ある家で初めて見た井戸の自動水汲みポンプが、地下で不気味な音をたてているのに驚いたこともあった。にわか雨にも遭った。五十年たった今も、ローラは緑にかすんだ景色の上に虹がかかり、カッコーの声が響く中に、濡れた花飾りのプリムローズが香っていたことを、鮮やかに思い出せる。

道で別の村の行列に行き会うこともあった。でもローラたちの花飾りはいつもどのグループにも負けないほどきれいで立派だった。「あんなのメーデーの花飾りじゃないわ、ちっちゃな花束をステッキの上に結んだだけじゃない。貴族や貴婦人もいないし、王さまも女王さまもいないわ。箱を持ってお金をちょうだいって回ってるだけじゃないの」でもラークライズやフォードロウの子供たちはそんなみすぼらしい飾りに同情しているわけではない。メーデーのきれいな歌ではなく、こんな歌でからかってやるのだ。

ハードウィッグのバカあほまぬけ

フォードロウに来てぼろを集めて
かあちゃんの手提げのツギにしろ

もちろん相手からも同じような歌が返ってくる。

行列が普通の家の門口に立ち寄るときは、「冠《かんむり》を見せて」という声がかけられないかぎり、女王は従者たちと一緒にしとやかに花飾りの後ろに立ち一緒に歌っているだけだが、大きな屋敷の裏から入って行くときには、楽しい余興があるのだった。メーデーの日はいつも、どこの屋敷でもたくさんの使用人たちがそろって中庭で待ちかまえていた。掃除メイド、台所メイド、牛の世話のメイド、洗濯メイド、馬丁、御者、園丁など全員が集まっていたら、歌を歌うだけでは終わらなかった。花輪を誉めそやす声、からかい半分の笑い声が飛び交う中で、侍女が国王の帽子を脱がせ、他の従者が女王のヴェールを上げると、国王役の田舎の少年はもじもじしながら女王の真っ赤な頬にキスをしなければならないことになっていて、きまり悪そうな二人のキスに、周りはどっと沸きかえるのだった。

「もう一度。アンコール！」の歓声に、国王と女王はいつまでも何度もキスしてみせなくてはならない。とうとう最後に「もう、いやだ！」と言い出して、「もう一回キスしたら一ペンス寄付するよ」という声にもうんと言わなくなる。「一回一ペンス」の声に、交代で、今度は貴族が奥方に、従者が自分の女房にうやうやしい挨拶をして見せる。そして寄付の箱がまた順に回されて、一ペンス硬貨でずっしりと重くなって戻ってくるのだった。

男の召使いは立派な頬ひげをはやし、女たちは薄紫やピンクのプリント地の長いワンピースを着て、髪は額の真ん中で分けて結い上げ、レースのマットのような平らな白い帽子をのせている。そしてシンプルなリボンをつけただけの子供の使用人もいた。そこには今は見られない大人の階級社会を反映した縮図があり、それぞれ目上に対して、男の子は額に手を上げて敬礼、女の子はお辞儀をして挨拶することになっていた。仕事の上司は主家の人たちの次の目上の存在だ。今ではそういう例は少ないが、上位の召使いの中には中流以上の出身の者もいた。その頃は、看護婦、教師、タイピスト、事務員などの仕事はまだ、ほとんどなかったので、農場や商家や宿屋、農場管理人の娘たちも、外で働きたければお屋敷奉公をしたのだ。それが嫌《いや》なら家にいるしかなかった。

幸せな一日

お屋敷の次は執事の家、園丁の家、馬丁の家と続く。そしてまた次の家を目指し庭園を抜け、林や畑を通り抜けて行く。すべてが順調に運ぶわけではない。足に合わない靴や擦り切れた靴を履いているので、足が疲れると疲れからつまらないことで口喧嘩になり、取っ組み合いになることもあった。激しいにわか雨にみんなで木の下で雨宿りしたこともある。そんなときにヴェールをあげて花飾りを雨にあてると、花々は元気を取り戻す。近道を行こうとして猟番の男に見つかって怒られ、何マイルも遠回りさせられたこともあった。今になると、そんな小さなできごとも含めて何もかも、メーデーは完璧に幸せな一日だった。

時間を見計らって、先に進むのは止めて向きを変え、帰路につく。戻って来た子供たちの目にやっと、遠い向こうのラークライズの家々の窓が、春の夕暮れの薄明かりに光っているのが見えて来る。楽しい一日が終わろうとしている。十歳のローラには来年のメーデーまでの一年が一世紀も遠い先のように感じられた。でも、明日の朝は学校で今日集まったお金をみんなで分け、「貴婦人」をきれいに拭いて、箱にしまってあげなくてならない。まだ萎れていない花にも水をあげないといけない。明日はまだ今日のメーデーの続きの日で、普通の一日というわけではない。

眠りに落ちてゆきながらローラは夢を見た。夢の中で白鳥や孔雀、従者や痛む足、ヒナギクの冠《かんむり》を頭にのせた赤い頬の少女、すべてが金色に輝きながら、一緒になり溶け合っていった。

第十四章　教会

教会に行く人々

ラークライズの人々に「信じている宗派は？」と聞けば、九割は「イギリス国教会」と答えるだろう。洗礼や、結婚やお葬式のときは当然のようにフォードロウ教会に行くのだからたしかにそうなのだろう。でも実際は、孫の洗礼式に行くくらいのもので、いつも教会に通っている人は少なかった。子供たちは日曜学校に行かなければならなかったのでその後の礼拝にも出たが、毎日曜日、欠かさず教会に来る大人は十二人程度だった。あとは家にいて、女は料理や子守り、男はゆっくり髭を剃ったり髪を切ったり念入りに体を洗ったりと、日曜日の身じまいを整えて、ブーツを履きワイシャツを着てネクタイをしめる。そしてその格好で食事をし、うとうと昼寝をし、新聞を読み、飽きれば外に出て、隣近所の豚や菜園を見て歩くのだ。

もちろん熱心な信仰を持つ人々もいた。インの一家はカトリックで、村のほとんどがまだゆっくり日曜日の朝寝を楽しんでいる早朝から、隣村のカトリック教会のミサに出かけて行った。三軒あるメソジストの人たちも毎日曜日の夕方、一軒の家で祈祷の集まりをもっていた。彼らはフォードロウ教会にも通っていたので、「悪魔嫌いのどっちつかず」と呼ばれていた。

日曜日になると午前と午後の二回、フォードロウ教会からディンドンと二つの鐘の単調な音色が響いてきて、みんなに神さまのことを思い出させてくれた。その音《ね》を聞くと、教会に通う人たちは野原を越えスタイルを越えて、急ぎ足になる。教会の雑用をしている男性はいつも、鐘をつき終えたらすぐに礼拝堂の扉を閉めて内錠をかけてしまうと脅しているからだ。遅れた人は、彼の気分次第ではずっと外にいなければならなくなる。

フォードロウ教会

毎日曜日の礼拝出席者は、フォードロウ村の住人、地主の一家、農場主の家族と使用人、牧師館の人々、ラークライズを代表してやってくる人々で、総勢は三十人くらいだったろうか。狭い礼拝堂はこれだけで一杯になった。広さは納屋くらいしかなく、真ん中の通路をはさんで両脇にベンチが数列あるだけだ。壁際の通路はない。飾りつけも納屋同然に殺風景で、灰色の粗塗りの壁にガラス窓、床には砂岩の敷石が敷いてあった。冷たく湿っぽい土の臭いが、火の気のない古い教会に染み込んでいた。地下に埋葬された人々の朽ちた骨の臭いだと、気味の悪いことを言う人もいた。誰がいつ埋葬されたのかはわかっていない。壁に埋め込まれた慰霊の碑は、洗礼盤のそばの半分壊れて判読できない古い真鍮《しんちゅう》板のものが一枚と、それよりは新しい銘板が二枚あるだけだった。教会は村と同じくらいに古く、同じくらいに忘れられた存在だった。地下墓所に埋葬されている人々も生前は地位のある重要な人だったに違いないのに、誰も名前すら覚えていない。祭壇の向こうに見えるステンドグラスだけが、冷たい灰色の室内で宝石のように煌《きら》めいている。祭壇の手すりの内側に置かれた縁の欠けた聖水廃棄盤と、以前は中庭に置かれていた高い十字架の支柱の残骸が僅かに過去の証人だったが、それも沈黙したままだ。

地主と牧師の一家は前の方に、壁を背にして向き合う形で、それぞれの家族用の信徒席を持っていた。そしてそれにはさまれて学校の生徒たちの座る長いベンチが二つある。子供たちはいつも偉い人たちに監視されていることになる。そこから階段を数段下りたところにオルガンがあり、低学年の女の子たちがそれを囲むように立って、ミス・エリスンの伴奏に合わせて合唱する。その手前のベンチに座る席順には村の人々の階層がはっきりと反映していた。一番前には農場主の家族が座り、二列目から順に地主の屋敷で働く園丁、馬丁、学校の教師、メイド、村の人々と続き、教会の雑用係の男が一番後ろの席に控えている。

「小使いさんのトム」と呼ばれていた彼は、教会には欠かせない人間だった。墓掘りもしたし、結婚予告を書き出したり、冬の洗礼式には氷のように冷たい水を少し温めておくとか、礼拝堂の後ろにあるストーブに石炭を投げ込むとか、細々した仕事がたくさんあった。中でも礼拝の進行や「アーメン」を言うタイミングで果たす役割は重要だった。牧師や信徒が一緒に「主への賛美」を朗誦するとき、トムの声はみんなのぶつぶつと蚊の鳴くような声の中で朗々と響き渡り、牧師の声をも圧倒した。そしてその大声は牧師の声を抜いてどんどんと先に進み、さっさと最後の文節を読み上げているのだった。

午後の礼拝は、お祈りが省略されるわけでも信経《クレド》が差し替えられるわけでもなく、午前とまったく同じなので、子供たちにとっては永遠に続くのではないかと思えるほど長かった。学校の生徒はお屋敷の家族席からまともに見えるところに並んでいるので、もじもじ体を動かすこともできない。糊とアイロンで皺《しわ》一つなく整えられた晴れ着に、昼食で満腹になったお腹の線をくっきりと浮き出させ、ほとんど目を開いたまま眠りながら、鐘のように響き渡るトムの「アーメン」と、ブンブンと蜂の飛ぶ音のように響いてくる牧師の声を聞いていなければならない。たまにコウモリが天井から舞い降りて来たり、蝶が窓から迷い込んで来たり、エリスン牧師の愛犬のフォックステリアが戸口から入って来たりすれば、それだけでも少しは気が紛れた。

エドモンドとローラはいつも、通路を半分以上下がったところのお祖父さんの席に、ほかの子供たちとは離れて座っていたので、まだましだった。そこはちょうど教会の入口が見える場所で、夏は扉が開け放してあれば、小鳥やミツバチ、蝶が出たり入ったりするのが見えたし、風に木の枝が揺れたり墓地の草が風になびくのを眺めることもできた。礼拝の間に女性が項《うなじ》にかかる髪をかきあげたり、男性がネクタイをゆるめたりするのを見るだけでも気晴らしになった。ひどい腱膜瘤《バニオン》に悩んでいるディヴ・プリダム爺さんはお説教の始まる前に、片目は牧師に向けたまま、そっと悪い方の足から靴を脱ぐ。新婚のカップルはぴったりと身を寄せ合って座り、小使いトムの若いおかみさんは赤ん坊に乳をやっている。彼女は冬にはいつも毛皮の短いケープを着ていたが、そのふんわりした黒い打合わせの間に白い釣鐘草のような乳房が現れ、それを白いハンカチで「お行儀よく」そっと隠すのだった。

説教

説教壇のエリスン牧師は学校の聖書の授業のエリスン先生そのままだったが、教会では白い聖職衣を着ている。彼には日曜日の礼拝に集まる大人も少し大きな子供でしかなかったのだろう。説教は学校の授業と同じだった。お気に入りのテーマはまず「教会にはきちんと通うべきである」ということだった。四十五分間そのことについて話し続けながら、彼はその説教が結局そこにいない人間に向けられたものであることに気づいていない。聞いているのは毎週きちんと教会に通って来ている人たちで、本当の迷える子羊たちは一マイル以上も向こうで、まだ朝寝を楽しんでいるのだ。

もう一つ彼が好きなテーマは、今ある社会秩序への敬意ということだった。神はその全能の智恵をもって、男、女、子供も含めこの地上のすべての人間に、そのふさわしい場所を与え給うた。それは喜びをもって受け容れなければならない大いなる義務であって、自分の居場所を変えようなどと考えてはならない。地位のある紳士は彼の土地で働く労働者より、楽で贅沢な暮らしをしていると思う者もいるかもしれないが、紳士には紳士なりの彼の能力を超える義務と責任が課せられているのだ。常に治める地位にある彼は自分の財産に気を配り、税金を払い、自分の地位を確かなものにしておくためには、人に喜びを与えなければならない。農民たちにそれができるかといえば、到底その力はない。同様に紳士が農民と同じだけの技術でまっすぐな畦を作ったり、草を刈ったり干草を積み上げたりすることもできるかといえば、やはりできないだろう。だから農民たちは自分たちの技量や肉体的な強靭さを感謝して享受すべきであって、それに対して彼は土地を耕してくれる彼らに、賃金という十分な形で報いてくれるだろう。

それほど頻繁ではなかったが、彼は「罪に対する永劫の罰」についてもよく語った。そんなときも彼は、分をわきまえて目上の者を敬う勤勉な人間には祝福が用意されていると、さりげなく付け加えることを忘れなかった。彼の説教で聖なるイエス・キリストの名が語られることは少なかった。人間の悩みや喜び、人を結ぶ愛について語ることも少なかった。彼が語るのは信仰ではなく、その頃でさえ時代遅れになりつつあった、身分の上下関係を正当化し秩序を守る倫理だった。

一度だけ、彼が感情に突き動かされたことがある。それは一八八六年、普通選挙が初めて行われ、グラッドストーンの率いる自由党が勝利した直後の日曜日のことだった。彼はいつもどおり目上の者への義務について話し始めたところだった。すると突然、その週の選挙のことを思い出したのだろう、彼の中に感情が沸き立った。怒り、彼によれば「正当な怒り」で顔が真っ赤になり、いつもは凍りついたように冷静な青い眼が、剣の刃のような光を放った。彼は説教壇から身を乗り出して、吼《ほ》えた。「あなた方の中に、ごく最近、神聖な義務を忘れた者がいる。なぜそうなったか、理由は明らかだ。犬らの仕業だ」

ローラは震え上がった。教会で聞く言葉だろうか。しかも牧師の立場にある人の口から。しかし、後年ローラは、その頃は穏健そのものであった自由主義思想さえ、教会の説教壇からは「犬」と罵られた時代に立ち会えたことを、いつも懐かしい気持ちで思い出した。自分も時代の証人になれたことがうれしかった。

説教が終わるとみんな、びっくり箱から飛び出すばね仕掛けの人形みたいに、ぱっと椅子から立ち上がった。好きな賛美歌を口ずさみながら、深呼吸して、自由におしゃべりを楽しんで教会の前庭を歩いて行く人々のうれしそうなこと。誰も牧師の説教に一々文句を言ったりはしなかった。だいたい説教など、ほとんど聞いていないのだ。あの「犬」説教の直後、ローラはひそかに大人たちの反応を窺《うかが》ったが、聞こえてきたのは、「話がわからなくてよく憶えていないんだ」とか、「ちょうど居眠りしていてね」という言葉だった。ある女性の「今日のエリスン牧師は半分頭がおかしかったね」というのが、もっともわかりやすい感想だったのかもしれない。

教会に通う人の中にはよそゆきの服を見てもらいたい人や、噂話がしたい人もいた。賛美歌を歌う自分の声に聞きほれたい人もいたし、教会に休まず通ってクリスマスに毛布や石炭をもらいたい人もいた。もちろん純粋に信仰から通っている人もいただろう。教会には世俗を超えた厳かな雰囲気があったし、信仰深い人もたくさんいた。でもほとんどの人は、信仰は年寄りのものであって、自分にはまだ関係ないと思っていた。

「そろそろあいつも死ぬときのことを考えないといかんな」髪やひげが白くなり、立ち居振舞いがだらしなくなって、病気がちになったり酔っ払ったりするようになると、そう噂される。ある時、隣村から背中にこぶのある男の人が豚パーティにやって来た。酔いつぶれ、口汚い言葉を吐いたのが、外見のせいで余計に怖く見えた。ローラの母親はその話を人づてに聞いたときに言った。「考えてもごらんなさいな。一人前の仕事ができないのに神さまを恨んだり罵ったりするなんて。おお、いやだ」エドモンドはそのとき十歳だったが、読んでいた本から顔を上げると静かな声で言った。「そういう体の人だからこそ神さまを恨む権利があると思うけどな」母はその言葉に対し、エドモンドも同じくらいに罰当たりだと戒めた。

カトリック

インの一家のカトリック信者たちは村では少数派だったが、敬意を持たれていた。おいしいビールを飲ませてくれる店の主人が間違ったことをするはずがないからだ。しかしラークライズでは、一般的には、カトリックはかなり強い偏見をもたれ蔑まれていた。カトリックは異教徒と同義語で、キリスト教徒の国にはあり得ない存在とされていたのだ。小さな頃、ローラとエドモンドが、ローマ・カトリックについて質問すると「偶像を拝む人たちのことだよ」という答えが返ってきた。詳しく知りたいと思ってさらに聞くと、「法王を崇めている人たちのことだ。法王というのは悪魔とグルになっている悪い年寄りなのさ」と説明された。カトリックの信者は教会で膝まづき、数珠をいじっている馬鹿者で、猿芝居をしているだけだというのだ。信仰など無益だと無神論を主張する人ほど、カトリックを敵視した。しかしローラとエドモンドの祖父はアンジェラスの鐘の音が隣村から聞こえて来ると、いつも帽子を取り黙祷した後で、「私の父の家には住むところがたくさんある」と聖書の言葉を呟くのだった。そのときの二人は幼く、まだその意味を理解できていなかった。

大きくなってよその子供たちと連れ立って歩くようになると、日曜学校に行く途中いつも、馬や軽馬車で何マイルも向こうから、隣村のカトリック教会にやって来る一家を見かけた。「ほら、時代遅れのカトリックが行くぞ」子供たちは口々に叫び、彼らを追いかけた。「時代遅れの奴は猫でもなめろ」と悪態をつきながら、子供たちは息が切れるまで馬車の後を追いかけて走った。軽馬車に乗った女性が時おり我慢強い笑顔を見せたが、他の人たちは知らん顔だった。

馬や乗り物の後ろからはその家の若者や年長の少年が遅れてやって来る。遅れて家を出てもミサに間に合うくらい彼らの脚は強かった。子供たちは彼らをからかうことはしなかった。そんなことをしたら、ミサに急ぐ途中であっても猛スピードで戻って来てみんなを叩きのめし、それからでも間に合うほどに早く走れることを知っていたからだ。それは実際に経験ずみだった。だから子供たちは、彼らがずっと遠くに行ってしまってから、からかったり歌ったりし始める。

「神父さま、懺悔《ざんげ》にまいりました」

「我が子よ、何をしたのだ？」

「神父さま、猫を殺したのでございます」

「我が子よ、それがどうしたのだ？」

「神父さま、どうしたらよろしいのでしょうか」

「おまえがキスしてくれたら私もキスしよう、それで終わりだ」

人々のこの偏見は、元々は何か政治的な原因から始まっているように思われる。しかしそれにしても、おかしなのは、平気でカトリックの人をいじめたりからかったりしている同じ子供が、寝るときには、昔のカトリックのお祈りを唱えていたことだ。

マタイ、マルコ、ルカ、ヨハネの使徒よ
私の休む寝床を祝福して下さい
寝床の四隅には
四人の天使が羽を広げ
一人は私を見守り、一人は私のために祈り
一人は私の魂を遠くへ運んで行って下さいます

十九世紀の終わりには、今はもう消えてしまった言葉や言い回しの習慣が、まだ残っていた。ローラが小さかった頃、彼女の母より上の世代の母親や祖母は子供を叱るときに、クロムウェルの名前を脅しに使うことがあった。「いい子にしないと、オリバー・クロムウェルにつれて行かれますよ」イングランドの南では、ナポレオンの名前が使われた。オクスフォード州は海岸から遠く、海の向こうの大陸からの侵略は影響がなく、ナポレオンは知られていなかったが、清教徒革命のときはわずか十マイル東で戦いがあったので、クロムウェルの名前はよく記憶されていたのだ。

メソジストの集会

メソジストはまったく相手にされておらず、布教活動さえしなければ問題なかった。日曜日毎の夕方、信徒の家で行われている祈祷会に、ローラは親から許しがもらえれば喜んで出かけて行った。彼らの集会が特に好きだったというのではない。教会の礼拝の方が好きだったが、日曜日の夕方に、家にいることが耐えがたかったのだ。家族全員が狭い家の火のまわりにひしめいているのに、父が何か読み物をしていると、話すことも体を動かすこともできなかった。

父は「あの騒々しくて大げさな奴ら」とメソジストを嫌っていた。ローラが暗くなってから外に出かけるのも喜ばなかったから、毎回許してくれたわけではないが、四、五回に一度はいいと言ってくれるので、父が頷《うなず》くのを見るやいなや、母には言葉を挟む間《ま》も与えず、ローラは家を飛び出した。エドモンドも時々ついて来た。二人は集会所の白いペンキ塗りのベンチに座って、何一つ聞き逃すまい見逃すまいと周囲に集中していた。

初めてそこに行った人が驚くのは、その清潔さだった。洗いざらしの壁はいつも真っ白に輝いていた。ふだん使っている家具は物置に片付けられ、白い細長いベンチが並べられている。白いブラインドが下りた窓の前にはリネンのクロスをかけたテーブルが置かれ、ランプと大きな聖書と、説教師のための水差しが用意されていた。後ろにはもちろん座席が用意されている。普段ここで料理したり食事したり、生活が営まれているのをうかがわせるのは、時計と暖炉の上の赤い陶器の二匹の犬だけだ。暖炉には赤々と火が燃やされ、大勢の人いきれに混じってラベンダーとランプオイルの香りが漂っていた。

家の主人は戸口に立って、やってくる人々と握手し、「主のお恵みがありますように」と囁き声で挨拶している。背中が少し丸い小柄な妻は軽く前かがみになり、火のそばの席でにこやかに出迎えている。その様子は何となく愛らしい蛙を思わせた。信者の人たちは二人三人と連れ立って現れ、ベンチのいつも座る席に腰を下ろす。他にも、肌寒い雨模様の日曜日にどこにも出かけられなかった近所の人々が、気晴らしに来たりしていた。

ランプの淡い光の中に、黒っぽいスーツや地味なドレスの人々が染み一つない壁を背に、ぼんやりとしたかたまりを作り、知り合いを見かけるとにこやかに挨拶を交わす彼らの目や頬が、薄暗いランプの光の中に浮かび上がる。

遠くから歩いてやって来る説教師がなかなか到着しないときは、その家の主人がメソジストの賛美歌集から賛美歌を選び、楽器の伴奏なしで歌ったが、物憂げで単調な長く伸ばす節回しが、村の人にはとても奇妙に聞こえるのだった。信者の誰かが即興で祈ることもあった。その祈りの中では、聞く人の興味を引きそうな最近の出来事が、必ず「主もご存知のことですが」という前置きの後に語られるのだった。バーカー爺さんの神の話が、ローラとエドモンドには面白かった。二週間も雨が降らなかったとき、彼がニンジン畑を枯らさないように祈ると、神はすぐさまその願いに応えて下さった。四マイル先の農場で豚の熱病がはやったときも彼の豚だけはびくともしなかった。鎌で誤って手首を切られ、病院に担ぎ込まれたときも、治療が終わると傷痕は消えていた、等々。みんなは話を聞いた後で、神は全てをお見通しなのだと、口々に言い合うのだ。かなり一方的な神のとらえ方が彼らの素朴な信仰の原点だった。「全ては御心のままに」という言葉が、彼らの気持ちにもっともぴったり添う表現だった。彼らにとって、神は愛する子供たちの打ち明け話に優しく耳を傾けてくれる父親のような存在で、どんな些細な悩み事でも、「慈悲深い父なる神」は聞いて下さるのだった。

兄弟姉妹の誰かが証《あかし》をすることもあった。そんなときローラとエドモンドは全身を目と耳にして、若いときの迷いや過ちは真の信仰の目覚めに必要な一歩であって、神はどんな罪も許して下さるという話を聞いた。しかし、そもそも彼らのいう罪は全然大したものではなかった。「神に出会う前、俺はいつも酔いつぶれていたんだ」とある男が告白する。でも実際に彼がしたのは村祭りのときにビールを、一度か二度一パイントも飲んでしまったという程度のことだ。「しようのない、ならず者の密猟者」という男は、ウサギをほんの数回捕ったことがあるというだけだった。魂を破滅に追い込む寸前だった虫けらにも劣る女性の罪とは、若い頃、罪深い肉体を虚栄心から飾り立て、祭りの日にダンスをしたとか、夜まで遊びに出かけたという程度のことなのだった。

誰もそれらの罪に興味があるわけではなかった。みな、今でも似たりよったりのことをしているのを、初めてのことのような顔で語り、聞くのだ。証《あかし》をする人間は微に入り細に入り大げさな後悔とともに自分の行為を語り、聞いている人に自分がどんなにひどい罪人であるかを印象づけようと熱弁を奮う。その中でも表現がやたらに大袈裟な男がいた。「俺は罪深い人間の中でもさらに最低な男なんだ」と彼は嘆く。「心底駄目な奴で、悪魔の弟子と言われてもしょうがない。神の名を汚し、酒を飲んで酔っ払った。こんなひどい男が他にいるだろうか。信じられるか？　俺がそんなにも罪深い人間だってことを。神に対して罪を犯したんだ。もう駄目だ」そしてそこで、おののいたように黙り込む。聞いている人たちは、周囲の反応を待っている彼を、彼が自分で「どう償えばいいのだろう」と言い出す前に、口々に「神は慈悲深い方だから大丈夫だ」と慰めるのだ。

彼の話の後半はもう少し現実的なものだったかもしれないのだが、ローラとエドモンドはもう何も耳に入らなかった。二人とも自分の想像で頭が一杯だったのだ。彼が本当に救われるのかどうかが心配だった。それほどひどい罪を犯して後で地獄の火で焼かれることにならないのだろうか？　恐ろしい場面を想像して震え上がりながらも、地獄を想像することの方に夢中になってしまうのだった。

でも二人にとって一番面白かったのは、外からやってくる説教師だ。初めての人なら、なおさら興味津々《しんしん》だった。説教は聖書の「御言葉」についてなのだろうか？　一時間以上ひたすらしゃべっているのに何を言いたいのか、さっぱりわからない人もいた。日曜日にゆっくり休むこともせずここにやって来る説教師は、農場で働く農夫とか小さな店の主人が多かった。何マイルも先の遠くから、歩いて村の集会にやって来る。たまに例外はあるが、ほとんどが貧しくて教育のない人たちだ。「盲人が盲人の手を引いているようなものだ」ローラの父はよくそんな言い方をした。たしかに彼らには知識はなかった。しかし教育を越えた天性の智恵を持っている人もいて、純粋に心を打つ説教もあった。素朴に声を張り上げ、拙い話し方も気にせず、訥々とした雄弁で「浄めの力」について感動的に語る人もいた。

真面目とは思えない説教もあった。「自己発見」のポーズだけで、人前で喋ることで目立ちたいだけが目的の人の説教ほど、つまらないものはなかった。そんな一例に町で店員をしている若い男の説教があった。スーツをお洒落に着こなし、襟のボタン穴にはスミレの花束を差し、油でかためた髪を手で撫で付けながら、大きな白いハンカチに香水を染み込ませて、香りをプンプンさせながら颯爽と現れた彼は、聖書については一言も話さなかった。みんなの記憶に焼きついたのは香水とスミレと気取った話し方だけだった。彼が立ち去ったとたん、人の悪口は言わないことが暗黙のルールだったはずなのに、一斉に声があがった。「あんな気取ったお調子者は初めて見たぞ」

聖書を引用しながら話した年寄りもいた。「私は破滅の箒で彼らを地上から一掃しよう」という聖書の言葉を、一つずつを順番に強調するだけなのだ。「誰が一掃するのか、それはこの『私』だ」「何で一掃するのか、それは『破滅の箒』でだ」「何をか？『彼ら』をだ」「どこからか？それは『地上』からに決まっている」最後までこの調子が続いた。神性と神の正しさを自分なりの理解で語っていたのだろうが、わけのわからない話し方に、ローラとエドモンドの方が恥ずかしくなり、真っ赤になっていた。

たまには熱心な信仰の集まりなのに冗談も行き交った。あるときやって来た牧師がドアを開けてくれた主人に「私も神の家の門番の方がいい」と言ってから、「信仰のない人たちに家の中で説教するよりも」と付け加えるのが聞こえてきた。

メソジストは自他共に認める貧者の信仰で、素朴で自然だった。メソジストの集まりには教会の礼拝よりも強い信仰の表白があり、そこに集まる人々は教会の礼拝以上の満足と癒しを得ているようだった。メソジストの人たちの日々の生活は模範的で立派だった。

道徳観

教会の礼拝にもカトリックのミサにも行かず、宗教など役に立たないと言っているラークライズの人たちの日常道徳の規範は、みんなが知っている教訓やことわざだった。「払うものを払っていれば誰も恐くはない」「誰にも正しいことが正しい」「真実のみ語り、邪《よこしま》な心を恥じよ」「正直が最上の策」等々だ。

「正直」はほとんど全員の道徳だった。「拾った物は自分の物」と考える人も少数はいたが、彼らは周りからは「人が落とすより先に拾ったと言い張る人」と評されていた。しかしローラとエドモンドは「針を一本盗っても泥棒」と徹底して教えられていた。二人が絶対に村の人が落としたとは思えない物を拾って家に持って帰ったことがある。母はそのときも厳しかった。「少なくともそれが自分の物でないことはたしかね。自分の物じゃなかったら他人の物ということでしょ。だからすぐにそれを元の場所に戻して来なさい。お仕置きされないうちにね」

嘘《うそ》は盗み以上に蔑まれた。「嘘をつくには記憶力が良くないとだめだ」とも、「泥棒には鍵があるが、嘘つきから身を守る方法はない」とも言われていた。事実と異なっていれば異なり方の程度に関係なく嘘と見なされた。隣の家の杏の実を食べれば、自分の敷地内に伸びた枝から採っても泥棒だった。白か黒しかなく、灰色はないのだった。

精神的に落ち込んでいる人や家族を亡くした人にはみんな優しかった。今のようにお葬式に花輪を送る習慣がその頃にもあったなら、どんなにお金に困っていても花代を惜しむ人はいなかったろう。当時は、貧しい人々の棺は花を飾らずに墓地に運ばれた。お悔やみの表現は、亡くなった人の家の前に集まり、葬儀の荷馬車を見送ることだった。磨かれた農場の荷馬車に棺を載せ、それが長い真っ直ぐの道をゆっくりと教会へと進んで行く後から、遺族が徒歩で従う。そんなとき村の女たちは惜しみなく涙を流し、子供たちも声をあげて泣いた。男たちも居合わせれば大袈裟なほどに亡くなった人を誉めそやした。「死者の悪口を言わない」というのは彼らのルールの一つであり、ときには過剰な程にそれを守った。

病人や困っている人には、みな喜んで手も物も差し出した。一日中働いて疲れているはずなのに、男は睡眠時間を削って病床や危篤の床にある人の看病を手伝い、女たちも包帯やシーツを持ち帰って洗濯してやった。

彼らは聖パウロの「泣く者と共に泣け」という教えに忠実だった。しかしもう一つの教え、「喜ぶ者と共に喜べ」にも忠実だったかというと、それはわからない。仲間の誰かが自分より幸せだったり裕福だったりするのを見るのは、うれしいことではない。子供が学校で賞をもらったり娘が仕事先で普通以上に良い待遇を受けている母親は、まわりの意地悪な皮肉に我慢しなければならなかった。結婚して間もない幸せ一杯の新婚夫婦なども、ことさらのように、「今日優しい人が明日は悪魔になるよ」と言われたりした。ラークライズの人々も人間の持つ弱さや欠点から自由だったわけではない。

エリスン牧師の家庭訪問

エリスン牧師は一年で回り終えるように、道順まで考慮した入念な計画を立てて、村の家を順番に訪問した。金の握りの杖のコツコツという音が戸口に近づいてくる頃、その家の中では主婦が今まさに、散らかったものを寄せたり片付けたりの真っ最中だろう。彼がスタイルを越えてくる姿が見えるや否や、あっという間に口伝てに連絡は回って、どこの女も、まもなくどこかの家のドアにノックの音がすることがわかっていたのだ。

その家の主婦はしばらくの我慢と覚悟を決め、礼儀正しく彼を家に迎え入れる。エプロンで椅子の埃《ほこり》を払い、やりかけの家事や料理を中断して、もじもじと椅子の端に軽く腰を下ろし、彼が口を開くのを待ちかまえる。お天気の話をしたり、働きに出た子供についての質問に答えると、次は豚の育ち具合とか畑の野菜の収穫はどうかという話題だ。そこで会話は途切れ、気まずい沈黙がやってくる。どちらも必死で次の話題を考えているのだが、何も思いつかない。エリスン牧師は信仰の話はしなかった。それは尊敬すべきことだったが、それを話さないとなると、話題は本当に限られてしまう。エリート意識はあったが、彼は本質では非常に親切な人だった。村の人々の暮らしぶりを見て、みんなと親しくなりたいと思ってやってくるのだが、牧師と村の人々の間の溝は越えられないほどに隔たっていて、どちらからも橋のかけようがないのだった。思いやりのあふれた質問に礼儀正しい答えが返されると、そこで会話は途切れてしまう。ひとしきり「あー」とか「えー」とかの逡巡があった後、結局彼は席から立ち上がり、主婦もほっとして見送りに立つのだ。

ミス・エリスン

娘のミス・エリスンはもっと頻繁に村にやって来た。お天気のいい日の午後には必ず、彼女が長いスカートの裾《すそ》をたくしあげてスタイルを越え、野菜畑を優雅な足取りでこちらに向かって来るのが見えた。妻に先立たれたエリスン牧師の一人娘として、彼女は村の人々を訪問することを神聖なつとめの一つだと思っていた。彼女は家事について口を挟んだり、子供の育て方について余計な忠告をしたくて村に来ていたわけではない。彼女自身は自分の訪問を父親と同じように親しみを示す行為だと思っていたのに、みんなにとってはありがた迷惑だった。村の女たちが彼女から受けているたくさんの親切を考えるなら、彼女はもっと好かれても良かったのに、誰もがその訪問を喜んでいなかった。ドアを閉め切って居留守を使う人さえいた。わざと茶碗の音をさせて、思惑どおりに「あらお茶の時間でしたのね。また今度来ますわ」と言ってくれたらしめたものだ。

表立っての批判は、おしゃべりということだけだった。「ミス・エリスンのおしゃべりはロバでもお手上げ」と言われていた。でもただおしゃべりというだけならお互いにも我慢していたことだ。それがみんな、他人には我慢できても彼女にはできないのだった。その家の一番いい椅子を勧められ腰を下ろすやいなや、彼女の延々と続くおしゃべりが始まる。

みんながイライラするのは、彼女を見ていると住む世界の違いをいやでも思い知らされるからではなかったろうか。コルセットで締め上げた華奢《きゃしゃ》な体、きれいな高い声、品のいい服装、かすかに漂うスズラン香水の香りの前で、自分たちは、普段の仕事着のまま、一日中料理と水仕事に追われている薄汚れた格好で、完全に見劣りしている。

彼女は自分が歓迎されていないなどと想像したこともなかった。それどころか不公平だと思われないよう、注意深く全部の家を順に回っていた。家族全員のことを聞き、働きに出ている娘から手紙が来るかどうかを聞き、悩みのある人には同情を示し、前回の訪問から後のできごとを事細かに聞き、頼まれてもいないのに赤ん坊の世話をし、粗相《そそう》してドレスを汚されてもにこやかに笑ってすませた。

ミス・エリスンが一日の家庭訪問を終えてから、最後に必ず寄るのはローラたちの「はしっこの家」だ。お茶を飲みながら寛《くつろ》いで打ち明け話もした。彼女とローラの母とは「ミス・マーガレット」（ミス・エリスンではなく）「エンマ」と呼び合う親しい間柄だった。二人は生まれたときから互いを知っていて、エンマが近くの教会の牧師館で乳母の仕事をしていたときも、ミス・マーガレットはその家の子供たちの幼な友だちだったのだ。

ローラは読書に夢中なふりをしていたが、いつも二人のおしゃべりに耳をそばだてていた。あの立派なミス・エリスンに悩みがあるなんて、信じられなかった。実は彼女には、教区では「はみ出し者」のレッテルを貼られた弟がいて、彼は父親から勘当されていた。彼女が話すのはいつもその「弟のロバート」(母からは「ボビー坊っちゃん」)のことだった。「ずっと音信不通なのよ。前の手紙にはブラジルに行くって書いてあったの。本当に行ってしまったのかしら、それともまだロンドンにいるのかしら?」と彼女は言っている。「ねえ、エンマ、あの子って本当に子供なのよね、世間がどんなだかわかってないの。危ない罠だらけだってことが」エンマが明るい声で答える。「そんなに心配なさることはありませんよ、ミス・マーガレット。ボビー坊ちゃんはきっと御自分でちゃんとやっていますよ」

エンマは、時々ミス・マーガレットの身につけているものを誉める。「ところで、ミス・マーガレット。その藤色のモスリンのドレス、本当によく似合ってますわ」ミス・マーガレットはうれしそうな顔をする。彼女は他人から誉められたりお世辞を言われることがほとんどないのだ。色白ではっきりした顔立ちは、その頃流行の薔薇色の頬をした愛らしいタイプとは違っていた。かすかに赤みがさしていて決して不健康ではないけれど、頬は青白く、額も広すぎ、灰色の瞳に、褐色の髪をうなじで髷にまとめた顔かたちは地味だった。その頃はまだ三十代だったはずなのに、ローラの目からも見ても年齢より老けていて、村の女たちはあからさまにオールド・ミスと呼んでいた。

彼女のような生き方は今の時代では考えられないだろう。教会でオルガンを奏き、日曜学校で子供たちを教え、父親の食事を用意し、メイドたちの仕事を監督する以外の時間、彼女は一日の大半を縫い物に費やしていた。年寄りのためにショールの繕いや、フランネルのペチコートやシャツを繕うつまらない針仕事の他に、年寄りの靴下を編んだり、ベビー服を縫ったりすることは全部彼女がしていた。一年に一度、親戚の家に二週間の旅行をする以外、自分のための外出は週に一度町に買い物に行くことだけだった。父親の座席の高い黄色い車輪の二輪馬車で出かける彼女の後ろからは、いつも愛犬の太ったフォックステリアのベッポがついて行くのだった。

牧師補の人たち

八〇年代半ば頃から、七十歳を越えたエリスン牧師は次第に老齢を感じるようになったのか、牧師補が順番に来て彼の仕事を手伝うようになっていた。来たと思ったらすぐ交代していなくなった短期間の人や内気で女性に挨拶もできないような人たちは、あまり印象に残っていない。しかし中には、しばらく滞在して教区の暮らしに溶け込んだ人たちも数人いた。ダラス牧師補もその一人だったが、「今にも倒れそうな人」と言われていた。顔色の悪い、やせて、影の薄い人で、霧が出るとかけている黒いマスクが、大きな口ひげに見えるのだった。ローラが彼のことをよく覚えているのは、作文で賞を貰ったとき、おめでとうと言ってくれたからだ。彼女が人からお祝いを言われたのはそのときが初めてだった。賞に貰った祈禱本を見たいと言って、家まで訪ねて来てくれた。「子羊の皮の装丁ですね。僕はこの装丁が一番好きなんです。でもこれは湿気には弱いから、火に近い場所に置いておく方がいいですよ」彼の言葉はローラには外国語のようによくわからなかった。装丁とか版とか、何のことだろう。本は本であって、読めればいいのではないだろうか。でも彼の口調やページをいとおしむようにめくる仕草で、彼が彼女とは別の意味での本を愛する人であることがわかったのだった。

次にやって来たのはアルポート牧師補だ。大柄で、でっぷり顔の若い人で、医学生でもあった。彼は自分の住まいに小さな薬剤室を持っていて、具合の悪い人がいると喜んで医学的な助言をし、薬も無償でくれた。いつのときも供給は需要を生む。彼が来るまでは村に病人はほとんどいなかったのに、今やほとんど全員が病人になった。「私のピンクの錠剤」「おれの小さな丸薬」「あの調剤」「私が使ってる塗り薬」という言葉が村の会話に登場する回数は、「ジャガイモ」や「豚の餌」と同じくらいに増えた。行き逢うと互いに「例の病気の具合だけど」と話しが始まり、誰もがとびつくように自分の症状を語り出すのだった。

アルポート牧師補はローラたちの父に、みんなが物を知らなすぎるとこぼした。たしかに彼の専門分野の医学や衛生ついては何も知らない人がたくさんいたことだろう。いい例がある女性だ。彼が家を訪ねると、十一、二歳の背の高い、ひどく顔色が悪い女の子がいた。「成長が急すぎるんですね。栄養剤をあげましょう」彼のくれた栄養剤を母親は娘に飲ませようとしなかった。「彼は娘が背が高すぎると言って、発育を止める薬をよこしたんだよ。母親が子供の発育を止めるわけにはいかないよ」とその母親は近所の人に言っていたそうだ。

彼が村を去り薬がもらえなくなると、具合の悪かった人たちも病気のことはすっかり忘れた。しかし忘れ去られなかったものが一つある。彼の来る前、村道は冬になるとぬかるんで大変だった。「膝まで泥につかり、首まで泥がはねる」と言われていた。ブーツが泥でかちかちに固まり、ズボンの裾《すそ》が泥の染みでさんざんになる経験を何週間もした彼は、何とかしようと考えた。多分、ラスキンが社会教育の一環として学生にさせた「オクスフォードの道路舗装」の話にならって、彼は農場に行って砂利を荷車一台分貰い受け、村の若者や少年の助けを借りながら、日暮れ前の夕方の時間を使い、何日もかけて、自分の手で道を舗装した。ローラはいつも、そのとき働いていたアルポート牧師補の姿を思い出す。上着とカラーはその辺の茂みに掛けて、真っ白なシャツに赤いズボン吊りで、彼は一生懸命石を割りシャベルで泥をすくっていた。すべすべした大きな顔を汗だくにして、メガネに夕日を反射させながら、一緒に働いている少年たちに声をかけ励ましていた。

マーレー牧師補

このどちらの牧師補たちも、教会の外では信仰の話はしなかった。ダラス牧師補は内気すぎてそんなことはできなかったし、アルポート牧師補は村の人の魂ではなく体のことが気がかりで、そちらの知識の伝道で精一杯だった。でも次にやって来たマーレー牧師補は、魂のことしか考えていない人だった。

彼は田舎では絶対に見かけない牧師のタイプだった。白い長い顎鬚《あごひげ》をはやし、それをいつもぴっちりとした黒のコートの内側に入れてボタンをかけていた。若い情熱的な日々は過ぎ去って、肉は削げ落ちていたが、こけた頬の上の深く沈んだ褐色の眼の奥底には今もあふれんばかりの情熱が透けて見えた。マーレー牧師補は教会と信仰に関わる問題についていつも真剣だった。そして類のないほど親切で優しかった。この世には珍しいくらい良い人だと、彼を知った人は口を揃えて言った。

元々は、今日ではアングロ・カトリックと呼ばれている宗派に属する牧師だったので、日曜日毎、彼は「カトリック使徒教会」とその「聖なる信仰」について、田舎の人たちに説教をした。それだけにとどまらず、宗教の本質的な真理について語り、福音の愛と罪の許しと人間同士の兄弟愛についても語った。彼の説教は素晴らしかった。彼が説教壇に立っているときに居眠りしたり、「話がわからなくなる」人はいなかった。聞く人の全員が教義や思想を理解できたわけではなく心から賛同していたわけでもないが、言葉に愛や共感、真情があふれているので、心を傾けて聞かずにはいられなくなるのだった。あの時代の辺鄙《へんぴ》な片田舎に、しかもただの牧師補として、どうしてあのような人が現れたのだろう。彼の雄弁と情熱は都会の大きな教会にこそふさわしいように思われた。そういうところでも大勢の聴衆を集めることができたに違いない。

エリスン牧師はその頃、ベッドから起き上がることもままならなくなり、学者であまり堅苦しくない中年の息子が代わりを務めるようになっていた。そうでなかったらマーレー牧師補があそこまで教会の内外で自由に行動することはできなかっただろう。教会で司式するとき、彼は誰にも遠慮せず祭壇に膝まずき、式の前に十字を切り、式の後では頭を垂れてしばし黙祷した。いつでも告解を聞くつもりでいることをみんなに告げ、毎日の礼拝の他に、月一回だった特別礼拝も毎週行っていた。

このような行為は他の教区でなら大きなスキャンダルになっていたはずだ。しかしフォードロウ教会の人々はむしろこの変化を楽しんでいた。教義に厳しいメソジストの人たちだけが教会に来なくなった。偏狭な信者の中には彼を「法王の手先」と呼ぶ人もいた。しかし彼は新しい信奉者も獲得した。何とミス・エリスンもその一人だったし、最近、近くの村に越してきた鉄道工夫の夫婦も信者になった。その二人はどちらかと言うと荒くれた感じの人たちだったのに、毎日夕方になるときちんと正装して、いそいそと野菜畑の中を通り過ぎて告解に通って行ったが、最初、二人のその姿は奇異の目で見られていた。

ローラの父は彼らのことを「馬鹿な年寄りについて歩いていれば何か貰えると思っているだけさ」と言っていた。でもそれはその二人にはあてはまらない。親切で慈悲深い彼から何か貰っていたのは他の人たちで、彼らは何も貰ってはいなかった。マーレー牧師補が一番心にかけているのはもちろん病人と不自由で貧しい人たちだったが、それだけではなかった。誰かに何かが必要だと思えば、あるいはそれを持つことでその人が幸せになれると思えば、彼は惜しみなくそれを与えた。学校の男の子たちにはサッカーボールを二個、女の子には一人ずつに縄跳びのロープをプレゼントしてくれた。そのロープは持ち手にはきれいな色が塗られて鈴までついていて、初めて見る素敵なロープだった。冬には貧しい家の女の子三人に、教会にも着て行けそうなお洒落で暖かなグレーのフード付き外套《がいとう》をあげた。スコットの詩が大好きなエドモンドが抜粋集しか読んだことがないのを知ると、全詩集を買ってくれただけでなく、ローラにまで気をつかって中世の宗教思想家トーマス・ア・ケンピスの『キリストに倣いて』をくれたのだった。青と銀色で装丁された本当に美しい本だった。これらは彼の親切の僅かな例にすぎない。噂で聞いただけでも彼の親切はその何十倍の数にも上ぼる。しかしそれさえ、彼と当事者にしかわからないことの方が多かっただろう。

一度など、自分の履いていた靴をあげてしまった。ある女性が靴がなくて教会に行けないと訴え、しかも自分は足が大きいので女性用ではだめで男物の軽い靴がいいとねだった。彼は二足あった自分の靴の中から、たまたま履いていた、いい方の靴をあげると約束した。ただし自分の家までは履いて帰り、家についたところで脱いで彼女に渡したのだ。アッシジの聖フランシスコのように、石の上を裸足で歩くのは彼の本望だったに違いないが、一応、世間の常識に従って路上では靴を履いたのだろう。彼の聖フランシスコへの傾倒は二十年前、リトル・プア・マンという宗教運動が盛んだった頃に始まったものだった。マーレー牧師補は何でも人にやってしまうので、自分では必要最小限のものしか持っていなかった。どんな天候のときも着ていた一張羅の黒い外套は擦り切れていたし、部屋の中で着ている緑色の司祭服もほころびていた。

ローラの母の信仰は、料理がそうであったようにあっさりと実際的なものだったので、マーレー牧師補の「祭壇に膝まずき十字を切る」宗教的情熱には関心がなかった。しかし生来年寄りが好きだったので、村に来たときには立ち寄ってお茶を飲んで行くようにと誘ってあった。「はしっこの家」の簡素なもてなしを受けながら、彼はローラとエドモンドによく自分の子供時代の話をしてくれた。「幼いときはとても癇癪《かんしゃく》もちで自分勝手な悪い子だったんだよ」と彼は言った。「姉さんに皿を投げつけたこともあったくらいでね。」（ローラたちの母がこのとき顔をしかめて首を振ったので、この話の詳しい顛末は省略されてしまった。）でも別の機会に話してくれた乗馬の話は、有名な馬乗り冒険家ディック・ターピンの物語と同じくらい二人を夢中にさせた。

彼の家には子供用のモペットという名の小馬がいた。子供たちで順番に乗ることになっていたが、彼が乗ることが多かったのでいつのまにか彼の馬のようになっていた。あるとき兄たちが今日は自分たちが乗ると言い張った。彼はそのときは言い返さなかったが、みんなが行ってしまった後で厩《うまや》に行き、母親の馬を引き出してそれに乗った。厩係の少年には親の許しを貰っているふりをして、乗馬を手伝わせた。外に出て走り始めたが、手綱をさばけなかったので、行く先は馬まかせだった。草原を過ぎ、梢の下をかすめ、馬と子供は風のように駆けた。もし垂れ下がった枝でもあったなら死んでいたに違いない。身を乗り出し熱を込めて話す彼の頬は紅潮し、眼はきらきらと輝き、ローラはそのときたしかに、マーレー牧師補の老いた顔の背後に少年の面影を見た。その冒険は、馬が膝の骨を、少年が頭蓋骨を骨折して終わりになった。「でも同情の余地はありませんね」とローラの母は言った。

この物語の教訓は、「自分勝手で無謀な行動は危険を招く」ということだ。でもローラとエドモンドは、彼のあまりの熱弁に、この話にすっかり夢中になり、よその厩の前を通りかかると自分たちも彼の真似をしてみたいと思ってしまうのだった。エドモンドはインの年寄りの小型馬のポリーに乗ってみようと言い出した。二人はそのつもりで、つないであるポリーのところに行ってみたが、鎖をガチャガチャさせている老馬を見て、この馬に自分たちが乗ってディック・ターピンになるのはとうてい無理だと悟ったのだった。

全ては順調だった。マーレー牧師補は、エドモンドにラテン語を教えてくれる相談までしていた。それなのに、運の悪いことに、そのときたまたま家にいた父に信仰を説いてしまったのだ。教会には一度も行ったことがなく、無神論者を自認していた父は怒り出し、口論の末、二度とこの家に来るなと言い渡した。そうしてマーレー牧師補との楽しいお茶とお話の時間は終わりになった。彼はその後も友人として、戸口まで来ては母と敷居越しに話をして行った。しかし、数ヵ月してエリスン牧師が亡くなり、教会の中の事情が変わると、この土地を去っていったのだった。

五、六年後のことだ。エドモンドとローラはもう家を出て働いていた。ある冬のどんよりとした午後、母が火のそばに腰かけていたとき、戸口にノックの音がした。開けるとマーレー牧師補だった。昔のいざこざは忘れ、母は彼を中に招き入れ、お茶を入れた。彼は年を取り、体もすっかり弱っているように見えた。それなのにそのとき担当していた遠い教区から、ここまで歩いて来たのだった。火にあたっている彼のために母はトーストを焼き、よその土地にいるローラとエドモンドのことや、弟妹たちのこと、近所の人たちや知り合いのことなどを話して聞かせた。彼は長い時間、家に留まっていた。積もる話があっただけでなく、ひどく疲れていて、体具合も悪そうだった。

ほどなく父が仕事から帰って来た。一瞬空気が緊張したが、互いが握手の手を差し出したので、母はほっとした。昔の喧嘩のことはどちらも言い出さず、わだかまりも消えたようだった。

父は彼の様子を見て、この天候の中を年寄りの足で七、八マイルも歩くのは無理だから止めた方がいいと言った。でも、どうすればいいのだろう。汽車の便があったとしても鉄道の駅は遠すぎた。村から三マイル以内には来てくれる賃馬車もない。子供の誰かがアシュレーさんのところのロバの荷車を借りるのが一番いいのでは、と言い出し、父はすぐに出て行った。彼は荷車を借りて来ると庭の門柱につないだ。驚いたことに、疲れて仕事から帰ったばかりでまだ食事もとっていないのに、自分で送って行くつもりだった。

子供たちの祖母のものだった古い毛皮の外套《がいとう》で膝をくるみ、熱くしたレンガをアンカ代わりに足下に置いて、「さようなら」を告げようとしているマーレー牧師補に、母の口から思わず言葉がもれた。「あなたのような方をこんなみすぼらしい乗り物にお乗せするなんて本当に申し訳ありません」マルタがイエス・キリストに言ったのと同じ言葉だった。

「みすぼらしい?」彼が言った。「私はうれしいのですよ。生涯この日のことは忘れません。主もこれと同じ生き物に乗ってエルサレムの街を行かれたのですからね」

二週間後、母は新聞でその記事を見つけた。「牧師アルフレッド・アウグスツス・ペレグレン・マーレー師(某教区に奉職)は、聖餐式の司式中に祭壇で倒れ、そのまま天に召された」とあったという。

第十五章　村の祭日

クリスマス

「どうしてあの素敵な服を着ないの？　いつもしまってばかりじゃないの」と言われた村の女は笑いながら答えるだろう。「あれはね、特別の日に着る、とっておきなの。収穫祭や『ガイフォークスの日』のための服なのよ」と。特別のときしか着ない、とっておきの服は、何年たってもいつまでもきれいなままだ。村の祝祭日はただでさえ少ないのに、その中のお洒落をしたいと思う特別の日はもっと少ないのだから。

クリスマスは静かに過ぎてゆく。仕事や学校が休みになるのは十二月二十五日の当日だけだ。ふだんから教会に通っている人はクリスマス礼拝に行き、母親は子供にオレンジを一つずつ買ってやりナッツを一掴《つか》みやる。しかし、村で靴下を吊るすのはローラの家とインの家族だけだった。

よその家では、遠くで働いている優しい姉や叔母が送ってくれる小包以外には、特別なクリスマスプレゼントもない。

それでもみんなささやかに、何とかお祝いらしくしようと努めた。農場の主人はいつもこの日のために雄牛を一頭殺して、みんなに牛肉のかたまりを一個ずつふるまってくれたので、それがクリスマスプディングがわりのプラムプディングと一緒にディナーの食卓に載った。スエットの入ったプディングには、この日は特別にレーズンも入っていた。ヒイラギはないけれども、代わりに蔦《つた》や常緑樹の葉っぱが飾られ、天井や壁の額から垂れ下がっている。自家製ワインのコルクが抜かれ、いつもより火も勢いよく燃えている。戸外の寒気が入らないようしっかり閉めたドアの内側で、家族みんなが火のそばに寄り添って過ごす一日は、やはり特別の日曜日という感じがした。隣近所が訪問し合ったり、離れて暮らす家族全員が集まることはなかった。働きに出ている娘たちにクリスマス休暇はなく、外に出た息子たちのほとんどは外国で兵役についていたからだ。

その頃でもまだ大きな村には、田舎芝居の公演があったり村の合唱隊がクリスマスキャロルを歌って歩いたりしたが、ラークライズにはそんな人たちも来なかった。わざわざ足を伸ばしても、かかった時間に見合うだけのお金が集まらないことをみんな知っていたのだ。火のまわりに集まって、家族みんなで賛美歌やキャロルを歌う家もあったが、ほとんどはいつもより少し贅沢なご馳走と、薪や石炭をけちらずにちょっと豪勢に燃やすことで、クリスマスらしい雰囲気を演出するだけだった。

収穫祭

収穫祭の日曜日の方が楽しかった。村の家々やインには、親戚だけでなく見知らぬ人まで、遠くからも近くからも押し寄せてきて、村道には人があふれた。大きなオーブンがある家ではみんなのために火が入れられ、どの家でもディナーはローストビーフとヨークシャープディングだった。男たちは一張羅のスーツにネクタイとカラーをつけて正装し、女たちも大切にしまっておいた一番いいドレスを着た。遠くの親戚が、来ないだろうと思っていても、ひょっこりお茶に姿を現さないとも限らない。収穫祭に残しておいたお金のうち、半クラウン（一クラウン＝五シリング）はインでの飲み代に残しておかなくてはならない。村中でビールがカップや缶に注がれ、にぎやかに交換された。「何てったってこれが一番の祭りさ。一年に一回きりの」と口々に言いながら、食べ物や飲み物のおかわりを重ね、大勢の人たちと一同に会するのを楽しんだ。しかしこのラークライズがにぎわう収穫祭は、昔はフォードロウ教会のお祝いだった。元々は五百年前に始まった教会行事なのに、今そちらに出席する人はほとんどいなくなり、歴史を知っている人すらいない。

今ではフォードロウの中にも、この日だけはラークライズにやって来て楽しく過ごす人もいた。フォードロウではちょっとしたご馳走が出るだけで、村としての特別のお祝いはしなくなっていた。十九世紀の初めにはすでに、収穫祭の主要舞台は教会からインに移っていたのである。

少なく見積もっても友人や親戚も含めて百人を越える人たちが、町や近くの村からやって来た。面白い遊びも珍しい場所もないけれども、何と言ってもインがあるおかげで、フォードロウ収穫祭はラークライズで行われるのだった。気持ちのいい九月の日曜日の夕刻、飲み物を手にそぞろ歩くのは楽しかった。

翌日つまり収穫祭の月曜日、男たちはもう仕事に出かけて行くが、女と子供たちにとってはまだお祭りは終わらない。この日はティーパーティーの一日で、母親や姉妹、叔母、従姉妹たちが近隣から集まって来る。この日のお茶に出されるケーキはパン屋に特注して焼いてもらったものだ。フルーツとスパイスがふんだんに使われた贅沢なケーキは、小麦粉以外の材料、つまりレーズン、干しスグリ、ラード、砂糖、スパイスをボールに入れてパン屋に持って行けば、店がパンだねに混ぜ込んで、特大オーブンでおいしそうな色に焼きあげてくれた。同じ値段のパンと同じくらい大きな、おいしいケーキだ。「このケーキの欠点は、あっというまになくなるってことね」取っておく気になれないくらいおいしいのだから当然だ。いくらでも食べたい子供も大勢いるし、残るはずがなかった。

この収穫祭の月曜日のために、主婦たちは家をきれいに片付け、磨き上げた。タチアオイが開いた窓から首をかしげ、その向こうにはさっぱりと刈取られた黄色い麦畑がはるか彼方まで広がり、親しげなおしゃべりや笑い声で部屋はさざめいている。月曜日のお茶も前日に負けないくらい幸せな時間だった。

ローラのフォードロウ収穫祭の思い出の一つに、八〇年代の初め、いつも来ていたショウガパン売りのお婆さんの屋台がある。屋台ではいつも、黒いスグリの目のショウガパン坊やに白と茶の縞のハッカ飴、ピンクと白のネジリ飴や箱やビンに入った駄菓子が売られていた。しかしその帆布の日よけがついた古い屋台にも時代の変化の波は押し寄せていた。ある年、ショウガパン坊やに並んで、ピンクの紙に包まれた平たい焦げ茶色のお菓子の並んだ箱が置かれていた。「あの焦げ茶のお菓子は何に?」ローラは包み紙のアルファベットを綴ってみせた。c‐h‐o‐c‐o‐l‐a‐t‐e。お祭りに来ていた本好きで物知りの従兄があっさりと「それはチョコレートと読むんだ」と教えてくれた。「でもあれは買わない方がいい。チョコレートっていうのはショコラという飲み物なんだよ。フランス人が朝食のときに飲むんだよ」と訳知り顔で言った。しかし一、二年たつと、チョコレートはラークライズのような田舎でも人気のお菓子になり、わざわざショウガパンの屋台のお婆さんを待っていなくても、いつでも買えるようになっていた。そしていつのまにか収穫祭からお婆さんは消えていた。亡くなったのかもしれない。収穫祭の月曜日も祭日から消え、お茶の習慣だけが残った。

村の子供や若者は機会があればよその村のお祭りやクラブ行進へも出かけて行った。大きな村だと遊園地にあるような回転木馬やブランコ、射的などもそのときにやってきた。クラブ行進ではブラスバンドの演奏とパレードがある。メンバーは自分の所属するクラブの色のバラの飾りをつけ、幅広のリボンを肩から胸にかける。芝生ではバンド演奏にあわせてダンスが行われた。田舎の人々は何マイルも離れた遠くからもこういう催しを見に出かけて行った。

棕櫚《パーム》聖日（しゅろせいじつ）

復活祭直前の棕櫚聖日の日曜日は、その辺りでは無花果《いちじく》聖日と呼ばれていて、一応は祭日だった。柔らかな黄や銀の柳の花が「パーム」と呼ばれていたので、それを部屋に飾ったり、教会に行くときに上着のボタン穴に差したりした。ローラとエドモンドは柳の花を採りに行くのが大好きで、集めた花を花瓶や壷に生けるだけでなく壁の絵のまわりにも下げた。二人は棕櫚聖日には無花果を食べる古い習慣も好きだった。祭日の一週間前になるとインのおかみさんは無花果の実をどっさり仕入れて、ペニー単位で売ってくれた。料理の得意な主婦の中には夕食に無花果プディングを作る人もいたが、子供たちはペニー硬貨で買った無花果を青い砂糖紙に巻いてもらって、日曜学校に行く道々、食べるのだ。

柳の枝を飾る習慣は昔カトリックだった頃の名残りなのだろう。たくさんのイギリスの教会では昔、柳が棕櫚《パーム》の代わりに使われていた。無花果《いちじく》を食べる習慣がどうして始まったのかはわからないが、それはその日の大切な勤めとされていた。欲しくても買えない人に分けてやったり、一口食べさせてあげるのは、自分のことしか考えない子供が他人への思いやりを学ぶ機会とされていたのだ。

ガイ・フォークスの日

十一月五日は焚き火を燃やす日だ。その理由に謎めいたところはなく、誰もがその由来はよく知っていた。どこの親も子供に、火薬を議会にしかけたガイ・フォークスのことを詳しく語った。「ガイ・フォークスは黒い覆面で顔を隠してな」とまるでついこの間あったことのように話してくれる。四日の前夜、村の若者たちは歌を歌いながら、極端に貧しい家はとばすけれども、ほとんどの家を、歌いながらドアをノックして回る。

さあ、十一月五日がまたやって来る
火薬で反逆しよう
ジェームズ王をやっつけよう

薪を一束おくれ
一束がだめというなら二束だ
あんたには損でも俺らには得

薪を山積みにしている家は少ないけれども、だいたい一束か二束はくれて寄こした。秋の内に林で下枝を伐採し、二十本一束を一シリング六ペンスで売るつもりで集めてある家もある。たいていの家では生垣を刈り込んだときの小枝の切れ端や古い木ぎれなどを、その辺に投げてあるものと一緒にまとめてくれて寄こした。少年たちは木切れが十分集まると広い場所で火を焚き、その周りを奇声を上げながら飛んだり跳ねたり踊りまわる。その間に、火の中に入れておいたジャガイモや栗がおいしく焼きあがるので、最後に灰の中から掻き出して食べる。どこでも同じやり方だった。

収穫

刈入れは国で決められた休日だ。「忙しくて大変だ」と口ではぼやきつつ、男たちは畑で汗を流すのが楽しくて仕方ない。農夫の腕と存在の見せどころだ。しかも一生懸命働いた後にはビールとボーナスが待っている。

八〇年代は毎年暑い夏が続いた。日一日と刈入れが近づいてくる頃、ローラとエドモンドはいつも夜明けと共に目を覚ました。辺りにしっとりとピンクがかった靄《もや》が煙り、戸口の前の畑の麦の間をサワサワと朝の風が吹き抜けて来る。

そしてある日の早朝、それも特別に早い時刻、男たちが上着をひっかけパイプを口にくわえた格好で、口々に「天気が持つかな？」と空を見上げて声を交わしながら、大急ぎで家から飛び出して来る。収穫にかかりっきりになる三週間かそれ以上の間、村は夜明け前からざわめき出す。どの家からもベーコンを焼く匂いが漂い、麦畑には木を燃やす煙とタバコの匂いが立ち込めて、畑の湿った土の匂いはかき消されてしまう。刈入れのときは学校も休みだった。そしてローラとエドモンドは、フォードロウ近くの牧草地まで、きのこを採りに行きたくて、学校があるときよりも何時間も早く起き出した。朝食に炒めて食べたいのだが、母の許しがいつも簡単に出たわけではない。朝露で湿った草がブーツを台無しにするからだめだというのだ。「六シリングもする皮のブーツがたった六ペンス分のきのこで駄目になるのよ」母はそう叱るけれども、二人はこんなときのために古いブーツを隠していた。弟や妹を起こさないようにこっそり着替えて下に降り、バターを塗った厚切りの食パンを手に、朝露に煙る外に駆け出して行くのだった。

麦畑は大波のうねる黄金色の海のようだ。濃い影になった生垣だけがしっかりと動かず、そこには朝露が光っている。蜘蛛の巣にもビーズのような水滴が並び、ローラたちの歩いた跡《あと》が湿った草の上に黒い長い線を描いた。辺りにはまだ夜の名残りの麦わらや花の匂いが漂い、空にはピンク色の雲が浮かんでいる。

二、三日のこともあれば一週間、あるいは二週間、麦畑は収穫を目前に、「待機状態」になる。それは一年の中でも村が一番充実しているときだ。人々は澄んだ色彩の広がりを眺め、幸せにひたっている。荒野が満開のヒースで紫色に染まるとき、あるいはゆるやかに起伏を描く丘がどこまでも緑に連なっているとき、そして海が穏やかに青く澄み切って水平線の向こうまで広がっているとき、人々は眼前の景色にあふれる歓喜を感じることだろう。しかしそういう荒野や海の美しさに勝るとも劣らず、黄金色に輝く小麦畑の広がりは、人々の心を幸せな感動でいっぱいにしてくれた。景色の美しさと共に、次代に続くパンの種が実ったことへの、満ち足りた思いがあった。

夏の夜明けには神々しい、それでいて心が浮き立つような静寂とすがすがしさがある。ときどきローラとエドモンドは体の両側に、実った麦のそよぐ音を聞きながら、畦を進んで行く。ローラは麦の間に、赤いポピーや、ワンピースと同じ色のピンクのヒルガオを見つけると、帽子に飾ったり腰に巻いたりしたくなり、畑の中に駆け込んで行く。エドモンドは無頓着に麦の穂を倒してしまうローラに腹を立て、赤い顔をしたままじっと動かずに待っているのだった。

いったん刈入れが始まると、畑は慌しい喧騒に包まれた。その頃、刈入れ機はすでに使われ始めていた。長い真っ赤な腕が風車のように回転して麦を刈って行く。しかし男たちはその機械を物好きな農場主のおもちゃとしか考えておらず、補助的なものと思っていた。まだ大鎌での刈入れが主流で、いずれその仕事が機械に取って代わられるとは誰も予想していなかった。一つの畑では機械の赤い腕が刈取りをし、運転台の若者が馬や、刈った麦を束ねようとついて来ている女たちに明るく声をかけているし、隣の畑では父親の代と同じように、男たちが大鎌を振るいながら刈取って行くというふうに、古い過去と新しい現在が交錯する風景だった。

伝統的なやり方が終わりに差しかかっていることにはまだ誰も気づいていなかった。彼らは昔どおりに、「刈入れキング」と呼ばれるリーダーには、一番背が高く刈取りの技量に優れている男を選んだ。八〇年代に何度もこのキングに選ばれていたのはボーマーという男だ。軍隊の経験があり、まだ若くて体格のいい金髪の男で、イギリスとは違う灼熱の太陽に焼かれたに違いない褐色の肌と、まぶしいほど真っ白な歯をしていた。

大きな麦わら帽子にヒルガオの蔓《つる》と赤いポピーを巻いて、彼は一列に並んだ男たちを指揮しながら作業を進めて行く。どの位進んだら立ち止まって一息つくのか、どこで休憩を入れるのか、彼がすべてのタイミングを計る。畑の隅の生垣の陰には休憩のときの飲み物が黄色い石の水差しに入れて用意してあったが、休憩の回数は少なく、時間も短かった。朝に確認したその日の目標をにらみながら仕事が進められてゆく。日没の頃にはみなぐったりと疲れ果てていることだろう。「目標を高めに設定しなければ、仕事は終わらない」が彼らの教訓の一つだ。彼らの熟練した技は傍《はた》から見ていても素晴らしかった。

農場管理人のオールド・マンデーは、長い尻尾の灰色の小型馬に乗って、畑から畑へと見回りをしている。このときばかりは叱るより励ます方が多い。主人から貰った、持ち手のついた小さなビール樽が鞍《くら》に下がっている。

刈入れに参加したい女たちのためには、少し小さな畑が割り当てられていた。少し前までは、元気な女は他に用事がなければ当然のように参加したものだが、そんな人たちも今では三、四人になっていた。普段から畑仕事をしている女たちと一緒に小鎌を振るって刈ってゆく。そして仕事の最後には、アイルランドからの出稼ぎ労働者が入った。

パトリック、ドミニク、ジェームズ（彼らは決してジムとは呼ばなかった）、ビッグ・マイク、リトル・マイク、ミスター・オハラという、この時期になると村に姿を現わす人たちは、子供たちにも顔なじみだった。毎年アイルランドから出稼ぎにやって来て、農場の納屋に寝泊りして、外で火を焚いて自炊しながら、働いていた。洗濯も自分でしていた。土臭い粗野な外見に奇妙な服装をし、土地の人々にはところどころの言葉がやっと聞き取れるだけの、ほとんど外国語のような言葉を話していた。彼らは仕事をしていないときには、一団となって大声で喋りあい、インに買い物に行くときもいつも全員一緒で、ブルーと白の格子模様のハンカチに物を包み、棒に吊るして肩にかけていた。「ほら、ちんぷんかんぷん語をしゃべるアイルランドの男たちだ」と村の人たちは言い、女の中にはわざと怖そうな顔をしてみせるものもいたが、もちろん本気ではなかった。彼らは怖いことなど何もしなかったし、そんなそぶりも見せなかった。一生懸命働き、少しでも多く金を稼いで家に送りたい一心で働きに来ていたのだ。余分に稼げたら土曜日の夜には酒を飲み、日曜日の朝のミサに行けたらなおいい、という彼らのささやかな希望はラークライズでは全部かなえられたはずだ。「あいつらはいくらでも働く」という評判だったから、こづかいも稼げたことだろう。インもあるし、カトリックの教会もたった三マイル先なのだから、ここはいい出稼ぎ場所だったに違いない。

刈入れが済むと、刈った麦を束ね、その束を運び込まなければならない。それが一番忙しい作業で、男や少年たちはまだまだ手を休める暇はなかった。刈入れを終えて麦束を乾したら、天気の崩れないうちに山に積み上げなければならない。日暮れまで一日中、黄色と青に塗られた農場の荷車が、畑と干草置き場を忙しく往復した。空の荷車を引いて畑に戻るときの馬の足取りはまるで二歳馬のように軽かった。道端の生垣には麦わらが引っかかり、門柱が慌しく行き来する荷車にぶつけられて倒れてしまったりもする。畑では一人が熊手で投げ上げる麦束を、もう一人が荷車の上で積み上げてゆく。「しっかりつかまれよ」「さあ、終わったぞ」「誰が行く?」という声が行き交う。「しっかりつかまれ」というのはただの掛け声ではなく、荷車の上の男に念を押して注意しているのだ。ひと昔かふた昔前、しっかりつかまっていなかったために、落ちて、首の骨を折るという事故が実際にあったのだ。畑での事故には、酔っ払っていた太陽に目が眩んだせいで、大鎌で体を切ったり熊手を足に突き刺さすというようなものがあるが、八〇年代の十年間には、幸い大きな事故は起きていなかった。

空気に涼しさも感じ始める八月の夕方、やっと最後の荷が運ばれて来た。上に陣取った少年の顔はうれしそうに輝き、車の横には男たちが熊手を担いでやって来る。歩きながら彼らは大声で歌う。

刈入れ済んで、豊作だ
楽しい我が家が待っている

女たちは木戸口に出て手を振り、通りすがりの人も荷馬車を見上げて、口々に「おめでとう」の大歓声だ。大きな仕事を終えた喜びも、最終的に手にする取り分の少なさを思うとちょっぴり悲しい。でもそれも運命だから仕方ない。ともかく彼らは土が好きで、仕事が楽しくて、大地の恵みを引き出す技があり、この一年の仕事に感謝してくれる家族もいるのだ。

彼らの行進が農場に近づくにつれ歌詞が少し変わってくる。

刈入れ済んで、豊作だ
楽しい我が家が待っている
だけど酒瓶が空っぽだ　樽のビールも出てこない
楽しい我が家に酒はない

そこに農場主が登場する。後ろに従っているのは手に手に水差しや罎《ビン》やカップを持った娘やメイドたちだ。飲み物が手渡され、感謝とねぎらいの言葉と共に、数日後の農場主催の祝宴の知らせがある。男たちは一人になると貰ったボーナスを数え、家に帰ってようやく疲れた体を休めるが、少年や若者はもっと遅くまで、「豊作だ、豊作だ、楽しい我が家だ」と村を練り歩くだろう。干草置き場や刈入れの終わった畑にようやく静けさが戻る頃には、空に星が瞬いているのだった。

収穫の祝宴が開かれる朝は、ご馳走を少しでもたくさん食べるため、お腹を空けておこうと朝食を抜く人もいた。豪華なご馳走が山のように出た。農場の台所はその準備で数日前から休みなく忙しい。ハムをゆで、サーロインを焼き、クリスマスと同じプラムプディングがいくつもいくつも作られる。十八ガロン入りの特大のビール樽が何個も用意され、プラム入りのパンも山のように焼かれた。少食の現代人はその量に驚くに違いない。昼頃には教区の人々ほぼ全員が集まった。農夫の妻も子供もこの祝宴に参加した。そちこちに給仕を手伝う人たちが立ち働いている。

ここにいないのはベッドから離れられない年寄りとその看護人くらいのものだが、彼らにも翌日、ご馳走の残りがおすそ分けとして配られた。中身は相手によって注意深く差がつけられている。プラムプディングは農場主一家と同じ格の家、ビーフやハムの薄切りは貧乏な家、骨付きハムや切り分けたプディング、缶に入れたスープなどは普通の家向けだ。

納屋の前の中庭の日陰に長テーブルがいくつも並べられ、十二時を回る頃から村人たちが陽気に席につき始める。もてなし役の農場主は大きなテーブルで肉を切り分け、彼の妻も別のテーブルでお茶をついでいる。娘たちとその友人たちは野菜料理の皿とビールを持ってテーブルに配って歩く。糊をきかせた白い刺繍のワンピースの孫娘たちも、あちこち走り回りながら必要なものが行き渡っているかどうかに気を配っている。後ろには積み上げたばかりの新しい麦の山が、夏の最後の柔らかな日差しを浴びて、金色に光っていた。

道を通りかかった人たちも馬車を止めて「良かったね、お天気に恵まれて」などと声をかけて寄こすだろう。もの欲しそうに覗き込んでいる浮浪者も、今日ばかりは招き入れられて、散らばった藁の上に座り、皿一杯のご馳走を膝に乗せている。誰もが豊作に満足し、幸福に酔いしれる一日だった。

そんなときに裏を考えるのは野暮というものだが、職人だったためにこの席に呼ばれることのなかったローラの父は、いつも言うのだった。農場主は小作たちにスズメの涙ほどの給料しか払わない埋め合わせに、一年に一回ご馳走してやるのさ、と。農場主はそんなことは考えていなかったに違いない。何事によらず何かを考えたりする人ではなかった。それに農夫たちもこんな日に何か考えたいとは思わなかっただろう。ご馳走でお腹いっぱいになり楽しくさえあれば満足だった。

食事の後はスポーツやゲームだ。それが終わると馬場ではみんなが星が出るまでダンスに興じた。そして一日の祝宴が終わる頃、自宅で家族の食事を切り分けていた農場主は、遠くから聞こえてくる「万歳！」の声に、ナイフを動かす手を止めて呟いていることだろう。「みんないい奴だ。いい奴ばかりだ。いつまでも元気で働いてくれよ」彼も農夫も、気持ちにすれ違いはあるにしても、それぞれに相手を思いやっていることはたしかなのだった。

ヴィクトリア女王戴冠五十周年祝賀祭

しかし、毎年繰り返されるこういう穏やかな恒例の行事が、一気にかすんでしまうほどの祝日が一八八七年にあった。イギリスの全国民の生活が、ヴィクトリア女王戴冠五十周年祝賀祭一色に染まったのだった。

八五年より以前、村の人たちは王室のことにはほとんど興味がなかった。女王や皇太子やその妃のことが話題になることはあったが、尊敬や親愛の対象だったわけではない。みんなが「もうお年の女王」と呼ぶヴィクトリア女王はスコットランドのバルモラル城に引きこもっていて、お気に入りの下男のジョン・ブラウンとしか会わないと噂されていた。「グラッドストーン首相の懇願にも関わらず、議会の開会は拒否されたそうだ」「皇太子は女たらしで、可哀想なのはお妃さ。美人で有名だけれども、実はあれは化粧でごまかしてるだけだという噂だよ」云々。(皇太子妃は後のアレクサンドラ王妃のことである。)

しかし八〇年代半ばから、次第に世の中の風向きが変わり、新しい動きがラークライズにも届くようになった。「我らが女王陛下は五十年も在位されている。善良にして偉大なる女王の在位五十周年のお祝いはもちろん宮中でも行うが、国民も一緒に行おうという素晴らしい計画があるらしい。この辺りの三つの村が合同で祝賀会を開き、お茶会や運動会やダンスパーティ、花火大会などをどこか広いお屋敷の庭園で行うことになるそうだ」そんな祝祭は前代未聞のことだった。

その日が近づいてくると、人々の話題は女王陛下と戴冠五十周年一色になっていった。店からもらうカレンダーには、王冠を戴きガーター勲章をかけた女王の美しい色刷りの肖像画が印刷されていて、どこの家もそれを額に入れて壁に飾った。女王の肖像がレリーフになって浮き出たジャムの瓶が売られ、そこには「在位一八三七―一八八七年　女王陛下在位記念商品」と書かれていた。その頃の社会的なキャッチフレーズは「平和と繁栄」だったが、新聞は在位中に実現したさまざまな偉大な業績について書き立てた。鉄道の発達、郵便制度の確立、自由貿易、輸出の拡大、進歩と繁栄、平和。すべてが女王陛下のおかげだった。

ラークライズの村の人たちも、これらの進歩を少しは享受していたかもしれないが、エサクの粥のように微々たるものだったはずだ。でも誰もそんなことは考えず、興奮は冷めなかった。「五十年も女王でいらしたのだから、それは年も取るだろうさ」と言いながら、「五十年の長きにわたって、良き母、妻、女王であらせられた」と印刷されたバナーを買い、外から見えるように窓の内側に貼った。「神よ、国母であらせられる、善良なる我らが女王陛下を守りたまえ」とその言葉は続いていた。

ローラが誰かから貰った雑誌に、「ハイランド地方における女王陛下のお暮らし」と題された、女王の日記が連載されていた。ローラはまず、全体にざっと目を通して大好きなウォルター・スコットの作品に出てきた地名を探し出してから、後でゆっくりと文章を繰り返し読んだ。家にある本は限られていたので、いつもどの本も何度も繰り返し読んだのだ。ローラはその日記が嫌いではなかった。内容は食事のことやパレードのこと、船酔いしたこと、もてなしてくれた人の「品位」などということがほとんどで、スコットランドの風景やスコットが描写した風景については、必ず「アルバートによれば」という前書きがついていた。しかも夫君のアルバート殿下はその景色を必ず外国の景色になぞらえていた。しかし書き方は率直で真面目で、きらびやかで賑々しい地位にある人ながら、一人の人間としての息づかいが感じとれた。

五月の終わりになると、みなの話題は祝賀会当日のお天気のことばかりだった。ロンドンの大パレードのときのお天気は大丈夫かしら。スケルドン公園のお祭りの日のお天気の方が気になるわ。大丈夫。この辺の人には神さまがついていて下さるんだから。美しい六月晴れに決まってるさ。「女王晴れになるさ」みんながそう言った。でも女王さまのパレードの日のお天気が今までいつも晴れていたかどうかなど、誰も知らないのだから、あてにはならなかった。

募金が集められるという噂もあった。「イギリスの女性全員で女王様に戴冠五十周年の贈り物をすることになっているんですって。しかもびっくりするじゃない、募金は一ペニーと決まっているんですってよ」「もちろん私たちも募金するのよ」みんな誇らしげに言った。「これは国民の義務よ。でもうれしい義務じゃないの」そして募金が集められる日に備えてみんな一ペニーを用意した。コインはピカピカでなくてはいけない。もちろん全国からの募金が硬貨のままで女王に届けられるわけではなく、一旦どこかに集めてから別の形になることはわかっていたが、こんなときは絶対に新しいコインでなければいけないのだ。

いつも真面目でこういう役割にはぴったりのミス・エリスンが当然、村の集金係になった。たぶん、給料日の翌日が一番都合いいと思ったのだろう、彼女はラークライズにはある土曜日を選んでやって来た。学校が休みなのでローラは生垣の刈込みをしているところだった。女たちが立ち話をしていた。「水汲みに行きたいんだけど、ミス・エリスンにペニーを渡すまで出られないんだよ」

「おやまあ」相手がびっくりした声を出した。「彼女なら十五分程前に、私の家に寄ってったよ。あんたのとこには行かなかったの？」

最初の女は髪のつけねまで真っ赤になった。彼女の家では夫がつい最近畑で怪我をして、入院中だった。保険制度のない時代だったから、彼女の家計が苦しいことはみんな知っていた。しかし彼女は募金のペニー硬貨を用意して待っていたのだ。自分の家をわざとばばされたのではないかと思い、彼女はすっかり傷ついていた。

「きっと、うちが困ってるもんで、一ペニーも出せないと思ったんでしょうよ」彼女は叫ぶなり家に入るとドアを乱暴に閉めた。

「気をつかったんだよ」もう一人は見えない相手に向かって叫んだが、そのまま自分の仕事に戻った。ローラは落ち着かなかった。ローラからはミセス・パーカーの表情がよく見えた。彼女のプライドがどんなに傷ついたか、はっきり顔に表れていた。自分がもし彼女でも、そんな形で同情されたくはないだろう。でもローラに何ができるというのだろう。

彼女は木戸口を出た。集金を終えたミス・エリスンが野菜畑を横切って帰って行くのが見えた。別の近道を走って行けばスタイルで追いつけるかも知れない。ローラはどきどきしながらちょっとの間、たぶん二分位ためらったが、緊張で混乱した頭のままとにかく駆け出していた。細いカササギのような足で一散に走った。ミス・エリスンが長いフリルのスカートの裾《すそ》をたくし上げスタイルに足をかけたとき、反対側から顔を出したローラは、まるでびっくり箱から飛び出した人形みたいだったに違いない。

「すみません、こんにちは、ミス・エリスン。ミセス・パーカーのところに寄らなかったでしょう。彼女、ペニーを用意して待っていたんです。女王さまに差し上げようと思って」

「でもローラ」突然のことにびっくりしたのかミス・エリスンの声が上ずった。「ミセス・パーカーのところには今日は行かないでおこうと思ったの。ご主人がまだ病院でしょ。今は一ペニーでも大変なんじゃないかと思って」

しかし、懸命に動悸《どうき》を抑えながら、ローラは言い募った。「ミセス・パーカーはペニーを磨いて紙に包んで待ってたんです。ミス・エリスン、行かなかったら、彼女、すごく気を悪くすると思うんです。お願い、ミス・エリスン、行ってあげて」

ミス・エリスンはようやく状況が飲み込めて、ローラと並んで今来た道を戻り始めた。ローラに話しかける口調はまるで大人に話すときのようだった。ツイスターのカブ畑の中を歩きながら彼女は言った。「女王さまって、思いやりのある方で有名なのよ。しかもそれがすごくお上手なの。私ね、それをこの目で見たのよ。偉い方々や他の教会関係の方たちとオズボーン宮殿にご招待されたことがあるの。素晴らしい応接間で女王さまとご一緒にお茶をいただいたのよ。とっても珍しいことだったんですって。ものすごく名誉なことだったのよ。女王さまがみんなの緊張をときほぐそうとなさっているのがわかったわ。でもある女性が、あんまり緊張して、だって王室の方とお茶を一緒にいただくなんてあり得ないことでしょ、ケーキのかけらを床に落としてしまったの。お気の毒に。女王さまのそれは美しい絨毯の上にケーキをこぼしたのよ。大変なことをしてしまって、その人がどんな気持ちだったか、わかるでしょ。控えている侍女の人たちは彼女があわてているのを見てくすくす笑っていたわ。どんなに恥ずかしかったでしょう。すっかりあわててしまって、穴があったら入りたい気持ちだったと思うわ。でもね、女王さまは、全部見てらしたの。本当に素晴らしいお方。状況をすぐに見てとって、ご自分にもケーキを頼んだの。そして、それをわざとこぼしたのよ。そして笑った侍女に自分のこぼしたケーキとその女性がこぼしたものを一緒に片付けるように言いつけたの。あっという間のことだったわ。わかるでしょ、もう笑う人なんかいなかったわ。ローラ、勉強よ。何でも勉強にしなくちゃ」

皮肉屋のローラは誰にとっての勉強なのかしら、と思ったが、お行儀よく、「そうですね」と答えた。そして二人はそうこうしている内にミセス・パーカーの家についた。ミス・エリスンが言っている。「ミセス・パーカー、うっかりあなたの家を通り過ぎてしまうところでしたわ。女王さまへの募金をいただきに来ましたの」ローラはそれを聞きながらほっと胸を撫で下ろしたのだった。

庭園の大祝賀会

とうとう世紀の一日がやってきた。村の人々のほとんどが朝日が昇るのと同時に起きた。東の空がピンクがかった真珠色に輝き、かすかな雲が点々と散った空に、霞がかった大きな太陽が姿を現した。まさしく「女王さま晴れ」の、素晴らしいお天気だった。暑い一日になりそうだったが誰も気にしなかった。一番の晴れ着を雨の心配なく着れるのだ。しかもこんな日には日傘までさしてゆける。豪華なレースに長い絹のフリンジの下がったあの日傘をさしていこう。

お昼頃までに村の子供たちはみな石鹸で磨き上げられ、一番のよそゆきを着せられた。「頭のてっぺんから足の先までぴかぴか。さあ、できあがりよ」母親が誇らしげに言っている。そして祝賀会の開かれる庭園までお腹が持ち、後でお茶がおいしく飲める程度の軽い食事をさせて、今度は自分の用意にとりかかる。二階に上がり、カールさせるのに髪に巻いていた巻紙をはずし、とっておきのドレスに着替える。箱にこもっていた樟脳とラベンダーの匂いは一日中消えないかもしれない。ドレスの色や形も田舎の初夏にぴったりというわけではない。「もしかしたら木綿のプリントのドレスにボンネットの方が季節には合ってるかもしれないけど、いいの、自分が気に入ったお洒落をするわ。趣味にうるさい人のためにお洒落するんじゃないもの。好きな服を着ることにするわ」

村を出るまでにはまたひとしきり、いろんな家の前でにぎやかなやりとりがある。「ねえ、こっちのリボンの方がいいと思わない？」とか「帽子に娘のエイミーが送ってくれたダチョウの羽飾りをつけようかどうしようか迷ってるの。赤いバラと黒いレースだけにしておいた方がいいかしら？」とか「ね、正直に言って。この髪型でいいと思う？」とか。

男と若者たちはひげをさっぱりと剃りスーツに着替えて、一足先に農場での祝宴に出かけていて、家族とは十字路で待ち合わせだ。刈入れのときのご馳走と同じサーロインのステーキとクリスマスプディングをビールで流し込んで来るはずだ。

はしっこの家の一行は他の人たちとは連れ立たず、ゆっくりゆっくり歩いた。ローラたちの母はつい最近まで産褥《さんじょく》の床にいたのでまだ青い顔をして幼いメイを連れ、生まれたばかりのエリザベスを乗せた乳母車を押している。ローラとエドモンドは興奮でつい走り出したくなるが、庭園の芝生に車輪がひっかかってばかりいる乳母車を押すのを手伝わなければならない。父は来なかった。彼はお祭り騒ぎが嫌いなのだった。同僚はみんな休みを取っているのに、たった一人、会社で作業台に向かっているはずだった。そんなふうな抜け駆けの仕事を禁じる労働組合法はまだなかった。

見たこともないほど大勢の人々が広い庭園に集まっていた。回転木馬やぶらんこや射的小屋などもにぎやかに並んでいる。お茶は大きなテントの中で交替で飲めるように用意されていた。教区の人のほぼ全員が集まっているのだ。ブラスバンドの音楽、木馬が回る音、ココナッツが割れる音、薄いベニヤの壁の向こうから聞こえてくる呼び込みの声などすべてが一緒になって、海鳴りのように耳に押し寄せてくるのだった。

会場の中は、熱いお茶やケーキ、タバコの煙の匂いで一杯だ。草も踏みしだかれてお祭りの匂いを発散させている。その場に用意された食べ物はあっさりしたものだったが、量がすごかった。普段は衣服を入れておくかごに、厚切りの食パンとバターとジャム、ミルクティーの缶がいっぱい入って回ってきたものが、あっという間に空になる。「まったくけしからん」年取った牧師が呟いていた。「みんな食べ物をどこに入れてるんだか、わかったもんじゃない」かごの中の食べ物の四分の三はとりあえずお腹に入って、あとの四分の一の行く先はポケットだ。身についてしまった貧乏性はどうしようもない。そのときお腹一杯食べればいいのに、腹は八分目にして後のために少しでもとっておこうと思ってしまうのだ。

お茶の後は運動会やゲームだ。かけっこや高飛びの他に、たらいの水に頭を突っ込み、中の六ペンス銅貨を口にくわえて取るというのもあった。馬のお面から顔をのぞかせる競技では、一番こっけいな顔をした人が優勝だ。ハイライトの競技は油を塗ったポールによじのぼるというものだ。優勝すれば羊の足が賞品としてもらえる。これは難しい。ポールはまるで電話の支柱のように細くて長く、しかも油でツルツルなのだから。妻たちは夫の洋服が汚れるのを心配して挑戦させようとしなかったので、参加するのは最初から汚れた服を着た人か、この競技があることを予想して古いズボンを用意してきた経験者たちだった。これは他の競技と並行してずっと行われていた。ポールの周りは一日中人だかりで、「やってやろう」という人が順に挑戦していた。挑戦者たちはかわいそうに、数インチ登ったと思うと滑り落ちてしまう。一人が何度かやってみてあきらめると次の人が、という調子で、午後遅くになってもまだ誰も登れないままだった。最後に登場した男がゆっくりと着実に進んでゆき、とうとうてっぺんに届くと、先端に付けてあった羊の腿を下に投げ下ろした。しかしせっかくの賞品も、熱い太陽に四、五時間もあぶられた後では、すっかり硬くなっていたに違いない。まわりの人たちの噂では、彼は灰を入れた袋を用意して、ポールの表面にそれをなすりつけながら登ったという。

地元の上流の人々の一団もその辺をゆったりと散歩していた。でっぷりした赤ら顔の地主たちがパナマ帽を手に挨拶を交わしていた。いつもは狩猟服の貴婦人たちも、今日は絹のドレスにダチョウの襟飾りを首に巻いている。令嬢たちは白いモスリンの刺繍のドレス、男の子はイートンスタイルのスーツだ。彼らはその場の人々全員に優しく声をかけ、貧しい人や一人きりの人にも気配りを示していた。出し物の前では立ち止まり、必ず他の見物の人たちと一緒に楽しそうな様子を見せる。しかしどこでも彼らがやって来ると笑い声が静まり、離れるとほっとした空気が流れた。ダンスが始まって最初の曲を踊り終わると、彼らは姿を消した。「さあ、これからが本番」みんなが口々に言っている。

この庭園でローラとエドモンドは自由に遊ぶことを許してもらっていた。子供は全体で二百人くらい来ていただろうか。人混みに紛れて自由にお小遣いを使い、いろいろなものを見て歩いた。木馬にも乗ったし、ブランコの船にも乗った。射的をのぞいてココナッツに矢を当て、甘い実を頬張った。丸いのや紐状のや黒い甘草《かんぞう》キャンディをたくさん食べて、手はべとべとになり口のまわりも真っ黒になった。

ローラは元々人混みやうるさい音が好きではないので、じき疲れて、にぎやかな真中の広場を離れ、周辺の緑の木陰へと向かった。ところがそこに行き着く前に生まれて初めての大興奮を味わうことになった。ある小屋の入り口で男が太鼓を叩いていて、その前で少女が二人、つま先立ちでポーズを取るとくるりと回って見せた。「さあ、いらっしゃい、いらっしゃい、さあ始まるよ」男の呼び声が響いた。「さあ、いらっしゃい、綱渡りだよ。綱の上でダンスを踊るよ」入場料はたったの一ペニーだ。ローラはお金を払って中に入った。見物人が十二人ぐらい集まったところで、男と少女が小屋の中に戻って来た。テントの垂れ幕が下ろされ、見世物が始まった。

ローラはそれまで綱渡りも綱の上のダンスも見たことがなかった。知らないでいたことが信じられなかった。外の喧騒が薄いベニヤを通して伝わってくるが、中には不思議な静けさがあった。

他の見物人と一緒に席につくと、足の下には厚くおがくずが敷き詰めてあるのがわかった。テントのキャンバス布で外の光は遮《さえぎ》られ、薄暗かった。そんな中に道化化粧に褪せた赤いサテンの衣装をつけた男とタイツをはいて頭に冠《かんむり》を乗せた二人の少女が立っているのは、まるで夢の世界に紛れ込んだようだった。

綱渡りダンスをする少女は色白の繊細な感じの少女で、薄茶色の巻き毛、瞳はグレー、ちょっと小太りだった。ジプシーを思わせる褐色の肌と髪の、たくましい体格の姉の方とは対照的な外見をしていた。彼女は二本のポールに渡した綱によじ登ると、優美にゆらゆらと綱の上を進み、ダンスのステップをいくつか踏んでみせた。ローラは賛嘆のあまり声も出ず、ひたすらじっと見つめ続けた。田舎育ちのローラにはその曲芸が信じられない奇跡に思えて夢中で見入っていたのに、演技はすぐにあっけなく終わってしまった。短い時間で何度も見せなければ、この興行で一シリングを稼ぐのも大変だったのだろう。しかしローラにとって偶然見た、この新しい世界の印象は強烈だった。興奮の余韻はいつまでも残って、その後の一、二年の間には、家の近くの木柵を見ると必ず登って真似したから、ラークライズにローラがよじ登らなかった木柵はほとんどないと言っていい。

戴冠五十周年記念祝賀祭の思い出の中で、ローラにはこの綱渡りの記憶が飛びぬけて鮮やかだ。しかしその後も楽しい時間は続いた。ローラたち家族が夕暮れの中を帰途についたときにも、まだ花火の上がる音が響いていた。振り返ると、黒い木立の上に火の玉が空に向かって飛んでゆき、金色の雨が降り注ぐのが見えた。庭の柵からまだ、遠くに大勢の人々の歓声やブラスバンドの演奏する「神、我らが女王を守りたまえ」という国歌が轟くように、聞こえていた。

帰宅したのは村ではローラたちが一番早かった。どの家にもまだ明かりはなく暗かった。夕闇の光がうっすらと緑の麦畑にかかり、北の空は残照でかすかなピンク色に染まっている。猫が足で顔を拭き、ミューと鳴いた。人の気配に豚小屋の豚も目を覚まし、昼間放っておかれたことにブーブーと抗議している。青い麦畑をそよがして渡ってくる微風に庭の草花が揺れて、ストックやバラの香りが、草いきれや畑いっぱいに植えられたキャベツの匂い、豚小屋の臭いと混じりあって辺りに立ち込めた。最高の一日だった。これから先どんなに長く生きてもこんな素晴らしい日はもう二度とやって来ないに違いないと、誰もが言った。しかし、そんな世紀の一日も終わり、みんなでまたこうして一緒に家に帰ってきた。そして帰りつけば、やっぱり我が家が一番と心から思うのだった。

時代を隔てる年

この戴冠五十周年の年を境に時代は変わった。前と後では同じものは一つとしてない。エリソン老牧師も亡くなった。主人が死ぬまでそのまま続くと思われた農場も、彼が引退して、元々の土地の所有者であった貴族の跡取り息子に返還された。彼は自ら農場経営に乗り出して自動刈入れ機を導入したので、女たちが刈入れの手伝いに畑に入ることはなくなった。年寄りたちが住んでいた家には若い新婚夫婦が住み始め、村にも新しい暮らし方が入って来た。最後のバッスルも姿を消し、マトンスリーブも見かけなくなった。新しい牧師夫人は母親グループを組織して、みんなをロンドンに連れ出した。赤ん坊の名前も変わった。ワンダ、グエンドリンというような新しい名前が現れた。インの店には鮭の缶詰やオーストラリア産兎肉の缶詰が並ぶようになり、豚小屋やトイレの衛生状態を問題にした。給料は上がったが物価も上がり、新しい需要も膨らんだ。「戴冠記念の前は良かった」がみんなの口癖になった。同じように一九二〇年代には「戦争（第一次世界大戦）の前は良かった」が皆の口癖になった。それぞれの年齢で、誰にも幸せな過去と新しい今を隔てる境の年がある。

ラークライズとフォードロウの少年たちはほとんどが一生土を耕して生きるつもりでいた。都会に出たり、兵役につく者もいたが少数だった。ガリポリ、クート、ヴァイミ・リッジ、イエポリという聞いたこともない土地に行くことを誰が予想していただろう。しかし、そういう地に赴き、戦うことを求められたとき、村の若者たちはひるまなかった。ラークライズの人間で意地と勇気のないものはいない。そしてその結果、こんな小さな村で、十一人もの若者が帰って来なかったのだ。昔、教会のローラたちが座っていた席の前の壁に、彼らの名前が彫られた真鍮《しんちゅう》のプレートがかかっている。そこには五人ずつ左右二列に十人の名と、下に一人、エドモンドの名前が彫られている。

訳者あとがき　ラークライズへの旅

石田英子

今回訳したフローラ・トンプソンの『ラークライズ』は、イギリスでは『ラークライズからキャンドルフォードへ』というタイトルで一冊にまとめられている、三部作の本のうちの第一部にあたります。分量的には全体の約半分です。本の内容は一言でいうなら、一九世紀末、ヴィクトリア時代の末期、イギリスのオクスフォード州の、ラークライズという小さな村で育った主人公ローラに託して、村の人々や生活の思い出を書き綴った、作者フローラ・トンプソンの自伝的フィクションです。初版は一九三九年にオクスフォード大学出版会から出版されました（そのとき、オクスフォード大学出版会にはフィクションという分野がないので、自伝に分類されたそうです）。第二部『キャンドルフォードへ』が一九四一年、第三部『キャンドルフォード・グリーン』が一九四三年にそれぞれ独立の作品として発表された後、一九四五年に三部作として一冊にまとめられました。

この本は今回が初めての邦訳になりますが、今まで紹介されたことがなかったのが不思議なほど、本国イギリスでは根強いファンの多い古典です。（日本に大学受験生の必読書にたくさんの読解参考書があるように、この本はイギリスの高校生の必読書であり、読解参考書も複数あり、訳者もかなりこれらの参考書にお世話になりました。）これはまったくの個人的な想像ですが、本の出版が戦争の真っ只中だったために、日本の読書界に迎えられるチャンスを失い、ずっとそのままで来たのではないでしょうか？

作者フローラ・ティムズ（のち結婚してトンプソン姓）は一八七六年十二月五日、イギリスのオクスフォード州に、石工だった父アルバート・ティムズと母エンマの最初の子として生まれました。吹雪の日の難産で、道は雪で埋まって馬も進めず、最後の一マイルを徒歩でたどりついた医者は、やっととりあげた赤ちゃんを「やれやれ、やっと生まれてくれた。私たちにこんな大変な思いをさせたのはこの子だったわけだ。それだけの甲斐のある人間になってもらわないと」と言ったといいます（第三部『キャンドルフォード・グリーン』）。三年後にはフローラが生涯、自分の分身のように愛した弟、エドウィンが生まれました。

若い石工だった父はその辺の生まれではありませんでしたが、教会の修復工事に来ているときに、近くの牧師館で乳母として働いていたポケット・ヴィーナスと呼ばれた可愛らしく聡明なエンマを見初めて結婚を決め、ずっとここに住むことになりました。激しい気性で誇り高く、政治的には急進的な自由主義者だった父親は、一生村になじめませんでしたが、賢い母のエンマの方は村の人々と上手に折り合って暮らす術を心得ていて、みなから尊敬されていました。母は子供に物語を語り聞かせたり古い民謡や歌を歌って聞かせることも得意でした。フローラの性格や資質はこの両親のどちらからも受け継がれたのでしょう。

作品では主人公はフローラではなくローラ、エドウィンはエドモンドという名前を与えられ、村もジャニパーヒルではなくラークライズという呼び名に変わっていますが、内容的にはフローラが幼少時代に実際に見聞したジャニパーヒルの村の生活に忠実に基づいていると著者自身が語っています。ヴィクトリア時代の一八八〇年代のイギリスの田舎の生活が克明に描かれていますので、アメリカの開拓時代の生活を描いたローラ・インガルス・ワイルダーのアメリカのローラの物語に対し、イギリスのローラの物語とも呼ばれているそうです。

村の家々の間取りや室内の様子、掃除や洗濯の仕方、トイレや入浴をどうしていたか、衛生や出産に関わること、毎日の食事の献立と調理法、衣類や靴の調達法、少ない現金収入の支出割り当て、娯楽や遊び、人々の教会との関わり、義務教育が始まったばかりの学校の様子、など、内側で実際に暮らしていた人間だけが捉えられる事実が、淡々としかし熱い懐旧の想いを込めて、描かれています。当時の生活を知る歴史資料として引用されることも多いといいます。

フローラ・トンプソンが亡くなったのは一九四七年五月二十一日でした。昨年二〇〇七年二月一日、彼女の遺品や写真が展示されているバッキンガムのジェイル博物館の学芸員、トニー・ウェブスター氏から、フローラ・トンプソン没後六十周年記念のイベントが五月下旬に行われるという知らせが届きました。出かけることが億劫な私ですが、せっかくの機会を失するのは翻訳者としての怠慢だと思い、五月二十三日成田を発って、バッキンガム州との州境、オクスフォード州の北西の隅まで出かけて行きました。

州境のこちら側、バッキンガムは今日では人口二万に満たない大学町ですが、昔はレースや織物で栄えた町です。大きな枕を膝に載せ、その上で編んでゆく繊細なボビンレースはバッキンガム・レースと呼ばれ、かつてはその地方を支える産業でした。『ラークライズ』にはローラたちの隣の家に住む最後のレース編み、クィーニーというお婆さんが出てきます。一九三七年、ザ・レディという雑誌に発表したこのレース編みのクィーニーについてのエッセーと、一九三八年、別の雑誌に送ったメーデーについてのエッセーが、オクスフォード大学出版会のミルフォード卿の目に留まり、彼の強い勧めで一冊の本を書くことになったと言います。このような始まり方をしたせいでしょうか、第一部の『ラークライズ』は、後半の第二、三部よりも、各章が独立したエッセーのような書き方になっています。そういう意味では、ローラという主人公を中心に置いた物語性のある展開は、後の方がより大きくなっていきます。

全体の構成と内容は、第一部の『ラークライズ』は生まれ育った小さな村ラークライズ、第二部『キャンドルフォードへ』は親戚や祖父母の住む近くの大きな町キャンドルフォード、第三部『キャンドルフォード・グリーン』は、学校を卒業したローラが郵便局の助手として働いたキャンドルフォード・グリーンという村を舞台に、そこに住む人々の生活が描かれています。異なる大きさの共同体と階層の違う人々の生活が描かれると共に、主人公ローラの幼少期、学齢期、思春期と青春時代の年代的な成長が各作品に反映されていますので、私たちはこの三部作に、十九世紀末イギリスにおける、さまざまな共同体の文化的な差や人々の階層、職業による生活の違いと共に、当時の貧しい村で生まれた賢い少女がどのように自分の人生を模索し自己確立を果たしていったかという、自立の物語をも読み取ることができます。

さてバッキンガムですが、父方の叔母の家族や祖父母が住むこの町で、ローラは毎年夏休みを過ごしました。第二部の舞台キャンドルフォードの町のモデルはバッキンガムだけでなく、いくつかの町を使ったとフローラは語っていますが、ローラが敬愛した、読書家で賢者の靴職人のトム叔父さんの家はこの町だったと思われます。

バッキンガムに到着した五月二十四日、私は一人で町を散策し、地図を見ながら、彼らの家があったマートル通りという町のはずれの古い通りに行ってみました。通りの片側の裏手は今は大学構内で、真ん中を流れる小川に柳の枝が垂れ、ローラとエドモンドが従姉妹たちと初めてのボート遊びに興ずる場面を彷彿とさせる光景でした。

芝生のはずれにある四角い区画の果樹園には、古いリンゴの木やプラムの木など合わせて二十本くらいあった。向こうに小さな川がゆっくりと流れていて、川幅の半分はイグサで被われ、岸辺にはずっと柳の木が植わっている。…リンゴの花はもうほとんど散っていたが、みんな一枚でも二枚でも落ちてくる名残りの花びらをつかまえようとした。いとこの一人が教えてくれたが、一枚の花びらには一ヶ月の幸せがつまっているというのだ。

もう古びた粗末な平底のボートが岸辺の下の方につないであった。遊び疲れた子供たちの誰かが「あそこに行って座りましょうよ」と言った。ローラはちょっと心配だった。絵本のボートではなく本物のボートは初めてだった。川の水も深そうだし、村にある小川に比べれば川幅も広い。でもエドモンドはもう有頂天だった。岸辺に滑り降りるとさっさとボートに乗り込んで叫んだ。「さあ、早く。急いで。船がオーストラリアに向かって出発するよ」…柳の葉が青空に銀色に映え、空気はミントの香りがした（第二部『キャンドルフォードへ』）。

翌五月二十四日から始まった記念行事の日程はかなり盛りだくさんでした。初日の二十五日は博物館での記念式典、パーティ、夜、町のホールで音楽会。翌二十六日、朝、バッキンガムのウォーキング・

〈ジャニパーヒル〉
※ラークライズ略図

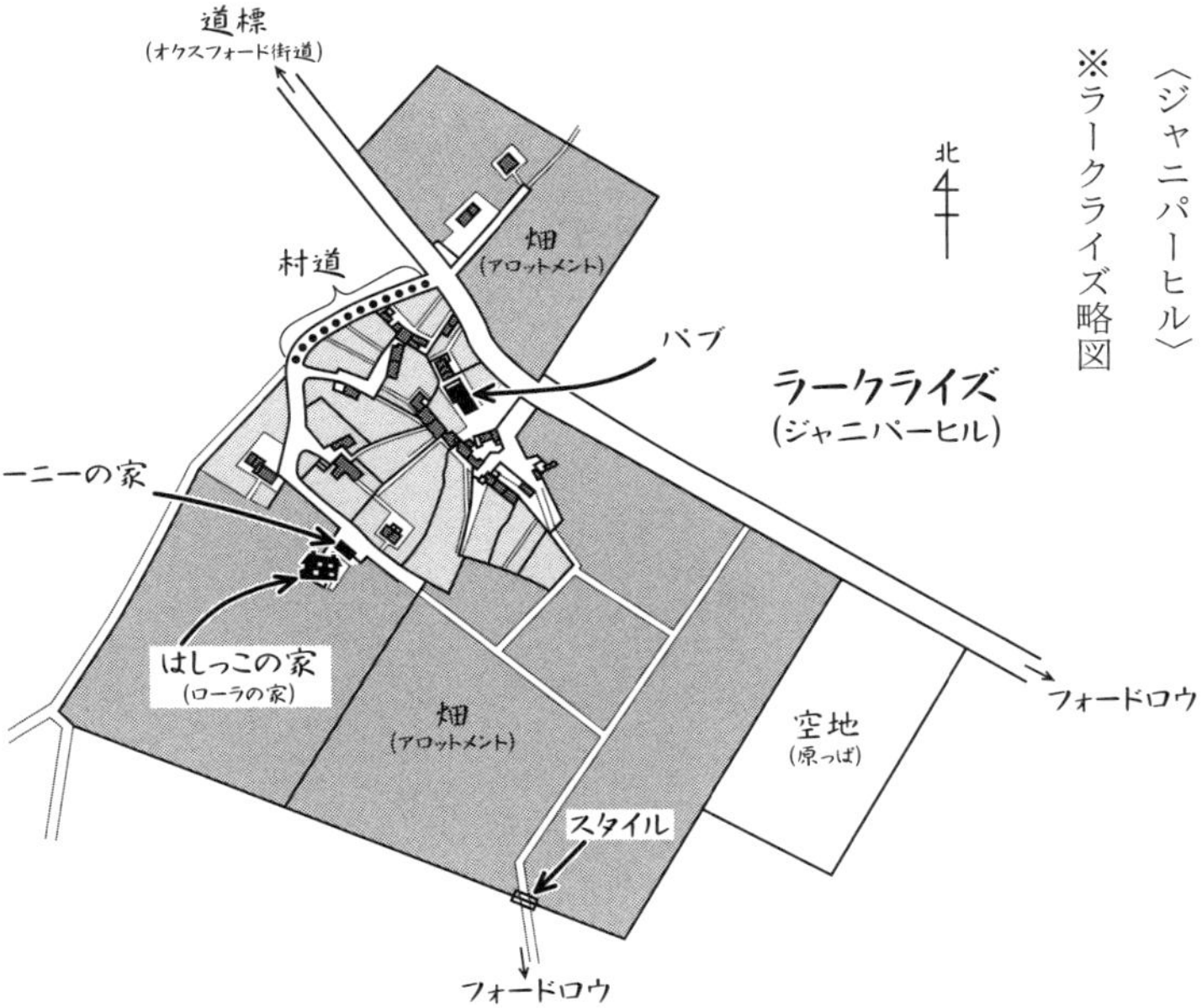

ガイドツァー（一人で歩いたときよりよくわかりました）、昼からフローラの家族が住んだ「はしっこの家」のオープン・ガーデンに行き、午後、隣の広い原っぱに組み立てたテント内での演劇の上演。二十七日午前、ラークライズ（ジャニパーヒル）とフォードロウ（コテイスフォード）のガイドツアー、夕方、フォードロー教会での礼拝と朗読会、その後、ラークライズのテントで会食。解散。

百聞一見にしかずで、想像していたものは実像に近いものもありましたが、実像と異なっているものもありました。実際に見て、そうだったのか、と改めて目から鱗のように思ったのはまずサイズと位置関係です。初めて訪れたラークライズは、本で読んで想像していたよりもはるかにこじんまりと小さな集落でした。村の周囲を一巡りしても十分かからないのではないかと思われるほど、誰もがよその家の何もかもを知っていたのではないかというほどの小ささです。「こういうところでは人と喧嘩するわけにはいかないのよ」というローラの母の言葉が実感できます。昔、三十軒だった家が今は十八軒だそうです。現在住んでいるのは、かつての子沢山の貧しい農夫一家ではなく、大体は退職した夫婦か、自宅を職場にしている弁護士などの裕福な人々だそうです。

「はしっこの家」と呼ばれていた石工の父を持つフローラの家は、階下に一部屋、二階に一部屋という間取りで、村の一般的な貧しい家にくらべれば、二棟を合わせた形でよそよりは余裕があり、収入も小作農よりはずっと多く、村ではインの一家と共にエリート階級に属していました。村で乳母車があるのもその二軒だけでした。裕福な親戚からいとこたちのお下がりが送られてくるので、美しくおしゃれにも敏感でセンスのよい母のおかげもあって、フローラたちは着るものもこざっぱりとしており、村では一目おかれていたのです。

しかしその二軒を合わせたよそよりは大きな家も実際に見ると決して大きくはなく、冬、あの居間の火の周りに一家全員が集まり、本を読んでいる気難しい父のそばで誰も口を聞いてはいけなかったとしたら、ローラのいたたまれない閉塞感がひしひしと想像できました。二階の寝室も狭く、ローラはそこを幼い弟妹たちと共有しながら、一人で本を読める時間、空間に飢えていたのでしょう。日曜日の夜、ローラが親の許しがあれば避難場所にしていたメソジストの集会の行われた家は、道をはさんですぐ向かい側で、隣といっていいような近さでした。その隣にすらいつも行くことを許してもらえたわけではないという親の権力の大きさもまた、今なら考えられないことです。

そしてそういう共同体、居住空間の小ささに比して、周囲の空間の広さもまた実際に見ると想像を超えていて、どこまでも広いのでした。ローラは本の中で、「麦が実ると村はまるで金色の海に浮かぶ小島のようになるのだった」というように、村を何度も海に浮かぶ小島にたとえています。イギリスの平地は山がないので地平線の向こうまでまっ平らで、ところどころに生垣や木立のかたまりが濃い緑取りを作っていますが、本当に広く感じます。「はしっこの家」の建物は小さくても、裏に広がる庭は、その先に伸びたアロットメント（貸し農園用の公有地）まで何の境界もなく、どこまでも緑でした。この緑の中で詩を暗誦しながら、大地に腹ばったり、花を摘んだり、小鳥の巣を探してそっと雛に触ってみたり、ローラとエドモンドは自然と交歓しながら想像力を育んだのでしょう。その感覚は、どこか宮沢賢治に通ずるものがあるような気がします。

実際、記念イベントに集まって来ていたフローラ・トンプソンファンの人々は、私に何故か日本の賢治ファンの人々を思い出させました。宿で一緒になったアンという年配の女性は、南のハンプシャー州から来た人でしたが、熱狂的なフローラファンで、昔、若いフローラがハンプシャーの郵便局に赴任したとき、連絡の行き違いから駅に迎えの馬車が来ていなかったので、徒歩で町まで行ったという逸話にならって「町外れのバス停から歩いて来たのよ、フローラみたいに」と何度もうれしそうに私に語って聞かせました。(私は電話して、ウェブスターさんに車で迎えに来てもらいました。) そしてオープンガーデンで売っていた「はしっこの家」の花の苗を「フローラの花よ、記念に欲しいわ」と大切そうにいくつも求め、一体どうやって持って帰るのかというほどの荷物を持って(私は見かねて駅まで送りました)、途中乗り換えの汽車で帰って行ったのでした。(余談ですがこのアンと私は、十七年前、セルボーンという小さな村にある博物学者ギルバート・ホワイトの記念館で、話したことがあったらしいのです。私がそこで本を買ったとき、彼女はブックショップのオーナーだったことが数日一緒にいるうちにわかりました。晩秋の夕方に子供を連れて訪れた外国人に、話しかけてきたあの品のいい優しい女性が彼女だったことを私は思い出しました)

さて、今年一月から、イギリスではこの三部作を原作に連続ドラマが始まりました。ドラマでは、ローラが村を旅立ってキャンドルフォード・グリーンでミス・レーンの郵便局で働くようになる第三部『キャンドルフォード・グリーン』から始まり、幼少時代の回想としてラークライズ時代が描かれるという構成になっているといいます。

第二部、第三部の後半部分もすでに翻訳は終わっていますので、遠からず刊行になって欲しいと思っています。そして今後続くドラマも、『大草原物語』のようにいずれ日本でも放送されて、イギリスのローラが、皆さんにお目見えするようになって欲しいものです。

主人公ローラを中心に物語をみるなら『ラークライズ』のローラはいわば「みにくいアヒルの子」です。本が好きだということは当時の貧しい農村の人々には理解できない風変わりな性向で、プラスではなくマイナス評価でしかありませんでした。子供たちにもう少し良い教育を与えたいと思っていた親たちでしたが、町に引っ越す決心もつかず、ローラとエドモンドは小さな村の小学校の教育しか受けられませんでした。外見的にも、ハンサムな父と誰からも可愛らしく魅力的と思われていた母の子なのに、どうして似なかったのかと言われるほどに取り柄がなく、ローラは第一部では繰り返しそんな自分を随所で半ば自虐的なユーモアをもって描いています。

しかし第二部第三部と話が進むにつれて、ラークライズの「みにくいアヒルの子」のローラは、より広い世界で理解ある大人たちと出会い、同世代のいとこや友人たちと知り合い、初恋も経験し、生き生きと青春を楽しみ、いずれは白鳥になってはばたいてゆくに違いない予兆を感じさせる展開になってゆきます。

最後にお断りしておきたいことが何点かあります。

原書は元々各章ごとの見出しはありますが、章中は段落を変えながらの一文になっています。しかし日本の読者には読みにくいと思い、読みやすくするために訳者の考えで、内容のまとまりごとに小見出しをつけました。

またさまざまな歴史的事実、人名、書名などの固有名詞については、一つずつ詳しい訳注を付けることも考え、調べたのですが、読み進んでいく途中でうるさいように感じ、できるだけ地の文の中に説明として加えるなどして、最終的に註は極力、減らしました。

昔の道具や服飾の小物、風景についても、いろいろなイラストを使えればと思ったのですが、予算の都合上できませんでした。

表紙写真は、訳者の友人であるアメリカのクレージーキルター、サンディ・リギンズさんの作品です。二年前、フローラ・トンプソンの肖像のプリントも含めて私が揃えて送った材料一式で、美しいクレージーキルトを作ってくれましたので、この本が出版されるときには是非、表紙に使いたいとずっと思っていました。快く承諾してくれたサンディにお礼を言いたいと思います。

英語についての疑問には、イギリス人の若い友人、カールトン・ボダキンが逐一、答えてくれました。彼の助けなしにはここまで来れませんでした。

そして何より、この本の価値を信じて出版を引き受けて下さった、朔北社の宮本功社長、さまざまな面倒な仕事を一手に引き受けて下さった編集者の溝上牧子さんに、心から感謝を申し上げたいと思います。

二〇〇八年七月

石田英子

１９４９年生まれ。
お茶の水女子大学史学科卒業。
未紹介の古い良書を発掘し翻訳することに情熱を傾ける。
訳書にドディー・スミス『カサンドラの城』（朔北社）がある。
趣味はクレージーキルト。

ラークライズ

二〇〇八年八月一日　第一刷発行

著　者　フローラ・トンプソン
訳　者　石田　英子　translation©2008 Hideko Ishida
装　丁　カワイユキ
発行者　宮本　功
発行所　株式会社　朔北社
〒一九一−〇〇四一
東京都日野市南平五−二八−一−一階
ＴＥＬ　〇四二−五〇六−五三五〇
ＦＡＸ　〇四二−五〇六−六八五一
振替〇〇一四〇−四−五六七三一六
http://www.sakuhokusha.co.jp
印刷・製本　中央精版印刷株式会社
落丁・乱丁本はお取りかえします。
ISBN978-4-86085-068-5　C0097 Printed in Japan